RÜEBLILAND

Ina Haller lebt mit ihrer Familie im Kanton Aargau, Schweiz. Nach dem Abitur studierte sie Geologie. Seit der Geburt ihrer drei Kinder ist sie «Vollzeit-Familienmanagerin» und Autorin. Zu ihrem Repertoire gehören Kriminalromane sowie Kurz- und Kindergeschichten. Im Emons Verlag erschienen «Tod im Aargau», «Gift im Aargau», «Der Metzger von Aarau», «Schatten über dem Aargau», «Aargau-Fieber», «Der Fluch von Aarau» und «Aarauer Finsternis». www.inahaller.ch

Dieses Buch ist ein Roman. Handlungen und Personen sind frei erfunden. Ähnlichkeiten mit lebenden oder toten Personen sind nicht gewollt und rein zufällig. Auf Seite 253 findet sich ein Glossar.

INA HALLER

RÜEBLILAND

Kriminalroman

emons:

Lust auf mehr? Laden Sie sich die »LChoice«-App runter, scannen Sie den QR-Code und bestellen Sie weitere Bücher direkt in Ihrer Buchhandlung.

Bibliografische Information der Deutschen Nationalbibliothek
Die Deutsche Nationalbibliothek verzeichnet diese Publikation in der Deutschen Nationalbibliografie; detaillierte bibliografische Daten sind im Internet über http://dnb.d-nb.de abrufbar.

MIX
Papier aus verantwortungsvollen Quellen
FSC® C083411

Umschlagmotiv: birdys/photocase.de
Umschlaggestaltung: Nina Schäfer, nach einem Konzept von Leonardo Magrelli und Nina Schäfer
Umsetzung: Tobias Doetsch
Gestaltung Innenteil: César Satz & Grafik GmbH, Köln
Druck und Bindung: CPI – Clausen & Bosse, Leck
Printed in Germany 2019
ISBN 978-3-7408-0631-6
Originalausgabe

Für

Urs – danke für deine Verbindungen nach Indien
Umesh – thanks for your invitation
and the time we spent together

Prolog

Das Klingeln des Telefons zerriss die Stille. Er fuhr herum und starrte Richtung Wohnzimmer. Das Telefon schrillte weiter. Nach dem siebten Klingelzeichen hörte es auf, als sich der Anrufbeantworter einschaltete.

Es wurde dringend Zeit zu verschwinden. Er bückte sich. Kaum hatte er die Flasche auf den Boden unter das Lavabo gestellt, durchfuhr ihn ein Schreck. Seine Fingerabdrücke! Er schnellte hoch und griff nach dem Handtuch. Konzentriert rubbelte er an der Stelle, die er meinte, angefasst zu haben, und passte auf, keine neuen Abdrücke zu hinterlassen. Dabei vermied er es, Richtung Leiche zu schauen.

Als er das Badezimmer verliess, überlegte er, was er sonst angefasst haben könnte. In Gedanken ging er den Weg durch, den er im Haus gemacht hatte. Er wandte sich zur Haustür. Mit dem Tuch um seine Hand öffnete er sie und zuckte zurück, als auf der Strasse zwei Jugendliche auf ihren Velos entlangfuhren.

Verhalte dich unauffällig, so wird sich keiner an dich erinnern. Betont lässig trat er nach draussen. Nachdem er die Tür hinter sich zugezogen hatte, stopfte er das Tuch in einen Plastiksack, den er aus der Küche mitgenommen hatte. Er brauchte alle Willensanstrengung, um nicht davonzurennen. Bei der Strasse angekommen, hielt er sich links. Er spazierte ihr kurz entlang und bog zweimal rechts ab. Als ihm eine Frau mit einem Kinderwagen entgegenkam, versteifte er sich. Sie nickte ihm kurz zu, und er zwang sich zurückzugrüssen. Zwei Buben rannten an ihm vorbei. Ihnen folgte eine ältere Frau mit einem Dackel. Sie beachtete ihn nicht, sondern hastete, den Hund hinter sich herziehend, den Kindern nach.

Als er bei seinem Auto angekommen war, konnte er sein Glück nicht fassen, dass ihm offenbar keiner Beachtung geschenkt hatte. Er stieg ein. Sein Blick huschte über die Strasse und zu den Häusern. Alles wirkte ruhig. Ein Mann und eine Frau joggten vorbei. Hoffentlich trog der Schein nicht. Und hoffentlich alarmierte gerade keiner die Polizei und gab seine Personenschreibung und das Kennzeichen seines Autos durch. Mit zitternder Hand schob er den Schlüssel in die Zündung und fuhr davon.

EINS

Samantha kam sich fehl am Platz vor und trat dichter an die Mauer unter der Kastanie. Sie ging nicht gerne zu Anlässen, bei denen sie keinen direkten Bezug zu den einladenden Personen hatte.

Eigentlich hatte sie nicht kommen wollen, aber es war beinahe Pflicht gewesen, Spalier zu stehen. Die meisten Mitarbeiter von AarePharm waren der Einladung gefolgt.

Sie beobachtete die Hochzeitsgäste, die auf dem Platz vor der Aarauer Stadtkirche den Apéro genossen. Die Trauung von André Villiger, dem Laborleiter des Egerkinger Pharmaunternehmens AarePharm, und seiner Frau Laura war stimmungsvoll gewesen. Laura stammte aus Aarau und hatte sich gewünscht, dass die Trauung in der Stadtkirche stattfand.

Die beiden standen umringt von Gratulanten mitten auf dem Platz vor dem Gerechtigkeitsbrunnen. Laura, die in dem weissen Brautkleid zu leuchten schien, schaute in ihre Richtung. Kurz trafen sich ihre Blicke, aber Samantha war überzeugt, Laura hatte sie nicht gesehen. Sie war eine von vielen. Ausserdem war Laura beschäftigt genug, alle Glückwünsche entgegenzunehmen.

Nach einigen kurzen Gesprächen hatte Samantha eine Pause gebraucht. Ein leichter Windstoss strich über ihr Gesicht. Ein einzelnes Blatt, das gelb-braun verfärbt war, schwebte zu Boden. Für Mitte Oktober war es erstaunlich warm. Überhaupt war das Wetter dieses Jahr seltsam. Auf einen heissen und trockenen Sommer folgte nun dieser milde Herbst mit Temperaturen von zwanzig bis fünfundzwanzig Grad. Weitere Zeichen für die Klimaerwärmung, hiess es.

Samantha drehte sich um und blickte in die andere Richtung. Von hier hatte man einen guten Blick nach Westen zum Jura. Die schöne Aussicht wurde durch die Wasserdampffahne des Kernkraftwerkes Gösgen beeinträchtigt. Beim Betrachten dieser Wolke machte sich Beklemmung in ihr breit. Schnell kehrte sie der Fahne den Rücken zu und beobachtete weiter das Treiben.

Keiner machte Anstalten zu gehen. Im Gegenteil. Die Gäste schienen sich gut zu amüsieren. Samantha entdeckte Erik und Bernd aus ihrem Team. Sie hatte keine Lust, sich zu ihnen zu gesellen, und schielte auf ihre Armbanduhr. Sie wollte nicht die Erste sein, die sich verabschiedete. Das war in ihren Augen unhöflich. Wohl oder übel würde sie eine Weile bleiben müssen.

Samantha lehnte sich gegen den Baum. Die Rinde kratzte über die nackte Haut ihrer Arme. Sie strich ihr dunkelgrünes Kleid glatt. Einen Vorteil hatte die Hochzeit.

«Endlich hast du Gelegenheit, dich hübsch zu machen», hatte ihre Mutter gewitzelt.

«Die beiden haben sich einen schönen Tag ausgesucht», sagte Joel Gyger. Samantha versteifte sich, als ihr Vorgesetzter sich zu ihr unter den Baum gesellte. Bei AarePharm gehörte er zur Geschäftsleitung und war mit zweiunddreissig das jüngste Mitglied. Er war für die Qualitätssicherung verantwortlich.

«Ja, sie haben richtiges Wetterglück», pflichtete Samantha ihm bei. Sie musterte seine hoch aufgeschossene, schlanke Gestalt und überlegte fieberhaft, wie sie am besten Small Talk machen sollte – etwas, das sie nicht gut konnte.

In dem halben Jahr, in dem sie bei AarePharm angestellt war, hatten sie privat kaum ein Wort gewechselt.

Joel Gyger wandte sich ihr zu. «Ich bin überrascht, Sie hier anzutreffen. Ich dachte, Sie wollten in die Ferien fahren.»

«Wir fahren am Abend ab.»

«Zum Wandern, richtig?»

«Ja, ins Wallis. Meine Eltern haben mich eingeladen. Sie haben die Gelegenheit, die Ferienwohnung von Freunden zu benutzen, und haben mich gefragt, ob ich Lust hätte mitzukommen.»

«Ich beneide Sie. Das ist das ideale Wanderwetter.» Joel Gyger lächelte, und seine braunen Augen blitzten. Er hob sein Champagnerglas und stiess damit gegen Samanthas. «Nun sind Sie über ein halbes Jahr bei uns. Da finde ich es längst überfällig. Ich bin Joel.»

Samantha war bereits aufgefallen, wie persönlich der Umgang bei AarePharm war. Die Mitarbeiter duzten sich untereinander und sogar mit ihren Vorgesetzten. Sie war die Einzige, bei der das bisher nicht zugetroffen hatte. Nun ergriff Joel offenbar die Gelegenheit, das zu ändern. Samantha dachte an ihre frühere Stelle. So ein lockerer Umgang hatte dort nicht geherrscht. Genau wurde darauf geachtet, wer welche Position in der Hierarchie innehatte.

«Total untypisch und veraltet», hatte ihre Freundin Lorena gesagt. «Die Firma muss den Stand von vor hundert Jahren beibehalten haben. Ich frage mich, wie du es da so lange ausgehalten hast.»

Samantha setzte ein Lächeln auf. «Samantha.»

«Freut mich.» Joel stiess ein zweites Mal mit seinem Glas gegen ihres und trank einen Schluck.

«Joel?» Ein Mann, den Samantha nicht kannte, kam auf sie zu. «Kannst du bitte kommen?»

«Natürlich.» Er reichte Samantha die Hand. «Ich wünsche dir schöne Ferien. Erhole dich in den Bergen. Es wird viel Arbeit geben, wenn du zurückkommst.» Er zwinkerte ihr zu. «Bis in zwei Wochen.»

Samantha blickte ihm nach. Seine vollen braunen Haare hatten im Sonnenlicht einen leichten Kastanienton, um den ihn vermutlich viele Frauen beneideten. Wie Samantha wusste, war er zum späteren Fest mit Freunden und Familie geladen.

Sie bemerkte, wie sich die ersten Gäste verabschiedeten. Erleichtert stiess sie sich vom Baum ab, stellte ihr halb ausgetrunkenes Glas auf einen der Tische und schloss sich denen an, die die Treppe nach unten Richtung Haldentor liefen.

Dreissig Minuten später parkte sie ihren Smart vor dem Reiheneckhaus ihrer Eltern, das sich unweit der Sekundarschule Brugg befand. Das Bezirksschulhaus war nur wenige hundert Meter weiter. Die Nähe zur Schule hatten sowohl Samantha als auch ihre Eltern geschätzt. Häufig war sie am Morgen knapp dran gewesen und hatte es in letzter Sekunde geschafft, unbemerkt ins Klassenzimmer zu schlüpfen.

Von ihrem Standort aus konnte Samantha die Aare zwar nicht erkennen, dafür hörte sie das Wasser rauschen. Der silbergraue Toyota stand vor der Garage. Samantha warf einen Blick ins Innere. Er war bereits halb mit Koffern und Taschen gepackt. Nur die Kisten mit dem Essen fehlten. Samantha musste lächeln, wenn sie sich vorstellte, wie ihr Vater versuchte, all das, was ihre Mutter unbedingt mitnehmen wollte, im Wagen zu verstauen. «Wir gehen nicht auf eine Weltreise», würde sein am meisten gesagter Satz heute sein.

Bevor Samantha ihren Koffer umladen würde, wollte sie sich umziehen.

Samantha betrat den Garten. Als sie gegen die Haustür drückte, öffnete sich diese zu ihrem Erstaunen nicht. Sie klingelte, da sie den Schlüssel im Smart gelassen hatte. Die Sekunden verstrichen. Verwundert trat Samantha einen Schritt nach hinten und blickte in den ersten Stock hoch. Bestimmt sind sie auf der Terrasse, dachte sie und umrundete das Haus. Die Terrassentür war offen. Daneben stand eine Giesskanne. Ihre Mutter war offenbar dabei gewesen, die Pflanzen zu giessen.

Samantha streckte den Kopf zur Terrassentür hinein. «Ich bin es», rief sie.

Keine Antwort.

Samantha betrat das Haus. «Mueti, Vati?»

Stille.

Sie streifte die Pumps von den Füssen und wackelte mit den Zehen. Absatzschuhe waren definitiv nichts für sie. Die Kühle der Plättli tat gut, als sie durch das Wohnzimmer lief und die Treppe nach oben eilte. Samantha klopfte an die Schlafzimmertür ihrer Eltern. Keine Antwort. Sie öffnete die Tür und fand das Zimmer leer vor. Sie ging zum Arbeitszimmer, das ebenfalls leer war.

Verwundert drehte sie sich um. Waren ihre Eltern zu den Nachbarn gegangen, um den Schlüssel abzugeben, und hatten dabei die Terrassentür offen gelassen?

Die Mosers wohnten zwei Häuser weiter. Sie würden den Briefkasten leeren und die Pflanzen giessen, solange sie in den Ferien waren.

Samantha kehrte ins Parterre zurück. In der Küche stand eine Kiste mit Vorräten, die ihre Mutter gepackt hatte. Samantha beschloss, auf der Terrasse zu warten.

Als sie durch das Wohnzimmer ging, bemerkte sie ein Bein, das hinter dem Sofa hervorschaute. Sie brauchte eine Weile, bis sie verstand, was das bedeuten konnte, und eilte um das Sofa.

Ihr blieb der Schrei im Hals stecken, als sie in die aufgerissenen Augen ihres Vaters blickte. Rund um seinen Kopf hatte sich eine Blutlache ausgebreitet. Die Kante des Glastischchens war ebenfalls rot gefärbt.

Samantha ging in die Hocke. Hektisch tastete sie nach dem Puls. Nichts. Sie schoss hoch.

«Mueti!»

Sie rannte in den Gang und bemerkte die offene Tür zum Gästebadezimmer. Samantha taumelte zurück, als sie neben dem Lavabo am Boden ihre Mutter erblickte. Ihre Augen starrten sie leblos an. Eine Blutlache umrahmte ihren Kopf. Unter dem Lavabo neben dem Schränkchen stand eine Weinflasche, an der Blut klebte.

Versteinert sass Samantha in der Küche ihrer Eltern. Die Sanitäterin stellte ein Glas Wasser vor sie und zog einen Stuhl heran. Sie griff nach Samanthas Hand, als sie sich neben sie setzte.

«Bitte trinken Sie einen Schluck.»

Samantha war unfähig, sich zu rühren. Sie starrte weiter auf die gepackte Kiste: Konfitüre, Honig, Brot, Teigwaren, Reis …

Hinter sich hörte sie Stimmengemurmel. Samantha versuchte die Stimmen so weit auszublenden, dass sie die Sätze nicht verstehen konnte. Sie wollte nicht wissen, worüber geredet wurde. Trotzdem konnte sie dem Drang nicht widerstehen und schaute sich um. Gerade gingen ein Mann in Polizeiuniform und einer in einem weissen Ganzkörperanzug, der ihn wie einen Astronauten erscheinen liess, an der Küchentür vorüber. Rasch senkte Samantha den Kopf und zupfte an einem Hautfetzen neben ihrem linken Daumennagel. Ein Schmerz zuckte durch die Haut, als sie ihn abriss. Blut sickerte aus der kleinen Wunde. Hypnotisiert starrte Samantha den Blutstropfen an.

«Ja, sie ist hier», sagte die Sanitäterin. «Sie steht unter Schock. Bis jetzt habe ich kein Wort aus ihr herausgebracht.»

Samantha hob den Kopf und schaute die Kiste an. Ihre Mutter hatte den Kaffee vergessen.

«Lassen Sie uns das übernehmen», sagte eine Männerstimme.

Die Frau brummte etwas, das wie «ungern» klang. Nachdem sie den Raum verlassen hatte, erschienen zwei Männer in Samanthas Blickfeld. Sie löste ihren Blick von der Kiste und starrte die Männer an. Der Blonde setzte sich ihr gegenüber und hielt dabei seine blauen Augen unverwandt auf sie gerichtet.

«Mein Name ist Christian Bachmann. Und das ist Fritz Landolt.» Bachmann wies auf den zweiten Mann mit krausem grauen Haar und Vollbart. Er stellte die Kiste vom dritten Stuhl auf den Boden und setzte sich neben Bachmann.

«Wir sind von der Kantonspolizei, Abteilung Leib und Leben.»

Polizei. Natürlich. Samantha nickte. Zu mehr war sie nicht fähig.

«Sie haben Herrn und Frau Kälin gefunden?»

Erneut nickte Samantha.

«Ich weiss, wie schrecklich das für Sie sein muss, Herrn und Frau Kälin so aufgefunden zu haben. Aber es ist für uns wichtig, so schnell wie möglich Fragen zu stellen. Ist das für Sie in Ordnung?»

Samantha nickte.

Landolt holte ein Notizbuch hervor und schlug es auf. «Darf ich zuerst nach Ihrem Namen fragen?»

«Samantha Kälin», brachte sie mühsam hervor. Ihre Stimme klang fremd in ihren Ohren.

«Kälin?» Landolt wechselte mit Bachmann einen Blick.

Bachmann machte eine vage Bewegung mit der Hand Richtung Gang. «Sind Sie mit den beiden verwandt?»

«Das sind meine Eltern», sagte Samantha und war sich bewusst, was als Nächstes kommen musste.

Bachmann neigte den Kopf, was einer Aufforderung weiterzusprechen gleichkam.

Samantha holte zitternd Luft. «Ich wurde adoptiert. Ursprünglich stamme ich aus Indien.»

«Indien?», wiederholte Landolt.

Diese Reaktion war Samantha gewohnt. Jeder nahm an, Inder müssten eine dunkle Haut haben. Obwohl sie einen dunkleren Teint als Mitteleuropäer hatte, war ihre Haut für eine Inderin hell. Helles Latte-macchiato-Braun nannte ihre Freundin Lorena es. Genauso passten ihre grünen Augen nicht zu dem allgemeinen Bild, das die Leute von einer Inderin hatten. Das Einzige, das passte, waren ihre dichten, langen schwarzen Haare, die ihr fast bis zur Taille reichten.

Als sie nicht antwortete, sah Landolt Bachmann an, der übernahm. «Da Sie perfekt Schweizerdeutsch sprechen, nehme ich an, Sie kamen bereits als Kind in die Schweiz.»

«So ist es.»

«Wohnen Sie im selben Haus?», fragte Bachmann weiter.

«Nein. Ich habe eine Wohnung in der Altstadt in Lenzburg.» Sie nannte die Adresse, die Landolt notierte.

«Haben Ihre Eltern – Adoptiveltern – weitere Kinder?», fuhr Bachmann fort.

Samantha schüttelte den Kopf.

«Gibt es andere Verwandte?»

«Valentin Kälin.»

In der Pause, die sich einstellte, konnte Samantha erkennen, wie es in Bachmanns Kopf arbeitete.

«Meinen Sie damit Nationalrat Valentin Kälin?», fragte er nach einer Weile.

«Ja. Er ist der Bruder meines Vaters.»

«Können Sie mir bitte seine Kontaktdaten geben?»

Sie nannte die Adresse und Telefonnummer, die Landolt ebenfalls notierte. Will er mich testen, ob ich die Wahrheit sage, fragte sie sich. Bachmann konnte diese Angaben bestimmt anderswo entnehmen.

«Gibt es einen Grund für Ihre Anwesenheit?», fuhr Bachmann fort.

«Wir waren verabredet und wollten zusammen in die Ferien fahren.» Die Worte fühlten sich wie ein Messerstich direkt in den Magen an. Würden ihre Eltern noch leben, wenn sie früher gekommen wäre?

«Darf ich fragen, wann Sie hier ankamen und wie Sie Ihre Eltern vorgefunden haben?»

Zitternd holte sie Luft. Reiss dich zusammen, dachte sie. Die beiden machen nur ihre Arbeit und brauchen die Information, damit sie den finden können, der Mueti und Vati getötet hat.

Sie räusperte sich und begann so genau wie möglich zu berichten. Landolt machte die ganze Zeit Notizen, was sie verunsicherte.

«Für eine Reise in die Berge haben Sie sich erstaunlich in Schale geworfen», sagte Bachmann, nachdem sie geendet hatte. Er musterte Samantha, und sie wurde sich bewusst, dass sie nach wie vor das elegante Kleid trug.

«Ich war auf einem Fest», sagte sie. «Ich wollte mich hier umziehen, bevor wir abfahren.»

«Fest? Darf ich wissen, wo?», hakte Bachmann nach.

«Auf der Hochzeit des Laborleiters der Firma, in der ich angestellt bin.» Himmel, klingt das kompliziert, dachte sie. «Auf der Hochzeit von André Villiger, der wie ich bei AarePharm arbeitet», präzisierte sie.

Bachmann und Landolt schauten einander an. Bachmann machte einige Gesten mit der Hand, was Samantha erneut irritierte. «Die Mitarbeiter waren zum Apéro geladen», fühlte sie sich genötigt zu sagen.

«Können Sie mir jemanden nennen, mit dem Sie gesprochen haben?», fragte Bachmann.

«Joel Gyger, mein Chef», war der Erste, der Samantha in den Sinn kam. Kaum hatte sie seinen Namen ausgesprochen, wünschte sie, es nicht getan zu haben. Angestrengt überlegte sie, wen sie Bachmann ausserdem nennen konnte. Ihr kamen sechs weitere Mitarbeiter in den Sinn, mit denen sie kurz gesprochen hatte, bevor sie sich unter den Baum auf dem Platz vor der Kirche verzogen hatte.

***

Samantha sass an dem kleinen Esstisch in ihrer Zweizimmer-Dachwohnung. Sie hatte den Kopf auf die Arme gelegt und wartete, ob endlich Tränen kamen. Lorena setzte sich neben sie. Samantha hob den Kopf und blickte in das sommersprossige Gesicht, das von einem roten Lockenkopf umrahmt war. Nachdem Bachmann und Landolt ihre Fragen beendet hatten, hatte ein Polizeibeamter sie nach Hause gebracht, da sie psychologische Betreuung abgelehnt hatte. Samantha hatte alleine sein wollen. Erst zu Hause realisierte sie, dass das keine gute Idee gewesen war. Sie hatte Lorena angerufen. Ihre Freundin, die sie bereits seit dem Kindergarten kannte, war sofort gekommen.

«Trink einen Schluck», sagte Lorena.

Samantha nippte an dem Glas. «Ich wünschte, ich könnte weinen oder schreien. Ich spüre, wie es in mir brodelt und ich am liebsten alles gegen die Wand schmeissen würde, was ich in die Finger bekomme, aber ich kann nicht. Ich bin wie gelähmt.»

«In dem Fall ist es besser, wenn du gelähmt bist. Zerstörungswut hilft im ersten Augenblick, aber später wirst du dich nicht befreit fühlen.»

«Warum kann ich nicht weinen? Das soll helfen, habe ich gehört.» Sie stand auf und wechselte zum Sofa.

«Das ist der Schock, denke ich. Wenn der weg ist, wirst du es können.» Lorena strich über ihren Arm. «Hast du deinem Onkel Bescheid gesagt?»

Erschrocken hob Samantha den Kopf. «Nein.»

«Du solltest es tun, wenn es die Polizei nicht bereits getan hat. Du solltest ihn anrufen.»

Ihr Blick huschte zur Uhr. Fast Mitternacht. «Das kann ich nicht. Nicht heute. Morgen.»

«Es wäre gut. Ihr braucht euch.»

«Ich kann nicht», wiederholte Samantha und begann am ganzen Körper zu zittern. «Was soll ich ihm sagen?» Lorena strich weiter über ihren Arm, aber dieses Mal verfehlte diese Geste die beruhigende Wirkung.

Es klingelte an der Tür, und Samantha und Lorena zuckten gleichzeitig zusammen. Lorena stand auf, während Samantha weiter vor sich hin starrte und das Stimmengemurmel, das von der Tür kam, ausblendete.

«Sammy!»

Sie erschrak, als sich Valentins Frau Sonja neben sie setzte und sie umarmte. Steif lehnte Samantha sich gegen sie. Sonja strich über ihren Rücken.

«Das ist furchtbar», flüsterte sie.

Auf der anderen Seite quetschte sich noch jemand auf das Zweiersofa. Samantha roch das Aftershave ihres Onkels. Lorena schloss die Wohnungstür und blieb unschlüssig dort stehen.

«Kind», sagte er und drückte ihren Arm.

«Der Polizist sagte, du hättest sie gefunden. Stimmt das wirklich?», fragte Sonja.

Samantha löste sich aus ihrer Umarmung und stand auf. Auf einmal konnte sie keine Person zu dicht bei sich ertragen. Am liebsten hätte sie alle gebeten zu gehen. Samantha setzte sich auf den Sessel, der gegenüber dem Sofa stand.

Sonjas Augen waren gerötet. Ihre kurz geschnittenen, blond gefärbten Haare standen vom Kopf ab. Obwohl sie pummelig war, wirkte sie auf einmal ausgezehrt. Auch Valentin schien gealtert. Normalerweise wirkte er nicht wie vierundfünfzig, sondern mindestens zehn Jahre jünger. Die Augen hinter der Brille hatten den Glanz und das schelmische Glitzern, das sie mehr oder weniger immer hatten, verloren. Seine Wangen waren eingefallen und das Gesicht grau. Das war nicht mehr der überragende Politiker, der bei den letzten Wahlen mit einem Glanzresultat in den Nationalrat gewählt worden war.

«Als der Polizist ... wie heisst er – irgendwas mit einem Gewässer?», fragte Valentin.

«Bachmann», sagte Sonja leise.

«Als Herr Bachmann sagte, Doris und Peter seien tot, hielt ich das für unmöglich. Am Mittag waren sie bei uns zum Essen und haben die Wanderstöcke geholt. Ihre Vorfreude auf eure Wanderferien war riesig – die ersten gemeinsamen Ferien seit wie lange? Sie wussten nicht, wohin mit ihrer Energie, und schmiedeten die ganze Zeit Pläne. Sie können nicht einfach tot sein!»

Samanthas Hals wurde trocken, und sie war unfähig zu sprechen. Um diese Zeit sollte sie nach einem reichhaltigen Essen in der Ferienwohnung im Bett liegen. Morgen hatten sie die erste Wanderung vorgehabt.

«Erschlagen, hat der Beamte gesagt. Das kann nicht sein.» Über Sonjas Wangen strömten Tränen, und Samantha beneidete sie darum, weinen zu können.

Das Schweigen, das nur von Sonjas Schluchzern unterbrochen wurde, dehnte sich aus. Valentin legte den Arm um seine Frau, und Sonja presste ihr Gesicht gegen seine Schulter. Valentins Augen schienen ins Leere zu blicken.

«Möchtest du darüber reden?», fragte er unvermittelt.

Samantha zuckte zusammen.

«Ich meine, wie du sie gefunden hast.»

Nein, hätte sie am liebsten geschrien. «Ich kann nicht.»

«Es wäre gut.»

«Nicht jetzt.»

«Möchtest du mit zu uns kommen?», fragte Sonja, die sich inzwischen beruhigt hatte.

«Nein.» Geht endlich, dachte sie. Ich weiss, ihr meint es gut, aber ich muss alleine sein.

«Du kannst nicht alleine bleiben», sagte Sonja, als habe sie ihre Gedanken erraten.

«Lorena ist bei mir», brachte sie nach einigen Sekunden heraus.

«Wir sind deine Familie. Du kannst in Adriennes Zimmer schlafen.»

Samantha schüttelte den Kopf. Enttäuschung blitzte in Sonjas Augen auf, und Samantha verspürte ein schlechtes Gewissen. Sie war erleichtert, als ihr Onkel aufstand. «Wenn du uns brauchst, sind wir jederzeit für dich da», sagte er kurz angebunden.

Am liebsten hätte Samantha gesagt: «Das Gleiche gilt andersherum», aber sie brachte den Satz nicht über die Lippen und schämte sich dafür. Immerhin hatte Valentin gerade seinen Bruder auf brutale Art verloren.

«Bitte geh auch», sagte sie zu Lorena, nachdem Sonja und Valentin die Wohnung verlassen hatten.

ZWEI

Samantha war hundemüde. Nachdem Lorena gegangen war, hatte sie sich hingelegt, aber sie hatte das Gefühl, in der Nacht keine Sekunde geschlafen zu haben. Kaum hatte sie die Augen geschlossen, hatte sie ihre blutüberströmten Eltern vor sich gesehen.

Als sie die Nachttischlampe eingeschaltet hatte, war es nicht besser gewesen. Augen zu und schlafen bedeutete Dunkelheit, die Platz für den Schrecken liess.

Gegen sechs Uhr am Morgen hatte sie sich aus dem Bett gequält und Frühstück gemacht. Das hatte sie nicht herunterbekommen. Nur einen Cappuccino hatte sie trinken können. Langsam war es draussen hell geworden, und das Licht der aufgehenden Sonne hatte den Tod ihrer Eltern unrealistisch erscheinen lassen.

Realität wurde er wieder, als es an der Tür geklingelt hatte und Bachmann und Landolt davorstanden. Die Beamten wirkten genauso übernächtigt.

Für die beiden musste der Tod ihrer Eltern lästig sein, weil er ihnen das Wochenende verdarb. Allerdings konnte Samantha keinen Groll bei ihnen ausmachen. Im Gegenteil, sie behandelten sie professionell und freundlich.

Samantha wäre es lieber gewesen, sie hätten mit den weiteren Befragungen bis Montag gewartet. Allerdings war ihr klar, dass sie so schnell wie möglich Informationen zusammentragen mussten.

Samantha bat die beiden herein und fragte sie, ob sie etwas trinken wollten. Bachmann wirkte, als wolle er zunächst ablehnen, schien jedoch ihren Wunsch, aktiv etwas machen zu können, zu erraten.

«Für mich gerne einen Espresso», sagte er und schaute Landolt an.

«Für mich auch. Vielen Dank.»

Die beiden setzten sich an den Tisch und warteten, bis Samantha sich mit den beiden Tassen zu ihnen gesellte.

«Wir würden Ihnen gerne weitere Fragen stellen», sagte Bachmann ohne grosse Einleitung.

Samantha brachte nur ein Nicken zustande.

Bachmann holte seine Notizen hervor und ging Samanthas Aussage vom Vorabend durch. «Haben Sie Ergänzungen?»

«Nein.»

«Ist Ihnen aufgefallen, ob Dinge fehlen?», fragte er weiter.

«Dinge?»

«Wertgegenstände, Geld.»

Hilflos sah Samantha ihn an. «Sie meinen, jemand habe meine Eltern getötet, weil er sie berauben wollte?»

«So in der Art», sagte Bachmann.

«Bei meinen Eltern gab es nichts zu holen. Das einzige Wertvolle, wenn man das so nennen will, sind der Fernseher und der Computer. Schmuck hatten sie keinen.»

«Fernseher und Computer waren da», sagte Landolt. «Fühlten sich Ihre Eltern bedroht?»

«Warum sollten sie?»

«Gab es keine Probleme mit Freunden?»

«Meine Eltern haben nie über Streitigkeiten gesprochen.»

«Mit Nachbarn?», fragte Bachmann.

«In dem Quartier, in dem meine Eltern wohnen, wird viel Wert auf gute Nachbarschaft gelegt. Alle unterstützen sich gegenseitig.»

«Gab es wirklich keinen Streit?», hakte Bachmann nach.

Samantha schüttelte den Kopf.

Bachmann musterte sie einen Augenblick schweigend. «Die nächste Frage wird persönlich sein, ist aber leider notwendig. Ist das in Ordnung?»

Samantha nickte.

«Doris und Peter Kälin haben Sie adoptiert. Sie sind keine gebürtige Schweizerin. Hatten Ihre Eltern deswegen Probleme?»

«Probleme?», wiederholte Samantha.

«Damit meine ich zum Beispiel, ob sie fremdenfeindlichen Äusserungen ausgesetzt waren. Oder wurden Sie direkt mit Fremdenfeindlichkeit konfrontiert?»

Samantha starrte erst Bachmann und danach Landolt an.

«Ich fühlte mich nie als Ausländerin und tue es heute genauso wenig.»

«Das meine ich nicht. Sie haben einen Namen, der nichts in diese Richtung vermuten lässt, und Sie sprechen Aargauer Dialekt. Wenn man Sie nicht sieht, gehen Sie für jeden als Schweizerin durch.»

«Ich bin Schweizerin!», rief sie heftig. Samantha atmete einmal durch. «Entschuldigung.»

«Sie müssen sich nicht entschuldigen», sagte Bachmann.

«Hin und wieder kommen, wie soll ich sagen, verletzende Äusserungen vor, aber das ist zum Glück selten. Ich habe weder im Beruf noch privat Probleme und habe mich nie bedroht gefühlt, wenn Sie das meinen.»

«Wie war es bei Ihren Eltern? Hatten sie mit Fremdenfeindlichkeit zu kämpfen, als sie Sie adoptierten?», fragte Bachmann weiter.

«Mein Vater und sein Bruder waren als Expats für ein Chemieunternehmen in Indien tätig, um dort einen Produktionsstandort aufzubauen. Mein Onkel als Produktionsleiter und mein Vater als Automationsspezialist.» Samantha machte eine kurze Pause, um sich zu sammeln. «Da meine Mutter keine eigenen Kinder bekommen konnte, haben sie sich entschlossen, eins zu adoptieren. Weil sie zu diesem Zeitpunkt in Delhi wohnten, war es für sie naheliegend, ein indisches Kind zu adoptieren. Kurz darauf erkrankte mein Vater an Tuberkulose. Meine Eltern kehrten vorzeitig in die Schweiz zurück und nahmen mich mit. Zum Glück konnte mein Vater geheilt werden. Als wir in die Schweiz kamen, war ich bereits Teil der Familie.»

«Wie reagierten die Nachbarn, als Ihre Eltern mit einem Ausländerkind einzogen?», fragte Bachmann.

«Es war von Anfang an klar, dass ich nicht ihr leibliches Kind war. Meine Eltern waren blond und ich schwarzhaarig. Hinzu kommt mein dunklerer Teint. Von Anfang an gingen meine Eltern offen mit der Adoption um. Alle, denen sie es erzählten, reagierten tolerant. Vorurteile oder ausländerfeindliche Äusserungen gab es zwar, gehörten aber zur Seltenheit. Von den meisten wurden meine Eltern unterstützt, da die erste

Zeit, insbesondere die Krankheit meines Vaters, meinen Eltern viel abverlangte. Meine Mutter hat einmal gesagt, es sei ihnen manchmal ein wenig zu viel des Guten gewesen, wie sich die Leute um sie gekümmert haben.»

«Wie sah es innerhalb der Familie aus?», fragte Bachmann weiter.

«Mein Onkel und seine Frau waren gemäss meiner Mutter am Anfang skeptisch. Das lag nicht an der Adoption, bei der sie ihnen mit den ganzen Formularen geholfen haben, oder an meiner Herkunft. Ihre Befürchtungen gingen eher in die Richtung, man wisse nicht, ob ich eventuell krank sei oder der Art.»

«Wurden diesbezüglich keine Abklärungen getroffen?», mischte sich Landolt ins Gespräch ein.

«Im Waisenhaus wurde ich genau untersucht. Es ging ihnen eher um, wie soll ich es nennen – Spätfolgen.»

«Das heisst, Sie waren krank?»

«Meine Eltern sind hier nicht ins Detail gegangen. Wie gesagt, mein Onkel und meine Tante unterstützten meine Eltern, wo es ging. Zusammengefasst: Ich bin von meinen Eltern und ihren Familien behütet aufgewachsen.»

«Valentin Kälin ist der Bruder Ihres Vaters. Von Verwandten Ihrer Mutter haben Sie uns gestern nichts gesagt.»

«Die Schwester meiner Mutter und ihr Mann sind beim Skitouren im Engadin von einer Lawine erfasst und getötet worden, als ich achtzehn war. Sie hatten keine Kinder.»

«Was ist mit Ihren Grosseltern?», fragte Bachmann.

«Mueti hat mir erzählt, sie seien anfangs befremdet gewesen, aber sie haben die Entscheidung respektiert. Meine Grossväter und die Mutter meines Vaters leben nicht mehr. Mein Grosi lebt in einem Heim. Sie ist dement, und es ist von der Tagesform abhängig, ob sie uns erkennt oder nicht. Ich bitte Sie, meine Grossmutter nicht zu befragen und ihr nichts vom Tod meiner Eltern zu sagen.»

«Das Heim ist informiert?», hakte Bachmann nach.

«Ja.» Samantha hatte dort angerufen, kurz bevor die Beamten gekommen waren. «Grosi wird Ihnen nicht weiterhelfen können, da sie in ihrer eigenen Welt lebt. Die Augenblicke, in denen sie in unserer Zeit weilt, sind kurz. Die Heimleiterin meinte, es sei besser für sie, wenn sie nichts vom Tod meiner Eltern erfährt.»

Bachmann machte eine Notiz. «Ich stelle mir diesen Zustand besonders für Sie als Angehörige schwer vor.»

«Das ist es. Man gewöhnt sich nie daran.»

«Zurück zu Ihnen. Wie alt waren Sie, als Sie in die Schweiz kamen?», fragte er.

«Ungefähr zweieinhalb Jahre. Bevor Sie fragen, an die Zeit in Indien habe ich keine Erinnerung.»

«Was verständlich ist. Das heisst, Sie sind seit ungefähr sechsundzwanzig Jahren in der Schweiz?»

Samantha nickte und fragte sich, warum das für die Ermittlungen wichtig sein sollte.

«Konnten Ihre Eltern Sie einfach so mit in die Schweiz nehmen?»

«Soviel ich weiss, mussten sie die Adoptionsunterlagen übersetzen und beglaubigen lassen und an die Schweizer Vertretung schicken, die alles an den Heimatkanton weiterleitete. Dort wurde es an das Zivilstandsamt oder so weitergegeben. Nachdem meine Adoption in der Schweiz anerkannt war, erhielt ich das Schweizer Bürgerrecht. Da meine Eltern das gleich nach meiner Adoption in die Wege geleitet haben, war meine Einreise kein Problem.»

«Wie alt waren Sie bei der Adoption?»

«Knapp drei Monate.»

«Haben Ihre Eltern mit Ihnen über Ihre Herkunft gesprochen?», fragte Landolt.

«Viel gab es nicht, was sie berichten konnten. Man hat mich in ein Waisenhaus gebracht, nachdem meine leiblichen Eltern gestorben waren. Soviel ich weiss, gab es einen grossen Brand im Slum, dem unter anderem ihre Hütte zum Opfer gefallen war. Ich habe als Einzige überlebt.»

«In welchem Slum? In Delhi?», fragte Bachmann.

«Ja», antwortete Samantha.

«Das heisst, Sie haben keine lebenden Verwandten. Ich meine

damit entferntere Verwandte wie Tanten oder Onkel, Cousinen oder Cousins?»

«Dazu gab es keine Angaben, als ich adoptiert wurde. Ich vermute, es wurde gar nicht nach Verwandten gesucht. Meine Mutter hat gesagt, ich soll froh sein, ins Waisenhaus gekommen zu sein.»

«Warum?», fragte Landolt.

«Grosse Perspektiven hatte ich im Slum nicht. Die Schweiz sei die bessere Alternative für mich gewesen.»

«Das klingt nachvollziehbar», sagte Bachmann und machte eine weitere Notiz. Samantha hätte zu gerne gewusst, was er schrieb und inwiefern die Antworten auf diese Fragen relevant für den Tod ihrer Eltern sein sollten.

«Sind Ihre Eltern später nach Indien zurückgekehrt?», fragte Landolt.

«Sie meinen, nachdem mein Vater genesen war?»

Bachmann nickte.

«Nein. Meinen Vater haben keine zehn Pferde zurückgebracht. Einmal Tuberkulose hat gereicht, hat er gesagt. Er wollte das Risiko kein zweites Mal eingehen. Er hat folglich gekündigt und eine neue Stelle als Wartungsspezialist für Chemieanlagen mit weniger Reisetätigkeit und nur innerhalb Europas angenommen. Ein weiterer Grund war, meine Eltern wollten mich hier einschulen. Die Tuberkulosebehandlung zog sich über ein Jahr hin. Als er für gesund erklärt wurde, waren es nur wenige Monate, bis ich in den Kindergarten kam.»

«Was ist mit Ihrem Onkel?», fragte Bachmann.

«Er blieb in Indien und kehrte zurück, als meine Cousine und mein Cousin eingeschult wurden.»

«Hatten Ihre Eltern viele Kontakte in Indien?»

«Natürlich hatten sie das. Von der Arbeit, mit Nachbarn und mit anderen Expatfamilien. Die Kontakte zu den Einheimischen beschränkten sich eher auf die Arbeit. Nachdem sie zurückgekehrt waren, standen sie weiterhin in Kontakt, der allerdings nach und nach weniger wurde. Irgendwann gab es nur noch sporadisch eine Karte zu Diwali, dem indischen Neujahr.»

Erneut wunderte Samantha sich, wozu das alles wichtig sein

sollte. Bachmanns Stift huschte über die Seiten des Notizbuches. Als er den Kopf hob, begegneten sich ihre Augen. Seine Miene war nichtssagend, aber er schien in ihrer zu forschen.

«Das heisst, heute hatten sie keinen Kontakt mehr?», hakte Bachmann nach.

«Soviel ich weiss, nicht.»

Bachmann klappte sein Buch zu. «Würden Sie mit uns zum Haus Ihrer Eltern fahren und schauen, ob nichts fehlt?»

Samantha konnte nichts sagen und ihn nur anstarren.

«Ich weiss, was ich von Ihnen verlange. Dennoch möchte ich sichergehen, dass nichts fehlt. Ich kann es nicht beurteilen, Sie schon.»

***

Samantha hatte die Hände zu Fäusten geballt. Die Fingernägel gruben sich schmerzhaft in die Haut ihrer Handinnenflächen. Starr stand sie neben Bachmann im Gang im Haus ihrer Eltern. Es war ruhig.

«Wo haben Ihre Eltern Wertgegenstände aufbewahrt?»

«Sie besassen nichts, das einen grossen Wert hat», wiederholte Samantha ihre Aussage von vorhin. Ihre Stimme klang unnatürlich schrill. Warum stellte er diese Frage nochmals?

«Schauen Sie bitte nach.» Bachmann dirigierte Samantha zum Wohnzimmer. Sie vermied es, auf die Stelle zu schauen, an der ihr Vater gelegen hatte. Aus den Augenwinkeln erkannte sie eine Linie am Boden – die Markierung, wo der Körper sich befunden hatte. Rasch wandte sie sich ab und öffnete einzelne Schubladen. Die Portemonnaies lagen darin. In ihnen befanden sich neben Münzen und einer Fünfzigernote die Postcheck- und die Kreditkarte ihres Vaters. In dem Glasschrank, in dem einzelne Mitbringsel von den wenigen Reisen, die sie gemacht hatten, standen, schien nichts zu fehlen. Samanthas Blick fiel auf die Ganesh-Figur. Der vergoldete indische Elefantengott war das Wertvollste, das sich in den Wohnzimmerschränken befand. Samantha verliess das Wohnzimmer und ging gefolgt von Bachmann in den ersten Stock. An der Schlafzimmertür zögerte sie. Es schien ihr nicht richtig, mit einem Fremden diesen Raum zu betreten. Nach einigen Sekunden öffnete sie die Tür. Darum herum würde sie nicht kommen. Einen Moment blieb sie mit geschlossenen Augen stehen und atmete die Mischung des Parfüms ihrer Mutter und des Aftershaves ihres Vaters ein. Bald würde sich dieser Geruch verflüchtigt haben. Zitternd holte Samantha Luft und spürte im gleichen Augenblick eine Hand auf ihrer Schulter. Sie trat von Bachmann weg und schaute im Schrank nach. Die Kleider hingen auf den Bügeln beziehungsweise lagen ordentlich zusammengefaltet auf den Tablaren. Im Nachttisch ihrer Mutter fand sie das kleine Schmuckkästchen. Als sie es öffnete, spürte sie Bachmanns Anspannung.

«Es fehlt nichts», sagte sie heiser. «Wie gesagt, die Ohrringe und Ketten haben eher einen ideellen Wert.»

Samantha stellte das Kästchen zurück und erhob sich. Ihr Blick begegnete Bachmanns, und sie meinte, Enttäuschung darin zu erkennen. Bisher musste er davon ausgegangen sein, ihre Eltern könnten Opfer eines Raubmordes gewesen sein.

Sie gingen ins Arbeitszimmer. Samantha schaute in den Schreibtischfächern nach, ohne zu wissen, was ihr Vater genau dort aufbewahrt hatte. Ratlosigkeit machte sich breit, als sie die obere Schublade schloss. Wieder traf ihr Blick den von Bachmann.

«Es fehlt nichts», sagte sie. «Ich wiederhole es gerne. Meine Eltern hatten keine Reichtümer. Das, was sie besassen, reichte zum Leben, aber nicht zum Anhäufen von Schätzen.»

DREI

Bachmann und Landolt nahmen Samantha gegenüber am Tisch Platz. Möglichst unauffällig schaute Samantha sich um. Bisher war sie nie auf einem Polizeiposten gewesen. Es hatte sie eingeschüchtert, als Bachmann sie gestern gebeten hatte, am Montagvormittag ins Polizeikommando nach Aarau zu kommen. Bachmann schlug sein Notizbuch auf und überflog die Seiten.

«Nachdem im Haus Ihrer Eltern definitiv nichts zu fehlen scheint, möchte ich nochmals auf Freunde und Nachbarn zu sprechen kommen. Sie können sich wirklich keinen vorstellen, der ein Interesse oder einen Grund gehabt haben könnte, Ihre Eltern zu töten?»

«Nein», antwortete Samantha.

«Besteht die Möglichkeit, der Überfall könne nicht Ihren Eltern, sondern jemand anderem gegolten haben?»

«Wie meinen Sie das?»

«Ihre Eltern haben auf Sie gewartet, damit Sie gemeinsam in die Ferien fahren konnten.»

«Wollen Sie damit andeuten, jemand hat mich töten wollen?»

Bachmann neigte den Kopf auf die Seite und schwieg.

«Wieso das?», rief Samantha.

«Das frage ich Sie.»

«Wenn Sie auf meine Herkunft anspielen, kann ich nur das Gleiche sagen wie gestern. Ich werde kaum ausländerfeindlich angegangen. In der Regel sind es verbale Attacken, und die sind selten, wie ich gestern mehrfach betont habe.»

«Es gab keine Anfeindungen in der letzten Zeit?», hakte Bachmann nach.

«Nein.»

«Gab es irgendetwas in der letzten Zeit, das Ihnen seltsam erschien?»

«Was meinen Sie damit?»

«Hatten Sie zum Beispiel das Gefühl, es folge Ihnen jemand,

oder gab es Anrufe, bei denen keiner antwortete, wenn Sie das Gespräch entgegengenommen haben?»

«Nein.»

«Haben Ihre Eltern etwas in dieser Richtung erwähnt?»

«Ob es bei ihnen anonyme Anrufe gab? Nein.»

«Wie ist es mit Ihrem Onkel?»

«Das müssen Sie ihn selbst fragen. Allerdings weiss ich nicht, was Valentin mit dem Tod meiner Eltern zu tun haben soll.»

«Er ist eine Person des öffentlichen Lebens. Könnte der Mordanschlag Ihrem Onkel und nicht Ihren Eltern gegolten haben?»

«Wieso sollte es das? Mein Onkel wohnt in Gränichen und meine Eltern in Brugg. Ausserdem war nur wenigen bekannt, dass Valentin der Bruder meines Vaters war.»

Die Art und Weise, wie Bachmann sie anschaute, verunsicherte Samantha. Sie wartete auf eine neue Frage, die aber ausblieb. Das Schweigen zog sich in die Länge.

«Mein Vater hat nie damit angegeben, der Bruder eines Politikers zu sein», sagte sie, als ihr die Stille zu unerträglich wurde.

«Sie glauben also an keine Verwechslung?»

Beinahe hätte Samantha aufgelacht. «Unterschiedlicher als Valentin und mein Vater können Brüder nicht sein.»

Bachmann sagte nichts, und wieder stellte sich dieses Schweigen ein, das Samantha als unangenehm empfand.

«Sie haben Valentin gesehen. Er ist gross, und kaum ist er da, drängt seine Präsenz alles andere auf die Seite. Mein Vater, der drei Jahre älter war als er, war eher unscheinbar und hasste es, in irgendeiner Form im Rampenlicht zu stehen.» Hinzu kam das Aussehen. Valentin war massig, ohne dass man ihn deshalb als dick bezeichnet hätte, und hatte volle Haare. Der Bart war gepflegt und zurechtgestutzt. Ihr Vater dagegen war mindestens zehn Zentimeter kleiner, untersetzt, und nur ein schmaler Haarkranz umgab seine Glatze. Zudem hatte er keinen Bart. «Wenn man es nicht wusste, kam man nicht auf die Idee, sie seien Brüder. Mein Vater hatte Valentin gebeten, ihn und seine Familie, also uns, so weit wie möglich aus seiner Karriere und allem, was damit verbunden ist, herauszuhalten.

Dem Wunsch hat er entsprochen. Wenn beispielsweise die Medien über Valentins Privatleben berichtet haben, war von uns nie die Rede.»

«Darin muss ich Ihnen recht geben. Bis gestern habe ich nicht gewusst, dass Nationalrat Kälin einen Bruder hat. Haben Sie lange in Brugg gelebt?»

Der abrupte Themenwechsel überraschte Samantha, und sie brauchte einige Sekunden, bis sie sich darauf eingestellt hatte. «Ich bin in Brugg aufgewachsen.»

«Das heisst, Sie leben seit Ihrer Kindheit im Aargau?»

«Nein. Nach der Matura habe ich während eines Zwischenjahres gejobbt, um zusätzlich Geld für das Studium zu verdienen. In dieser Zeit habe ich bei meinen Eltern in Brugg gewohnt. Als ich mit der Ausbildung anfing, bin ich ausgezogen und habe in Zürich Biologie mit Schwerpunkt Biochemie studiert. Nach dem Ende des Studiums ging ich in die Westschweiz. Vor einem halben Jahr bin ich in den Aargau zurückgekehrt.»

«Von wo?»

«Ich habe in der Nähe von Lausanne bei einem Pharmakonzern gearbeitet. Die Stelle war auf zwei Jahre beschränkt. Im Rahmen dieses zweijährigen Projektes habe ich an der Entwicklung neuer Medikamente bei der Herstellung mitgearbeitet.»

«Warum sind Sie ausgerechnet nach Lausanne gegangen?»

«Es hat sich so ergeben. Ausserdem habe ich die Gelegenheit genutzt, um mein Französisch aufzupolieren.»

«Wieso wurde Ihr Vertrag nach den zwei Jahren nicht verlängert?», fragte Bachmann.

«Ich hätte länger bleiben können, aber ich wollte zurück in die Deutschschweiz. So kam ich zu AarePharm.»

«Warum sind Sie nicht nach Egerkingen oder nach Brugg gezogen?»

«Ich fand in Lenzburg die passendere Wohnung, und mit dem Auto sind es nur fünfundzwanzig Minuten zu AarePharm. Von Brugg her hätte ich den längeren Arbeitsweg. Daher habe ich Lenzburg bevorzugt.»

«War die berufliche Entscheidung rückblickend die richtige?»

Erneut wunderte Samantha sich, wozu das alles wichtig sein sollte. «Bisher ja.»

«Zurück zu Ihren Eltern.»

Samantha begann sich zu fragen, ob das Hin- und Herspringen zwischen den einzelnen Themen zu der Befragungstaktik gehörte und was Bachmann damit bezwecken wollte.

«Ist Ihnen an Ihren Eltern in der letzten Zeit etwas aufgefallen?», fragte Bachmann.

«Wie meinen Sie das?»

«Haben sie sich verändert? Wirkten sie beispielsweise nervöser als sonst, oder waren sie aufbrausend? Hatten Sie das Gefühl, Ihre Eltern würden Ihnen etwas verheimlichen?»

«Nein. Sie waren wie immer.»

Bachmann und Landolt wechselten einen Blick.

«Unser Rechtsmediziner meint, Ihre Eltern seien nicht lange tot gewesen, als Sie sie fanden», sagte Landolt.

«Was heisst das?» Samantha bekam einen schalen Geschmack im Mund.

«Eine halbe Stunde oder weniger», sagte Bachmann.

«Das heisst, ich bin beinahe dem Täter begegnet?», rief Samantha. Sie verschränkte die Finger ineinander, als ihre Hände zu zittern anfingen.

Bachmann antwortete nicht, sondern schaute ihr einfach in die Augen. Ein neues, langes, unangenehmes Schweigen stellte sich ein, das Samantha dieses Mal nicht brach. Ihre Gedanken machten sich selbstständig. War der Täter noch im Haus gewesen, als sie eingetroffen war? Hatte er sich versteckt? Eine neue Möglichkeit nahm Gestalt an. Hielten die beiden es für möglich, sie könnte die Tat begangen haben?

Bachmanns Blick war nach wie vor auf sie gerichtet. Sein Gesicht war nichtssagend, aber er beobachtete genau ihre Reaktion. Er musste merken, wie sich ihr Herzschlag beschleunigte und sich Schweiss auf der Stirn sammelte. «Sind Sie Rechts- oder Linkshänderin?»

«Linkshänderin», krächzte Samantha.

Ein neuer Blickwechsel der beiden Männer. Sie nickten einander zu.

«Darf ich Sie bitten, uns noch einmal detailliert zu schildern, wie Sie bei Ihren Eltern vorfuhren und anschliessend das Haus betreten haben?»

Samantha benötigte einige Sekunden, bis sie mit der Wiederholung ihres Berichtes beginnen konnte. Die Befragung zermürbte sie mehr und mehr. Das ist das, was sie erreichen wollen, dachte sie. Bleib ruhig. Du hast nichts getan.

Samantha konzentrierte sich auf ihren Bericht und bemühte sich, nichts auszulassen und jede kleine Abweichung zu vermeiden. Sie holte aus und begann beim Apéro, beschrieb den Weg, den sie genommen hatte. Sie war an dem Tag nicht über die Autobahn gefahren, weil es wieder einmal Stau gehabt hatte, und war stattdessen über Wildegg und Holderbank nach Brugg gefahren. Samantha berichtete, wie sie beim Haus ihrer Eltern angekommen war. Sie schilderte, wie sie ausgestiegen war und das Haus betreten hatte.

Die beiden Beamten nickten einander ein weiteres Mal zu, nachdem sie geendet hatte. Als Bachmann sie anschaute, meinte sie, ein leichtes Lächeln in seinem Gesicht zu erkennen. Es wirkte freundlich. Erleichterung machte sich breit. Dennoch war sie weiterhin auf der Hut.

Sie wusste nicht, wie sie es durchstehen sollte, falls die Beamten sie als Tatverdächtige ins Auge fassten. Ihr Herzschlag beschleunigte sich von Neuem, als ihr bewusst wurde, dass dieser Verdacht in den Augen der Polizisten durchaus Sinn machte. Nach wie vor herrschte Schweigen, das Samantha so schnell wie möglich loswerden wollte.

«Wollen Sie sagen, wenn ich früher nach Hause gekommen wäre, hätte ich den Täter überrascht?» Oder ihre Eltern würden noch leben, oder Samantha wäre wie sie tot? Schuldgefühle und Angst wechselten sich ab und drohten sie zu ersticken. Warum hatte sie sich überreden lassen, bei dieser Hochzeit Spalier zu stehen? Wären sie bereits nach dem Mittag abgefahren, würden sie noch leben. In diesem Punkt war sich Samantha sicher.

***

«Was sollen diese ganzen Fragen?», ereiferte sich Valentin. «Ich habe das Gefühl, sie stochern im Nebel und kommen keinen Schritt weiter. Stattdessen müssen wir die ganze Zeit unsere Aussage wiederholen. Sie sollten aufhören, ihre Zeit zu verplempern, und endlich den Mörder finden.»

Als sie am Vormittag im Polizeikommando gewesen war, hatte Samantha nach den neuen Befragungen ihre Aussage unterschrieben. Auf ihre Frage, wann sie ihre Eltern beerdigen dürfe, hatte Bachmann ihr erklärt, zuerst müsse die Obduktion fertig sein. Wie es aussah, war ihre Mutter durch einen Schlag mit der Weinflasche auf den Hinterkopf gestorben. Die Flasche musste der Täter in der Küche gefunden haben, denn dort hatte eine weitere mit der gleichen Etikette gestanden. Vermutlich hatten sie den Wein in die Ferien mitnehmen wollen.

Ihr Vater war mit dem Kopf auf der Tischkante aufgeschlagen. Man untersuchte ihn aktuell auf weitere Spuren. Im Wohnzimmer hatte die Spurensicherung keine Kampfspuren gefunden, was den Verdacht nahelegte, der Angriff musste für ihren Vater unvorbereitet gekommen sein. Das Einzige, das neben ihrem Vater am Boden gelegen hatte, waren die Zeitschriften gewesen, die in der Regel auf dem Wohnzimmertischchen ihren Platz hatten.

Sobald es neue Erkenntnisse gab, würden sie sich bei ihr melden. Nachdem Samantha das Polizeikommando verlassen hatte, hatte sie nicht gewusst, was sie tun sollte. Nach Hause hatte sie nicht fahren wollen. So gerne sie alleine sein wollte, so sehr fürchtete sie die Stille ihrer Wohnung. Kurz hatte sie überlegt, ob sie ihre Ferien vorzeitig beenden und zu AarePharm fahren sollte. Diese Option hatte sie schnell verworfen. Sie hatte keine Kraft, die Beileidsbekundungen über sich ergehen zu lassen oder denjenigen, die noch nicht Bescheid wussten, erklären zu müssen, was vorgefallen war. Stattdessen hatte sie beschlossen, nach Gränichen zu fahren, und sass nun im Wohnzimmer ihres Onkels.

Sonja stellte eine Rüeblitorte – Samanthas Lieblingskuchen – auf den Tisch, bei dessen Anblick Samanthas Magen ein Knurren von sich gab.

Ihre Gedanken drifteten zu ihrer Zeit in Lausanne. Sie war die aus dem Rüebliland, und bei Partys war sie immer gefragt worden, ob sie diese Aargauer Spezialität als Dessert mitbringen könnte. Dennoch war Samantha sich sicher, dass Sonja die beste Rüeblitorte von allen machte.

«Sie machen nur ihren Job», sagte Sonja und stellte Kaffeetassen auf den Tisch. «Dazu gehört es, Informationen zu sammeln.»

«Informationen – pah! Sie tun nur so, als würden sie ermitteln», rief Valentin aus.

Samantha war froh, dass er sich heute freigenommen hatte. Er könne sich bei der Arbeit nicht konzentrieren und habe noch genug Ferientage, hatte er erklärt.

Sonja seufzte und verteilte Teller und Kuchengabeln. Wie bei einem Kaffeekränzchen, dachte Samantha. Obwohl es ihr nach wie vor widerstand, nahm sie ein Stück. Sie wollte Sonja nicht enttäuschen. Samantha schob einen Bissen in den Mund. Das Aroma der Rüebli und Haselnüsse breitete sich in ihrem Mund aus. Perfekter konnte es nicht sein. Im Backen war Sonja unschlagbar.

«Sie müssen Sammy nicht nach ihrer Herkunft löchern. Das hat nichts mit Doris' und Peters Tod zu tun», fuhr Valentin fort.

«Das vielleicht nicht», sagte Sonja und nahm sich ebenfalls ein Stück. «Aber sie müssen sich ein Bild von den Opfern und deren Umfeld machen.»

«Wo hast du den Blödsinn her? Aus einem deiner Krimis, die du die ganze Zeit liest? Uns löchern sie genauso. All die Fragen nach Feinden, die so klingen wie in deinen Krimis. Dem ist nicht genug. Dieser Polizist glaubt, das Ganze könnte mit meiner Karriere als Politiker zu tun haben. Wenn das so wäre, müsste ich tot sein und nicht Peter.»

«Valentin, hör auf, dich aufzuregen. Wie gesagt, sie machen nur ihre Arbeit», sagte Sonja.

Valentin brummte etwas, das Samantha nicht verstand. Mechanisch kaute sie, schluckte, schob die Gabel erneut in den Mund. Als sie das Kuchenstück aufgegessen hatte, nahm sie sich ein neues. Das verschwand genauso schnell. Langsam spürte Samantha, wie der Zucker seine Wirkung tat. Sie fühlte sich nicht mehr so wackelig, wie sie es getan hatte, als sie angekommen war.

«Isst du genug, Sammy?», fragte Sonja.

«Ehrlich gesagt, nicht so.» Mehr als einen Cappuccino und einen Apfel hatte Samantha gestern nicht zu sich genommen. Heute Morgen war es nur ein Cappuccino gewesen.

«Du solltest öfter zu uns kommen. Wir könnten zusammen zu Mittag essen.»

«Ich möchte euch nicht zur Last fallen.»

«Das tust du nicht, und das weisst du. Du bist jederzeit willkommen, und ich bin froh, dass du heute gekommen bist und dich nicht einigelst, wie du es gerne tust, wenn etwas geschehen ist.»

«Einigeln?», wiederholte Samantha.

«So wie du es zum Beispiel nach der Geschichte mit Mateo gemacht hast. Du hast dich zurückgezogen und keinen an dich herangelassen.»

«Über ihn will ich jetzt bestimmt nicht reden.»

«Ich weiss, du hast Lorena und andere Freunde. Trotzdem bin ich der Meinung, du solltest einen Freund haben. Einen Partner, der zu dir steht und in schweren Zeiten für dich da ist. Seit Mateo dich verlassen hat –»

«Hör endlich mit Mateo auf!», unterbrach Samantha sie.

Nicht er hatte sie verlassen. Samantha war es gewesen, die die Beziehung beendet hatte. Sie waren fünf Jahre zusammen, und ihre Mutter hörte bereits die Hochzeitsglocken. Sogar Samantha machte sich Gedanken in diese Richtung. Kurz bevor sie die Stelle in Lausanne annahm, fand Samantha durch Zufall seinen Betrug heraus. Sie war mit Lorena essen gegangen, und sie waren auf dem Heimweg. Als sie die Strasse entlangschlenderten, entdeckte sie ihn in einem Wagen, wie er mit einer Blonden herummachte. Das war nicht das erste Mal, wie sie später herausfand. Mateo konnte der Versuchung nicht widerstehen. Es war für ihn eine Art Sport, Frauen abzuschleppen, die ebenfalls nur auf One-Night-Stands aus waren. Zuerst war Samantha verletzt. Schliesslich wurde daraus Wut. Nicht nur auf Mateo, sondern auch auf sich selbst. Wie konnte sie so naiv sein zu glauben, sie habe die grosse Liebe gefunden. Den Mann, mit dem sie eine Familie haben würde. Nach diesem Fiasko schwor sie sich, keinen Mann mehr zu dicht an sich heranzulassen, und fuhr mit diesem Entschluss gut.

Das zog sie durch. Seit der Trennung hatte es keinen Mann in ihrem Leben gegeben. Nicht einmal auf eine kurze Affäre hatte sie sich eingelassen. Dazu war sie sich zu schade.

Auf einmal wurde ihr heiss. Konnte Mateo hinter allem stecken? So ein Blödsinn, dachte sie. Welchen Grund sollte er haben?

Samantha hatte, nachdem sie Schluss gemacht hatte, keinen Kontakt mehr mit ihm gehabt. Sie wusste nicht einmal, ob er noch im Aargau wohnte. Ihre Eltern hatten ihn ebenfalls nie mehr erwähnt.

«Hattet ihr eine Antwort auf die Frage zu den Personen, die ein Interesse am Tod von Mueti und Vati haben könnten?», lenkte Samantha das Gespräch in die Ausgangsrichtung.

Sonja und Valentin schauten einander an und schüttelten die Köpfe.

«Ist euch was an Mueti oder Vati aufgefallen?»

«Diese Frage hat uns Herr Bachmann bereits gestellt», sagte Sonja. «Die einzige Veränderung, die wir bemerkt hatten, war ihre Freude auf die Ferien mit dir. Sie waren ausserdem glücklich, dass du zurück in den Aargau gekommen bist und sie öfter besuchen gingst.»

***

«Kommst du mit, etwas trinken?», fragte Cornelia, als Samantha die Sportkleider in der Turntasche verstaute.

«Nein. Heute nicht.» Normalerweise ging sie nach dem Training immer für einen Umtrunk mit und genoss es, mit ihren Kollegen zu plaudern. Da sie, seitdem sie in Lenzburg wohnte, bisher keine neuen Bekanntschaften geschlossen hatte, hatte Samantha sich Ende September entschieden, dem Turnverein beizutreten.

«Es wäre gut für dich», sagten Beat und Sandra, als sie aus der Umkleide trat. Luca und Gina nickten zustimmend. «Es ist quasi auf deinem Heimweg.»

Ursprünglich hatte Samantha nicht geplant gehabt, zum Training zu gehen, aber nach dem Besuch bei Valentin und Sonja zog es sie immer noch nicht in ihre Wohnung. Kurz entschlossen hatte sie ihre Turnsachen gepackt und war mit dem Velo hingefahren.

Zuerst waren alle erstaunt, da sie Samantha in den Ferien vermuteten. Als Samantha ihnen erzählte, was passiert war, waren sie schockiert. Während des Trainings konnte Samantha für einige Minuten ihre Eltern vergessen. Zu Beginn wärmten sie sich mit einem Circuit auf. Verbissen absolvierte Samantha die Jump Squats und Sprintübungen und brach dabei ihren Rekord. Als sie später Volleyball gespielt hatten, hatte sie sich ähnlich eisern eingesetzt.

Nun war sie körperlich ausgelaugt. Dieser Zustand tat gut. Sie hoffte, die Erschöpfung würde ausreichen, um schnell einschlafen zu können, wenn sie heimkam.

«Das nächste Mal wieder», sagte sie und verabschiedete sich von allen mit drei Küssen auf beide Wangen. Samantha verliess die Turnhalle und ging zu ihrem Velo. Sie zog die Jacke fest um die Schultern. Den Tag durch war es mild gewesen, aber in der Nacht spürte man, dass es nicht mehr Sommer, sondern Herbst war.

Ich hätte mitgehen sollen, dachte sie, als sie in den Steinbrüchliweg abbog. Die Gesellschaft hätte gutgetan. Die angenehme Schwere, die sie eben empfunden hatte, wich der Anspannung, die sich seit dem Tod ihrer Eltern in ihrem Inneren breitgemacht hatte. Sie überlegte, ob sie umkehren und sich den anderen anschliessen sollte. Allerdings verspürte sie keine Lust auf geselliges Beisammensein. Samantha hielt an und schaute nach links zum Schloss Lenzburg hoch, das so angestrahlt eine friedliche Atmosphäre vermittelte. Ihr Blick wanderte weiter den Himmel entlang. Die Sterne und der halbvolle Mond wurden in regelmässigen Abständen von den vorüberziehenden Wolken verdeckt.

Als ihre Grosseltern gestorben waren, hatte Samantha, die zu diesem Zeitpunkt sieben Jahre alt gewesen war, ihre Eltern gefragt, wo sie seien. Ihre Eltern fragten sie zurück, was sie denke. Daraus entstand eine schöne Geschichte, die ihr half, den Tod zu verarbeiten. In ihrer kindlichen Vorstellung waren ihre Grosseltern wirklich irgendwo da oben und schauten auf sie herab. Sie hatten die Aufgabe, ihre Schutzengel zu sein. Hin und wieder gab es sogar Partys, nämlich wenn es gewitterte. Wenn es blitzte, wurde fotografiert, und beim Donnern dachte sie, es würde gekegelt werden. So hatte sie nach und nach ihre Angst vor Gewittern verloren. Zu gerne hätte Samantha es weiterhin geglaubt. Leider funktionierte das nicht mehr.

Sie blickte sich um. Hinter ihr hielt ein dunkler Wagen am Strassenrand vor einem der Einfamilienhäuser und schaltete das Licht aus. Der Motor lief weiter. Das Licht der Strassenlaterne reichte nicht aus, um den Wagentyp zu erkennen. Den Fahrer konnte sie nur als Schatten ausmachen. Sie hatte das Gefühl, er schaue in ihre Richtung. Warum stieg er nicht aus und ging zu dem Haus, vor dem er stand? Angst kroch ihre Wirbelsäule hoch. Gleich darauf schalt sie ihre Phantasie. Als sie das Velo weiterschob, gingen die Scheinwerfer wieder an. Samantha hörte, wie der Fahrer sachte Gas gab. Sie blickte über die Schulter. Im Schritttempo folgte ihr der Wagen. Ihr Puls beschleunigte sich. Samantha sass auf und trat in die Pedale. Der Wagen blieb hinter ihr. Mal vergrösserte sich der Abstand, dann fuhr das Auto dichter auf, aber es war nie zu dicht. Als die Strasse hangabwärts führte und der Belag von Asphalt zu Kopfsteinpflaster wechselte, musste sie aufpassen, bei dem Tempo nicht zu stürzen. Sie bog links in die Schützenmattstrasse ein. Der Wagen folgte ihr und bog auf den Kronenplatz-Parkplatz ab. Ein Blick über die Schulter sagte Samantha, dass der Wagen auf eine Parkfläche fuhr. Dieses Mal erhellte ihn das Licht einer Strassenlaterne, aber nicht ausreichend genug, um zu erkennen, ob sie das Auto kannte oder nicht. Der Motor erstarb.

Nachdem sie in die Leuengasse abgebogen war, hielt Samantha an. Zum Glück war in der Altstadt Fahrverbot. Sie meinte, das Zuschlagen einer Autotür zu hören. Hastige Schritte, die sich näherten. Samantha trat in die Pedale und fuhr so schnell wie möglich zu ihrer Wohnung.

Sie atmete erst auf, als sie die Wohnungstür hinter sich geschlossen hatte und dagegenlehnte. Ihr Atem ging stossweise, und sie war schweissgebadet. Ihr Pulli klebte am Körper. Erst nach einigen Sekunden beruhigte sich ihr Atem, und Samantha musste den Kopf über sich schütteln. Der Fahrer hatte bestimmt keine bösen Absichten gehabt. Er war sich nicht sicher gewesen, wo genau er entlangfahren musste.

Warum ist er aber langsam hinter dir hergefahren, fragte eine Stimme im Hinterkopf.

Sei still, dachte Samantha. Begann sie neuerdings Selbstgespräche zu führen?

Sie zwang sich zur Ruhe. Es gab eine einfache Erklärung. Die Strasse war schmal, und er hatte beim Überholen nicht zu dicht an ihr vorbeifahren wollen. Eigentlich lobenswert, denn Samantha hatte bereits anderes erlebt.

Sie streifte die Schuhe von den Füssen und machte Licht. Als Erstes fiel ihr das Blinken des Anrufbeantworters auf. Das Display zeigte eine Nachricht und mehrere unbeantwortete Anrufe an. Samantha überlegte, ob sie die Nachricht abspielen sollte. Am Ende entschied sie sich dafür. Es konnte Bachmann oder jemand anderer von der Polizei gewesen sein, der sie nochmals hatte sprechen wollen. Den ganzen Tag war sie nicht erreichbar gewesen, weil sie vergessen hatte, den Akku ihres Handys zu laden.

Samantha drückte auf den Knopf. Statt Bachmanns füllte Joels Stimme den Raum. «Da ich dich nicht erreichen kann», ein kurzes Zögern, «sage ich dir auf diesem Weg, wie es mich schockiert hat, zu hören, was mit deinen Eltern passiert ist.» Ein neues Zögern. Samantha starrte den Anrufbeantworter an. Mit diesem Anruf hatte sie nicht gerechnet. «Es macht einen sprachlos. Wenn wir ... AarePharm ... ich etwas für dich tun kann ... Du kannst mich anrufen, wenn du jemanden brauchst.» Samantha sank auf das Sofa. «Egal, wie spät es ist.»

Der Anrufbeantworter gab ein Piepsen von sich, und eine

mechanisch klingende Frauenstimme verkündete: «Ende der Nachricht.»

Samantha lehnte den Kopf gegen die Nackenstütze. Alle wollten ihr helfen. Sie schloss die Augen. Dabei konnte das keiner – ihre Eltern würden nämlich davon nicht wieder lebendig werden. Sie war erstaunt, als sie bemerkte, wie Tränen unter ihren Wimpern hervorsickerten. Sie weinte. Sie konnte endlich weinen! Mit einem Aufschluchzen liess sie den Tränen freien Lauf. Als der Tränenstrom abebbte, hob sie die Füsse auf das Sofa und rollte sich wie eine Katze zusammen. Die Leere, die sie empfand, war tröstend. An sich war an Joels Nachricht nichts Spezielles gewesen. Er hatte das gesagt, was andere bereits gesagt hatten, und was auch sie an seiner Stelle gesagt hätte. Hatte es an seinem Zögern gelegen? Oder daran, dass jemand, der nicht zu ihren Freunden oder ihrer Familie gehörte, Anteil nahm? Was immer der Grund gewesen war, das Weinen hatte gutgetan. Samantha richtete sich auf und schaute in die Richtung des Telefons. «Danke, Joel», murmelte sie. «Du hast mir sehr geholfen.» Zurückrufen würde sie nicht, obwohl sie in diesem Moment wünschte, es zu tun – nur, um Danke zu sagen.

VIER

Am Dienstag war der Wetterumschwung gekommen. Eine Kaltfront hatte Regen gebracht, und es hatte weder am Dienstag noch am Mittwoch einen Unterbruch gegeben. Heute sah es genauso wenig nach einer Pause aus. Samantha trat ans Fenster und schaute in den trüben Tag. Draussen war es so, wie sie sich fühlte. Ihr Blick wanderte Richtung Schloss Lenzburg. Bei diesem trüben Wetter empfand Samantha es als bedrohlich, so wie es über der Stadt thronte.

Sie strich über die Metallklappen der Oboe.

Die beiden letzten Tage hatte Samantha aufgeräumt und ihre Wohnung geputzt. Dabei hatte sie ihre Oboe gefunden. Sie erinnerte sich, wie ihre Mutter sie vorbeigebracht hatte, kurz nachdem sie aus Lausanne zurückgekehrt war.

«Es wäre schön, wenn du sie nach so langer Zeit wieder spielst», hatte sie gesagt. «Ich würde mich freuen.»

Gestern Vormittag hatte Bachmann angerufen und sie wissen lassen, die Leichen ihrer Eltern seien für die Beerdigung freigegeben. Samantha war erstaunt gewesen. Sie hatte angenommen, die Obduktion werde länger dauern.

Nach dem Gespräch hatte sie den Drang verspürt, das Instrument in die Hand zu nehmen. Das Spielen hatte ihr Trost gespendet.

Sie schraubte die Oboe auseinander, putzte sie und legte sie in den Koffer. Dabei dachte sie an Bachmanns Worte. «Der Rechtsmediziner hat keine neuen Erkenntnisse zum Tod Ihrer Eltern. Es muss so gewesen sein, wie wir bereits vermutet hatten. Ihr Vater muss bei dem Sturz ums Leben gekommen sein, und Ihre Mutter wurde erschlagen. Wir denken, es kam zu einem kurzen Handgemenge zwischen Ihrem Vater und dem Täter. Leider konnte der Rechtsmediziner bei ihm keine Spuren sicherstellen, die einen Hinweis auf den Täter liefern.»

«Was für Spuren?»

«Zum Beispiel Hautschuppen unter den Fingernägeln. Ihre

Mutter muss zur Haustür geflüchtet sein. Bevor sie das Haus verlassen konnte, hat der Täter sie gestellt und getötet. Es gibt keine Einbruchspuren.»

«Das heisst, meine Eltern haben ihn ins Haus gelassen?»

«Das ist eine Möglichkeit. Die andere wäre, dass er ins Haus geschlüpft ist, als Ihre Eltern beim Packen waren. Persönlich halte ich die erste Variante für wahrscheinlicher.»

«Warum?»

«Ihre Eltern liefen beim Packen hin und her. Ich glaube kaum, dass er sich unbemerkt genähert hat. Was von Neuem die Frage aufkommen lässt, wer ein Interesse am Tod Ihrer Eltern hätte?»

Nach wie vor hatte Samantha ihm dazu keine Hinweise geben können. In den vergangenen Tagen hatte sie darüber nachgegrübelt, war aber zu keinem Schluss gekommen.

«Das heisst, wir können uns um die Beerdigung kümmern», hatte Sonja gesagt, als Samantha sie angerufen hatte.

Die Beerdigung. Darüber hatte sie sich keine Gedanken gemacht. Besser ausgedrückt, sie hatte es verdrängt. Das gab dem Tod ihrer Eltern eine Dimension, vor der sich Samantha fürchtete. Sie war um Sonjas und Valentins Unterstützung froh, denn sie fühlte sich überfordert. Das Gefühl, überfordert zu sein, war ihr neu und verunsicherte sie. Es war für sie ein Zeichen von Schwäche, die für sie bisher nicht existiert hatte.

Valentin und Sonja halfen ihr bei den Formalitäten und waren mit ihr gestern Nachmittag zum Bestatter gegangen. Sie sah den Katalog vor sich, in dem Urnen zur Auswahl standen. Als der Bestatter sie gefragt hatte, welches Modell sie bevorzuge, war sie wie gelähmt gewesen und hatte keine Entscheidung treffen können. Samantha schob die Abbildungen, die sich in ihren Kopf drängten, zur Seite und klappte den Deckel des Instrumentenköfferchens zu. Es wurde Zeit, sich auf den Weg nach Gränichen zu machen. Zusammen mit Sonja wollte sie überlegen, wie die Traueranzeige aussehen sollte, und sich Gedanken zur Abdankung machen.

***

Sonja räumte den Tisch ab. Sie hatte darauf bestanden, erst zu Mittag zu essen, bevor sie sich zusammensetzten. Sonja war in ihrem Element, wenn sie jemanden bekochen und bemuttern konnte.

«Bleib sitzen», sagte Sonja, als Samantha Anstalten machte, ihr zu helfen. «Möchtest du ein oder zwei Stücke vom Braten mit nach Hause nehmen?»

«Gerne», erwiderte Samantha, obwohl ihr nicht danach war. Aargauer Braten war eins der Lieblingsgerichte ihres Vaters gewesen.

Sonja brachte Früchtetee und Schokoladen- und Rüeblimuffins. Sie setzte sich an den Tisch und schob den Teller mit den Muffins zu Samantha.

Samantha hatte zwar genug, wollte aber auch nicht ablehnen. «Du verwöhnst mich», sagte sie, als sie das Marzipanrüebli in den Mund schob.

Samantha breitete die Blätter mit möglichen Traueranzeigen vor sich aus.

Was uns bleibt, sind Liebe, Dank und Erinnerung.

Nein! Zu unpersönlich.

Ein Psalm? Das passte nicht zu ihr. Samantha war zwar christlich erzogen worden, aber regelmässig den Weg in die Kirche fand sie nicht.

Das Wertvollste – euer Lächeln und eure Liebe – werden wir nie vergessen.

Das klang kitschig. Also auch nicht.

Samantha spürte eine Hand auf ihrer Schulter. Sonja beugte sich vor. «Was meinst du zu dem hier?» Sie schob Samantha ein Blatt hin. Samantha überflog mehrmals die Zeilen: *Du bist nicht mehr dort, wo du warst. Aber du bist überall, wo wir sind. – Victor Hugo.*

«Danke», murmelte sie. «Was würde ich ohne eure Hilfe tun? Das ist mir alles zu viel.»

Sonja hob eine Augenbraue. Sorge mischte sich in ihre Gesichtszüge. «Das ist es für uns alle. Daher halten wir zusammen und unterstützen uns gegenseitig.»

Samantha rang sich ein Lächeln ab. «Ich möchte diese Karte

hier.» Sie deutete auf einen orangerot gefärbten Himmel mit Wolken, hinter denen Sonnenstrahlen hervorkamen.

«Eine schöne Karte.»

«Schwarz-weiss passt nicht zu Mueti und Vati.»

«Da hast du recht», sagte Sonja. «Die Beerdigung kann übrigens nächsten Dienstag stattfinden. Das heisst, wir können die Karten drucken und verschicken.»

Dienstag ... Das waren mit heute sechs Tage. Am liebsten hätte Samantha schon alles hinter sich.

Das Klingeln ihres Handys riss sie aus den Gedanken.

«Die Spurensicherung im Haus Ihrer Eltern ist abgeschlossen», sagte Bachmann, nachdem sie das Gespräch entgegengenommen hatte. «Leider haben wir definitiv keine Hinweise auf den Mörder und das Motiv gefunden. Falls Ihnen doch noch etwas auffällt, lassen Sie es mich bitte wissen. Sie können nun jederzeit ins Haus.»

Samantha liess das Handy sinken, nachdem sie sich verabschiedet hatten. «Ich muss das Haus räumen.» Eine neue Flut des Gefühls der Überforderung rollte über sie weg.

«Das hat Zeit», sagte Sonja. «Der Kündigungstermin ist erst per Ende Januar. Lass uns Doris und Peter zuerst beerdigen.»

***

Am späten Nachmittag fuhr Samantha nach Brugg. Ein mulmiges Gefühl machte sich breit, als sie vor dem Haus ihrer Eltern anhielt. Es wirkte bereits einsam und verlassen. Das graue Nieselwetter unterstrich dies. Samantha blieb sitzen und betrachtete das Haus, in dem sie aufgewachsen war. Nach der Rückkehr aus Indien hatten ihre Eltern mit ihr zunächst in einem Block gewohnt. Der grosse Wunsch ihrer Eltern war, einen eigenen Garten zu haben. Nach ihrer Zeit in Delhi sehnten sie sich nach Grün. Trotzdem sollte das Haus zentral gelegen sein. Ein eigenes Haus hatten sie sich nicht leisten können. Ihre Mutter hatte erst wieder eine Teilzeitstelle als Sekretärin angenommen, als Samantha älter gewesen war. Zu diesem Zeitpunkt hatten sie sich in dem Quartier aber bestens eingelebt und wohlgefühlt.

Der Garten war nicht gross, aber er hatte für ein Planschbecken und einen Sandkasten gereicht. Im Sommer, bevor Samantha in den Kindergarten gekommen war, waren sie hier eingezogen. An den Umzug hatte sie nur einzelne Erinnerungsfetzen. Kisten und die erste Übernachtung auf Matten im Wohnzimmer.

Ihr Blick wanderte Richtung Aare. Der Fluss war die Hauptsorge ihrer Mutter gewesen. Wasser übte eine grosse Anziehung auf Samantha aus. Einmal machte sie sich mit fünf Jahren aus dem Staub und ging alleine Richtung Fluss. Ihre Mutter bemerkte ihr Verschwinden zum Glück rechtzeitig. Sie konnte Samantha gerade noch von ihrem Weg zur Aare zurückhalten, als diese durch die Hecke am Doktor-Marie-Heim-Vögtlin-Weg kroch, um die Böschung nach unten zu klettern. Seitdem hatte ihre Mutter darauf geachtet, das Gartentor abzuschliessen, wenn Samantha im Garten spielte.

Ihr Blick wanderte zum Eckhaus zurück. Selbst nachdem sie ausgezogen war, war dies ein Ort gewesen, der ihr Geborgenheit vermittelte. Seit letztem Samstag war das nicht mehr so. Samantha war zum ersten Mal froh, dass das Haus kein Eigentum war. Sie würde hier nicht wohnen können. Obwohl ihr Onkel gesagt hatte, es eile nicht, wollte sie das Haus so schnell wie möglich geräumt haben. Es hinter sich bringen, um einen Abschluss zu haben. Entschlossen stieg sie aus. Als sie den Garten betrat, hörte sie, wie jemand ihren Namen rief.

Samantha erblickte am Gartenzaun Hugo und Paula Holliger, die das Mittelhaus bewohnten. Die beiden waren etwa gleich alt wie ihre Eltern, wirkten aber mindestens fünfzehn Jahre älter.

«Kein Wunder», hatte ihre Mutter einmal gesagt. «Die beiden rauchen wie ein Schlot.»

Hugo hatte einen Stumpen im Mundwinkel und paffte fleissig vor sich hin. Obwohl es ihre Mutter geärgert hatte, wenn der Rauch in ihren Garten wehte, hatten sie ein gutes Verhältnis zu den Nachbarn gehabt. Ihr Sohn Patrick trat aus der Haustür und zog sie hinter sich zu.

Er ist zurück?, fragte sich Samantha erstaunt. Davon hatte sie nichts gewusst.

Das letzte Mal hatte sie Patrick kurz vor der Trennung von Mateo gesehen. Patrick hatte einen Job in den USA angenommen, und sie hatten sich aus den Augen verloren, was Samantha bedauert hatte.

Bevor er abgereist war, hatte er regelmässig bei seinen Eltern vorbeigeschaut. Samantha traf ihn hin und wieder, wenn sie ebenfalls zu Besuch war. Meistens machten sie einen Abstecher in ein Restaurant und tranken einen Kaffee. Als Kinder waren sie unzertrennlich. So manchen Streich heckten sie zusammen aus. Da Samantha eher wie ein Junge als wie ein Mädchen war, hatten seine Freunde sie akzeptiert. Zunächst missfiel es ihren Eltern, dass Samantha ein solcher Wirbelwind war und lieber mit Buben als mit Mädchen um die Häuser zog. Später änderte sich ihre Ansicht.

«Patrick wäre der ideale Schwiegersohn», hatte ihre Mutter geschwärmt, als Samantha älter geworden war.

Seit der Trennung von Mateo hatte sie Samantha ununterbrochen damit in den Ohren gelegen. «Enkel wären schon was», hatte sie öfter angefügt. «Aus dem Patrick ist was geworden. Hast du gar keinen Kontakt mehr mit ihm, seit er in den USA ist?», hatte sie gefragt und es bedauert, als Samantha es bestätigt hatte. «Warum nicht? Ihr kennt euch seit eurer Kindheit, und er ist attraktiv.»

Damit hatte sie sogar recht. Selbst Samantha fand ihn mit den blonden Haaren und den blaugrauen Augen anziehend. Mit siebzehn war sie kurz mit ihm zusammen gewesen. Er war der Erste gewesen, mit dem sie geschlafen hatte. Die Beziehung hatte aber nur wenige Monate gedauert. Samantha mochte Patrick, aber das Gefühl, mit ihm ein Paar zu sein, hatte nicht gestimmt. Den Grund dafür konnte sie nicht benennen. Später hatten sie es ein zweites Mal versucht, aber da hatte die Beziehung nicht länger als ein Jahr gedauert. Patrick war nett und witzig. Wie ein guter Kollege. Sie schätzte ihn. Zwar hatte sie einen grossen Freundeskreis, aber er war neben Lorena der Einzige, mit dem sie eine enge Freundschaft pflegte. Mit dem sie ihre Gedanken hatte teilen und über persönliche Dinge, die in ihren Augen niemand anderen angingen, hatte sprechen können.

Allerdings hatte das in ihren Augen nicht für eine Beziehung gereicht. Samantha konnte nicht genau definieren, was fehlte und was sie bisher bei keinem Mann gefunden hatte.

Als sie es ihm nach der zweiten Trennung zu erklären versucht hatte, war Patrick zwar niedergeschlagen gewesen, hatte aber verständnisvoll reagiert. Kurz darauf war sie mit Mateo zusammengekommen. Einen lockeren Kontakt zu Patrick hatte sie aber gehalten, bis er in die USA gegangen war. Danach war er abgebrochen. Sie war nie das Gefühl losgeworden, Patrick wolle nach wie vor mehr von ihr, auch wenn er sich zurückhielt. Im Nachhinein hatte sie das als Grund für die Abreise in die USA gesehen.

Samantha trat an den Gartenzaun.

«Wir hatten gar keine Gelegenheit, miteinander zu sprechen», sagte Hugo als Begrüssung. «Wie geht es dir?»

«Den Umständen entsprechend, wie man so schön sagt», antwortete Samantha.

Paula nahm Samanthas Hand und tätschelte sie. «Wir hätten uns längst bei dir melden sollen, haben uns aber nicht getraut. Weisst du, es ist schrecklich.» Sie wischte mit dem Handrücken über die Augen. «Die Nachbarn ermordet ...» Paula holte ein Taschentuch hervor und putzte sich umständlich die Nase. «Tut mir leid.»

«Kein Problem», sagte Samantha und zwang sich zu einem Lächeln.

«Wenn wir etwas für dich tun können, weisst du, wo du uns finden kannst.»

«Danke.» Gleich darauf fiel ihr der Koffer auf, der vor Paula am Boden stand. «Ihr verreist?»

«Ja, es geht für eine Woche nach Italien. Wir müssen hier raus und Abstand gewinnen. Ganz spontan. Wärme tanken, bevor der lange graue Winter kommt.»

«Und du hast den Job gefasst, auf das Haus aufzupassen?», wandte Samantha sich an Patrick.

«Ja.» Er beugte sich vor und gab Samantha drei Begrüssungsküsse auf die Wange. «Gerade habe ich die Instruktionen erhalten, welche Pflanze wie viel Wasser braucht.» Er zwinkerte ihr zu.

«Wir sollten los», sagte Hugo.

Sie stiegen in ihren Wagen und fuhren ab.

Patrick wirkte, als wisse er nicht, was er sagen sollte. Schliesslich schien er sich einen Ruck zu geben. «Lust auf einen Kaffee? Wir haben uns länger nicht gesehen, und vielleicht muntert dich das ein wenig auf.»

«An sich gerne», sagte Samantha. «Aber ich habe momentan keine grosse Lust, mich unter Leute zu begeben.»

«Die Kaffeemaschine meiner Eltern liefert ordentlichen Kaffee.»

«Überredet», sagte Samantha. «Draussen?» Sie blinzelte in den wolkenverhangenen Himmel. Sprühregen fiel ihr ins Gesicht.

«Die Bank steht im Trockenen auf der Terrasse.»

Samantha begleitete Patrick in den Garten. Sie setzte sich auf die Terrasse, und Patrick verschwand im Haus. Samantha lehnte sich gegen die Rücklehne der Bank. Der Hochnebel hing wie ein Deckel über dem Mittelland, und es nieselte ununterbrochen. Die Bise, die aufgefrischt hatte, war kühl, aber das war ihr egal.

Bald kehrte Patrick mit einem Espresso und einem Cappuccino zurück. Er setzte sich neben Samantha. Schweigend nippten sie an ihrem Getränk, bis Patrick das Wort ergriff. «Das ist eine schlimme Sache mit deinen Eltern. Der Tod ist schlimm genug, aber so aus dem Leben gerissen zu werden …»

Samantha spürte, wie er sie ansah, schaute aber weiter geradeaus.

«Es war ein riesiger Schock, als ich an dem Abend zu meinen Eltern kam und die Polizei vor dem Haus stehen sah.»

Aus dem Augenwinkel sah Samantha, wie er seine Tasse abstellte. Sie fragte sich, wie lange er bereits in der Schweiz war.

«Ich hatte mich verspätet und wünsche mir inzwischen, ich hätte es nicht getan», sagte Patrick.

«Dich trifft keine Schuld.»

«Wenn ich eher da gewesen wäre …» Er brach ab.

«Wenn ich eher da gewesen wäre, hätte ich es verhindern können», flüsterte Samantha. «Wenn jemand schuld ist, dann bin ich es.»

Patrick legte den Arm um Samanthas Schultern und zog sie

an sich. Sie presste ihr Gesicht gegen seinen Hals und liess die Tränen zu, die sich in ihre Augen drängten.

«Solche Gedanken darfst du dir nicht machen», sagte er dicht neben ihrem Ohr.

Samantha zwang sich zu einem Nicken.

«Kann ich etwas für dich tun?», fragte er.

«Du machst gerade viel für mich.» Samantha löste sich von ihm und nahm die Tasse in die Hand.

«Weiss die Polizei Neues?»

Samantha schüttelte den Kopf.

Patricks Hand legte sich auf ihre. Samantha widerstand dem Drang, ihre Hand wegzuziehen.

«Diese Fragen, die sie gestellt haben … Meine Eltern waren total durcheinander und konnten keine vernünftige Antwort liefern. Dabei waren sie den ganzen Tag zu Hause und haben nichts bemerkt.»

«Sie können genauso wenig dafür.»

«Trotzdem fragt man sich, ob man nicht besser hätte achtgeben sollen.»

«Es geschehen schreckliche Dinge auf der Welt, aber das ist immer woanders. Man glaubt, es wird nie bei einem selbst passieren.» Samantha erschreckte die Monotonie, mit der sie das sagte.

«Ich wollte schauen, was es zu tun gibt», sagte sie nach längerem Schweigen.

Falls Patrick über den Themenwechsel überrascht war, zeigte er es nicht. «Du meinst, alles zusammenpacken?»

«Ja.»

«Alleine?»

«Wieso nicht?»

«Wo ist Mateo?»

«Den gibt es nicht mehr.»

Patrick wandte sich ihr zu. «Wie meinst du das?»

«Wir sind nicht mehr zusammen.»

«Was? Seit wann?»

«Seit zweieinhalb Jahren – kurz bevor ich nach Lausanne ging – und die Trennung war ziemlich unschön.»

Sie spürte, dass Patrick Fragen auf der Zunge brannten, aber er hielt sie zurück, wofür sie ihm dankbar war. Er holte eine Zigarettenpackung hervor und entnahm ihr eine Zigarette. Patrick hielt Samantha die Packung hin.

«Immer noch nicht», sagte sie und musste lächeln. Das war seit damals zu einem Ritual geworden. Samantha erinnerte sich, wie sie das erste Mal ein Paar geworden waren. Sie hatten sich an einem lauen Sommerabend hinter das Gartenhäuschen verzogen. Patricks Eltern waren im Ausgang gewesen. Patrick hatte eine Flasche Wein und zwei Zigaretten von seinen Eltern stibitzt. Ausserdem hatte er ein Kondom aufgetrieben. Zuerst hatten sie den Wein geleert und waren recht angeheitert gewesen. Sie hatten herumgeknutscht und sich bald in das Gartenhaus verzogen. Später hatten sie hinter dem Haus die Zigaretten probiert. Ob es an dem Wein, der tüppigen Luft, an der Zigarette, der Aufregung, das erste Mal Sex gehabt zu haben, oder an allem zusammen gelegen hatte, wusste Samantha nicht. Jedenfalls war ihr nach drei Zügen dermassen übel geworden. An diesem Abend hatte sie sich geschworen, nie zu rauchen.

Patrick steckte sich eine an und blies den Rauch zur Seite.

«Seit wann bist du zurück?», fragte Samantha.

«Seit einem Monat. Ich habe mich längst bei dir melden wollen, aber es gab einiges zu regeln.»

«Warum bist du zurückgekommen? Soviel ich weiss, war der Vertrag zeitlich unbegrenzt.»

Patrick nahm einen tiefen Zug. «Nenn es Heimweh.» Er setzte ein Lächeln auf. «Die USA sind nicht mein Land, und mit den Amerikanern bin ich nicht warm geworden.»

«Was machst du jetzt?»

«Ich bin auf Stellensuche und kann mich bei drei Banken in der Region vorstellen.»

«Das heisst, ich sehe dich öfter?»

«Wenn du willst.» Sein Lächeln verstärkte sich. Samantha registrierte seinen Arm, den er nach wie vor um ihre Schultern gelegt hatte. Sie wollte zur Seite rücken, aber gleichzeitig auch nicht. Die Art, wie sie nebeneinander auf der Bank sassen, spendete Trost. Sie sog dieses Gefühl auf wie ein Schwamm Wasser.

«Die Polizei hat das Haus freigegeben», sagte sie, «und ich wollte anfangen, es zu räumen. Doch ich bin froh, dir begegnet zu sein. Ich glaube, ich hätte es nicht geschafft.»

«Du solltest das nicht alleine tun.»

«Ich hätte Lorena anrufen können, aber ich wollte stark sein.»

«Das hat nichts mit Stärke und Schwäche zu tun, Sammy.» Patrick zog ein weiteres Mal an der Zigarette. «Es gibt Situationen, da braucht man Unterstützung – egal, von wem.»

Samantha senkte den Kopf und blickte auf ihre Hände, die sie um die Tasse gelegt hatte. Sie fuhr mit dem Finger den Tassenrand entlang. Er hatte recht, gestand sie sich ein.

«Soll ich mitkommen?» Er wies auf das Haus ihrer Eltern.

«Heute gehe ich nicht mehr hinein. Feige, nicht wahr?» Sie blickte ihn an.

«Das ist es nicht.»

«Ich sollte es nicht vor mir herschieben und zusehen, das Haus zu räumen, damit ich den Mietvertrag kündigen und einen Abschluss machen kann.»

Patrick nahm einen letzten Zug von seiner Zigarette und drückte sie im Aschenbecher aus, der auf dem Gartentisch stand. «Setz dich nicht unter Druck.» Er nahm ein weiteres Mal ihre Hand und strich mit dem Daumen über den Handrücken. Diese Geste war ihr zu vertraut und definitiv zu viel. Sie zog ihre Hand weg.

«Ich glaube, ich gehe besser.» Sie stand auf.

Gemeinsam trugen sie die Tassen ins Haus, wuschen sie ab und räumten sie in den Schrank.

Patrick schloss die Haustür, und sie verliessen den Garten. Vor Samanthas Smart blieben sie stehen.

«Das Angebot gilt weiterhin. Wenn du jemanden brauchst, ruf mich an.»

Wieder dieser Satz, den sie im Moment von jedem hörte. Er vermittelte das Gefühl, nicht alleine zu sein. In Samanthas Augen sammelten sich Tränen. Er strich mit den Fingerspitzen über ihre Wange. Samantha griff nach seiner Hand und hielt sie fest. «Danke. Es tut gut, zu wissen, dass es Menschen gibt, an die man sich wenden kann.» Sie beugte sich vor und küsste ihn auf die Wange.

Samantha beobachtete, wie Patrick zu seinem Wagen ging, der vor ihrem stand, und einstieg. Als er abfuhr, hob sie grüssend die Hand. Unschlüssig stand sie neben ihrem Wagen. Schliesslich entschied sie sich gegen das Einsteigen und beschloss, einen kurzen Spaziergang zu machen. Als sie sich umwandte, erschrak sie. Bachmann lehnte nur wenige Meter hinter ihr gegen den Gartenzaun ihrer Eltern.

Samantha fragte sich, wie lange er dort schon stand und warum er sich nicht bemerkbar gemacht hatte.

Bachmann stiess sich vom Zaun ab und kam auf sie zu. Er reichte ihr die Hand. «Ist Herr Holliger Ihr Freund?», fragte er anstelle einer Begrüssung. Das «Davon haben Sie mir nichts gesagt» hing zwischen ihnen in der Luft.

«Patrick ist ein Freund», verbesserte Samantha ihn, wobei sie *ein* betonte.

Bachmann musterte sie einen Augenblick. Das nahm er ihr eindeutig nicht ab. Samantha unterstellte ihm sogar, zu glauben, sie würde ihn anlügen.

«Wollen Sie ins Haus Ihrer Eltern?», fragte er.

«Wollte. Ich habe es mir anders überlegt.»

Warum, las sie in seinem Gesicht.

Ich kann es nicht, gab sie lautlos zurück.

Er nickte, als habe er ihre Botschaft verstanden. «Haben Sie einen Augenblick Zeit?»

Ungern, dachte sie, sagte aber: «Ja.»

«Gehen wir ein Stück.» Bachmann dirigierte sie zur Aare. Sie gingen Richtung Schulareal und bogen gleich darauf auf die Brücke ab. Samantha blieb in der Mitte stehen und schaute zur Bahnbrücke, über die gerade ein Zug fuhr. Sie wandte sich um und blickte Richtung Aareschlucht. Der Anblick liess sie frösteln. Die Felsen waren unterspült. Wer durch den Sog der vielen Strudel herabgezogen wurde und unter die Felsen geriet, hatte keine Chance. Samantha setzte den Weg Richtung Brunnenmühle fort.

«Was geschieht mit dem Haus Ihrer Eltern?», fragte Bachmann nach einer Weile. «Ziehen Sie ein?»

«Nein. Ich bleibe in Lenzburg und werde es auf den nächsten Termin kündigen.»

Bachmann blieb stehen. «Kündigen? Stimmt, Sie hatten erzählt, Ihre Eltern würden zur Miete wohnen.»

Er strich über sein Kinn. Heute fand Samantha das intensive Blau seiner Augen irritierend. Sie wandte sich ab und starrte auf die beiden Wasserräder. Sowohl das grosse als auch das kleine drehten sich langsam. Ihr Blick wanderte zurück zu dem zügig dahinfliessenden Fluss, der heute nicht viel Wasser führte, was bestimmt an dem trockenen Sommer und ebenfalls trockenen Herbst lag.

«Bevor Sie nochmals nach dem Erbe fragen. Es sind keine verborgenen Schätze aufgetaucht.»

«Wie kommen Sie darauf, dass das meine Frage war?»

«Es war Ihnen anzusehen», rutschte es Samantha heraus.

Bachmanns Mundwinkel zuckten. «Sie besitzen eine gute Beobachtungs- und Kombinationsgabe, Frau Kälin.» Er wurde ernst. «Es ist davon auszugehen, dass Sie und Ihr Onkel die Erben sind. Oder haben Sie Kenntnis von einem Testament, in dem weitere Personen berücksichtigt werden, oder gibt es weitere Familienangehörige, von Ihrer Grossmutter abgesehen?»

Samantha wunderte sich. Die Frage nach den Angehörigen hatte er bereits gestellt. Sie fragte sich, ob es eine Fangfrage war oder ob er im Zuge der Ermittlungen auf weitere Personen gestossen war, von denen sie nichts wusste. So ein absurder Gedanke. Im gleichen Augenblick durchzuckte es sie heiss. Hatte ihr Vater ein uneheliches Kind? Ihre Mutter hatte nach der Fehlgeburt keine Kinder mehr bekommen können, da man ihr die Gebärmutter hatte entfernen müssen. Ihr Vater war aber weiterhin zeugungsfähig gewesen. Sie spannte sich an. Was unterstellte sie ihrem Vater? Der Gedanke blieb hartnäckig. Ihre Eltern hatten Samantha nicht viel über die Zeit nach dem Verlust des Babys erzählt. Sie konnte sich jedoch gut vorstellen, wie schwer es gewesen sein musste. War es ihrem Vater zu viel geworden, und hatte er eine Affäre gehabt? Womöglich sogar in Indien? Lag hier der Grund für die Ermordung ihrer Eltern? Hatte ihre Mutter es nach der langen Zeit herausgefunden, und war es zwischen ihnen zu einem Streit gekommen, der tödlich geendet hatte? Nein, dachte Samantha. Ihre Mutter würde sich kaum selbst mit der Weinflasche erschlagen haben. Oder war es andersherum gewesen? Hatte ihr Vater sie getötet und war danach gestürzt? Erneut überlegte sie, ob sich ihre Eltern, speziell ihr Vater, in der letzten Zeit verändert hatten.

Bachmann bedachte sie mit dem prüfenden Blick, den sie bereits einige Male an ihm gesehen hatte und der ihr jedes Mal von Neuem unangenehm war.

«Ich weiss von keinen anderen Verwandten. Wie gesagt, viel Geld gibt es ohnehin nicht.»

«Kein geheimes Sparkonto?»

«Sie meinen, mein Vater hat ein Schwarzgeldkonto?»

«Das mit dem Schwarzgeldkonto haben Sie gesagt.»

«Nein!»

«Sicher?»

«Wie kommen Sie auf solche Rückschlüsse?», rief Samantha. Entrüstung hatte die Verunsicherung abgelöst.

«Wir versuchen, den Grund für die Ermordung Ihrer Eltern herauszufinden.»

«In dem Fall sollten Sie Ihre Phantasie zügeln und sich auf Konkretes konzentrieren.»

«Bei Ermittlungen braucht es eine gewisse Phantasie.» Sie starrten einander in die Augen. Samantha war nicht bereit, zuerst wegzuschauen, tat es am Ende aber doch. Sie wandte sich ab und marschierte den Weg zurück. Bachmann holte sie ein und hielt sie am Arm fest. Samantha schüttelte seine Hand ab und wollte weiterlaufen, aber er verstellte ihr den Weg. Sie war sich bewusst, wie dicht sie beieinanderstanden. Samantha widerstand dem Drang zurückzuweichen.

«Es tut mir leid, aber unangenehme Fragen gehören leider dazu», sagte Bachmann.

«Das ist mir klar. Trotzdem würde ich gerne wissen, wie Sie auf diese Schlussfolgerung kommen, mein Vater habe ein Schwarzgeldkonto.»

«Es muss kein Schwarzgeldkonto sein. Er kann einfach eins haben, das gut gefüllt ist.»

«Davon wüsste ich.»

«Sind Sie sicher? Haben Ihre Eltern Sie über alles in Kenntnis gesetzt, was sie getan haben und was nicht?»

Samantha antwortete nicht.

«Ich denke, das ist genauso wahrscheinlich, wie dass Sie Ihnen alles erzählt haben.»

Wut brodelte. Nur mit Mühe konnte Samantha sich zurückhalten, eine patzige Antwort zu geben. Diesem überheblichen Kerl würde sie nicht die Genugtuung geben, dass sie sich aus der Reserve locken liess.

Nach wie vor starrten sie einander an. Frust drängte die Wut zur Seite, als sie sich eingestehen musste, Bachmann könnte recht haben. Sie hatten ein enges Verhältnis gehabt. Das hatte allerdings nicht bedeutet, bis ins kleinste Detail zu wissen, was der andere machte.

Bachmann nickte, als nahm er ihr Schweigen als Eingeständnis. Er trat ein Stück dichter an sie heran. Samantha richtete sich auf, starrte zu ihm hoch und kam sich klein und zerbrechlich vor. Bachmann neigte den Kopf zur Seite, als wollte er sie auffordern, zuerst das Schweigen zu brechen. Von Weitem mussten sie aussehen, als würden sie sich jeden Augenblick küssen. Beinahe hätte Samantha bei dem absurden Gedanken aufgelacht.

«Er könnte dieses Konto für Transaktionen benötigt haben, von denen keiner wissen sollte», sagte er.

«Warum sollte er?»

«Das möchte ich von Ihnen wissen.»

***

Samantha starrte auf den Teller mit dem Rindsgeschnetzelten mit Eierschwämmen. Nachdem Bachmann sich verabschiedet hatte, war sie nicht nach Hause gefahren. Sie hatte bei Lorena geklingelt. Ihre Freundin hatte mit Cédric ein kleines Haus unweit des Hallenbades in Brugg gekauft und war Anfang Oktober dort eingezogen.

Zum Glück war Lorena da gewesen. Cédric, der an diesem Abend für das Nachtessen verantwortlich war, hatte gleich einige Nudeln mehr in den Topf gegeben.

«Ich finde es unglaublich», rief Cédric und fuhr mit einer heftigen Bewegung durch die Haare, die das gleiche Rot wie Lorenas hatten.

Die beiden werden rothaarige Kinder haben, ging es Samantha durch den Kopf. Sie spürte einen Stich im Inneren. Erschrocken stellte sie fest, neidisch zu sein.

«So ein ungehobelter Kerl», rief Lorena. «Dabei sieht er ganz harmlos aus.»

«Harmlos?», wiederholte Samantha.

«Er würde wunderbar zu dir passen.»

«Was?»

«Du mit deinen leuchtenden grünen Katzenaugen und er mit diesen blauen Augen – die die Farbe einer malerischen Bucht in Italien haben. Ausserdem bist du mit deinen schwarzen Haaren ein super Kontrast zu seinem skandinavischen Typ.»

«Zu was?»

«So stelle ich mir den typischen Schweden oder Finnen vor. Ihr wärt ein super Paar.»

«Lorena! Hör auf, mich verkuppeln zu wollen.» Gegen ihren Willen musste Samantha lächeln. «Er ist bestimmt zehn Jahre älter als ich.»

«Ja und? Heute spielt das keine Rolle mehr. Wenn ich Cédric nicht hätte, würde ich ihn mir krallen.»

«Moment», sagte Cédric und setzte eine gespielt ernste Miene auf. «Muss ich eifersüchtig werden?»

«Irgendwann muss der passende Mann für Sammy auftauchen, und Herr Bachmann wäre die ideale Besetzung für den Job.»

«Job! Lorena!» Samantha lachte. Es tat gut. In der nächsten Sekunde verging ihr das Lachen. «Woher weisst du überhaupt, wie er aussieht?»

«Ich … er …», druckste Lorena herum.

«Er hat euch befragt», rief Samantha.

Lorena wich ihrem Blick aus.

«Ich denke, die Polizei befragt jeden in deinem Umfeld und im Umfeld deiner Eltern», sagte Cédric. «Das ist für mich normal.»

Da hatte er recht, musste Samantha einräumen. «Was wollte er wissen?», fragte sie.

«Nichts Bestimmtes», murmelte Lorena.

Samantha bekam ein schales Gefühl im Mund. «Er hat euch gefragt, ob ihr mir einen Mord zutrauen würdet.»

«Nicht nur das», sagte Cédric.

«Ich dachte, ich wäre von seiner Liste gestrichen!», rief Samantha verzweifelt. «Daher diese komischen Fragen vorhin. Ob ich von einem Schwarzgeldkonto wisse und so.»

«Wo wir bei dem Thema sind», sagte Lorena. «Ich frage mich, woher er diese Ideen hat. Korrekter als dein Vater kann keiner sein.»

Samantha konnte nicht mehr sitzen bleiben. Sie stand auf und trat ans Fenster. Draussen war es inzwischen dunkel geworden. Sie betrachtete ihr Spiegelbild in dem Fensterglas. Ihre Augen waren weit aufgerissen. Deutlich konnte Samantha die Angst und die Verzweiflung darin erkennen, die sie gerade empfand.

«Mir lässt der Gedanke keine Ruhe, mein Vater könnte etwas Illegales gemacht haben, das ihn sein Leben gekostet hat.»

«Hat Herr Bachmann einen konkreten Beweis für seine Vermutung?»

«Das hat er nicht gesagt. Aber etwas muss er haben. Anders kann ich mir diese Fragen nicht erklären.» Samantha drehte sich um.

«Das muss er nicht», sagte Cédric und schaufelte eine neue Portion Nudeln auf seinen Teller. «Es kann ein Schuss ins Blaue sein. Oder anders ausgedrückt, sie wissen nicht, was der Grund für den Mord an deinen Eltern ist, und wollen das Umfeld mit diesen Fragen aufschrecken. Setz dich bitte. Du hast noch gar nichts gegessen.» Er wies auf Samanthas Teller.

Sie kehrte zum Tisch zurück. «Der Hunger ist mir nun definitiv vergangen.» Samantha stocherte im Essen herum. «Dabei weiss ich, wie gut du kochst.» Sie schob einen Bissen in den

Mund. Es war wie erwartet fein. Sie assen einen Augenblick schweigend, bevor Samantha ihre Gabel neben den Teller legte.

Eine Hand erschien in ihrem Blickfeld und legte sich auf ihre. «Ich habe bereits mit Lorena gesprochen. Wir finden es nicht gut, wenn du alleine bist. Unser Haus ist gross genug.»

Mit einem Ruck zog Samantha ihre Hand zurück. «Warum haben alle das Gefühl, ich dürfe nicht alleine sein, und bieten mir ein Zimmer an oder wollen sonst wie helfen?»

«Wir sind besorgt um dich», sagte Lorena.

«Ich kann gut auf mich alleine aufpassen.»

«Darum geht es nicht. In Situationen wie diesen ist es nicht gut, alleine zu sein und zu grübeln.»

«Wenn ich es nicht anders will? Wenn ich alleine mit meiner Trauer sein will?»

Samantha richtete sich auf und funkelte abwechselnd Cédric und Lorena an.

«Wir möchten dir helfen und für dich da sein», mischte sich Lorena ein.

«Das höre ich andauernd.»

«Das werte ich als gutes Zeichen.»

«Ich nicht. Es nervt allmählich.»

«Dabei sollte es dir zeigen, du bist nicht alleine. Du hast Freunde und Leute, denen du wichtig bist.»

«Ich muss da alleine durch. Ich bin es, die ihre Eltern verloren hat. Nicht nur verloren. Jemand hat sie mir weggenommen. Getötet. Ermordet! Keiner kann das nachempfinden. Ich muss stark sein.» Samantha brach ab und atmete mehrmals tief ein und aus.

«Musst du nicht», sagte Lorena. «Bitte, Sammy, lass uns für dich da sein. Das hat nichts mit Schwäche zu tun.»

Samantha schob den Teller zurück, legte ihre Arme auf den Tisch und senkte den Kopf darauf.

FÜNF

Samantha holte tief Luft und schob den Schlüssel ins Schloss. Mit einem leisen Klicken sprang die Haustür auf. Die Lampe daneben erhellte ein kleines Stück vom Hausflur. Der Rest war dunkel.

Am liebsten wäre sie davongelaufen. Sie hätte nicht alleine kommen sollen. Sie hatte überlegt, ob sie Lorena oder Patrick bitten sollte mitzukommen. Schnell hatte sie den Gedanken zur Seite gewischt. Sie musste alleine da durch. Ausserdem fühlten die anderen sich sonst in ihrem Bemutterungsinstinkt bestätigt.

Ihre Unruhe wuchs. Sie musste mit der Räumung des Hauses anfangen. Heute hatte sie es sich vorgenommen, aber trotzdem vor sich hergeschoben, bis der Tag fast vorüber war. Inzwischen war es beinahe neun Uhr am Abend und stockfinster. Da sie sich sicher war, keine Ruhe zu finden, hatte sie sich einen Ruck gegeben und war losgezogen.

Samantha zog die Tür zu, und es wurde ganz dunkel. Sie horchte. Es war beinahe so, wie wenn sie, als sie noch zu Hause gewohnt hatte, vom Ausgang nach Hause gekommen war und ins Haus schlich, um niemanden zu wecken. Samantha gönnte sich das Gefühl und lehnte sich gegen die Wand. Bald merkte sie, dass der Geruch nicht stimmte. Früher hing meistens der Essensduft von dem Gericht, das ihre Mutter am Abend gekocht hatte, in der Luft. Heute wirkte das Haus verstaubt, beinahe moderig – verlassen.

Samantha schaltete das Licht ein und musste wegen der Helligkeit blinzeln. Zögernd machte sie einige Schritte und streifte die Winterstiefel von den Füssen. Sie stellte sie neben die Haustür und vermied es, in die Richtung des Gäste-WCs zu schauen.

Ich schaffe es nicht, dachte sie. Samantha liess sich durch den Kopf gehen, wie sie mit Bachmann im Haus gewesen war. Da sie es mit ihm bereits geschafft hatte, das Haus zu betreten, hatte sie gehofft, es nun alleine zu können. Doch das war definitiv anders als in Begleitung. Lorena wohnte in der Nähe. Nein!

Erstens war sie an einem Freitagabend bestimmt im Ausgang oder hatte Besseres vor, als mit Samantha in das Haus ihrer Eltern zu gehen. Der zweite Grund war ihr Vorsatz, es alleine zu meistern. Daran wollte sie nicht rütteln.

Samantha dachte an nächste Woche. Es wäre besser gewesen, auf Sonja zu hören und damit bis nach der Beerdigung vom nächsten Dienstag zu warten. Sie war versucht zu gehen.

Nein. Jetzt war sie hier und konnte es durchziehen. Weiteres Aufschieben bringt nichts, sagte sie sich. Früher oder später musste sie es tun. Am Nachmittag hatte sie in einem ersten Schritt den Kündigungsbrief an den Eigentümer abgeschickt. Es würde schnell Januar werden. Ausserdem konnte sie die Gelegenheit nutzen und schauen, ob sie Informationen über ein Bankkonto oder eine Affäre mit gegebenenfalls einem unehelichen Kind fand.

Schritt für Schritt tastete sie sich weiter den Gang entlang. Vorbei an der Garderobe, an der die Mäntel und Jacken ihrer Eltern hingen. Die Schuhe standen ordentlich darunter aufgereiht. Samantha hängte ihre Jacke an einen der Haken. Ein Schritt seitwärts, und sie blieb bei dem Spiegel neben der Garderobe stehen. Samantha starrte in ihr Gesicht. Sie wirkte blass. In ihren Zügen las sie Angst.

Ich schaffe das nicht, echote es in ihrem Kopf.

«Du musst», flüsterte sie und erschrak, als ihre Stimme wie ein Messer durch die Stille schnitt. «Weiter.»

Sie wandte sich ab. Ihr nächster Halt war die Tür zum Wohnzimmer. Sie stand offen. Der Lichtkegel aus dem Gang erfasste einen kleinen Bereich. Dahinter lag alles im Dunkeln. Die Dunkelheit war wie eine Wand. Eine Leinwand, auf der Bilder auftauchten. Ihr Vater hinter dem Sofa. Seine aufgerissenen Augen. Das Blut, das sich um seinen Kopf ausgebreitet hatte. Neben dem Bild erkannte sie ihre Mutter im Gäste-WC. Noch mehr Blut. Eine Flasche, die neben ihr am Boden stand.

Samantha schrie auf und machte auf dem Absatz kehrt. Sie nahm sich nicht die Zeit, ihre Winterstiefel anzuziehen. Sie riss die Jacke vom Haken und stürzte in den Socken aus dem Haus.

Schwer atmend blieb sie neben ihrem Wagen stehen. Sie war

schweissgebadet und zitterte am ganzen Körper. Die Bise hatte gegenüber gestern weiter aufgefrischt und blies in ihr Gesicht. Kälte und Feuchtigkeit drangen durch ihre Socken. Samantha zog die Stiefel und die Jacke an. Sie richtete sich auf und blickte zum Haus. Das Milchglas hob sich hell gegen den Türrahmen ab. Sie hatte vergessen, das Licht auszuschalten. Sie musste wohl oder übel zurück. Brennen lassen konnte und wollte sie es nicht.

Sie wollte auf das Haus zugehen, aber ihre Füsse gehorchten nicht. Du musst nur die Haustür aufmachen und den Schalter kippen.

Endlich kamen die Füsse dem Befehl ihres Kopfes nach. Im Zeitlupentempo bewegte sie sich auf das Haus zu. Sie war froh, entgegen ihrer Gewohnheit den Schlüssel in die Hosentasche gesteckt und nicht auf das Schränkchen neben der Garderobe gelegt zu haben, als sie das Haus betreten hatte. Sonst hätte sie sich gerade ausgesperrt.

Samanthas Hand zitterte, als sie den Schlüssel zum Türschloss bewegte. Sie brauchte drei Anläufe, bis es ihr gelang. Kaum hatte sie das Licht ausgeschaltet, schlug sie die Tür zu. Der Knall hallte wie ein Schuss durch die nächtliche Stille. Inzwischen bebte sie am ganzen Körper und hatte das Gefühl, ihre Beine würden gleich nachgeben. Sie lehnte sich gegen die Wand.

Es ist alles gut, redete sie sich ein.

Nichts war gut. Das Haus war der Ort, an dem ihre Eltern ermordet worden waren.

Vorsätze hin, Vorsätze her. Vielleicht ergab sich am Wochenende eine Gelegenheit.

«Ich habe es dir von Anfang an gesagt», wäre bestimmt Lorenas Kommentar.

«Nein», murmelte sie. Ich muss meine alte Stärke zurückbekommen. Lorena und Cédric hatten selbst genug zu tun. Das Gleiche galt für Patrick. Er war auf Stellensuche und musste sich darauf konzentrieren. Valentin und Sonja hatten bereits so viel für sie getan. Samantha wollte ihnen nicht weiter eine Last sein.

Sie liess den Blick über die Strasse schweifen. Autos standen am Rand. Ein Mann ging mit seinem Hund, einem Cockerspaniel, vorbei. Samantha meinte, ihn trotz Kappe und hochgestelltem Jackenkragen zu erkennen – Herr Braun. Tatsächlich bog er in das Haus gegenüber ab, in dem die Familie Braun wohnte. Die Lampe neben seiner Haustür ging an. Gleich darauf war er mit dem Hund verschwunden, und die Strasse war wieder menschenleer. Bei den Nachbarn von Familie Braun brannte Licht. Durch eines der Fenster konnte sie wechselnde Lichtspiele beobachten. Offenbar schauten die Leute gerade fern. Alles sah normal aus. Das beruhigte sie. Das Rauschen der Aare drang in ihr Bewusstsein. Das aus ihrer Kindheit vertraute Geräusch beruhigte sie weiter. Ein Auto fuhr vorbei und bog an der nächsten Strasse ab. Die Strassenlaterne erhellte ihren Smart. Sie zitterte. Aber nicht vor Angst, sondern weil ihr kalt war. Samantha schaute auf die Uhr. Kurz nach zweiundzwanzig Uhr. Ab nach Hause, beschloss sie und stiess sich von der Wand ab.

Auf halbem Weg zum Wagen meinte sie, hinter sich ein Geräusch wahrzunehmen. Sie fuhr herum. Niemand. Samantha blickte zurück zur Strasse. Huschte dort gerade jemand um die Ecke? Duckte sich jemand hinter die Hecke? War der Schatten hinter dem Baum jemand, der sie beobachtete? Sie zwang sich zur Ruhe. Es war logisch, dass ihr nach dem Mord an ihren Eltern die Phantasie durchging und die Nerven blank lagen. Samantha verfluchte sich, nicht früher zum Haus ihrer Eltern losgezogen zu sein. Das nächste Mal sollte sie es tun, wenn es hell war und die Schatten der Nacht ihr keine Streiche spielten. Samantha liess den Blick weiterschweifen.

Nach rechts und links blickend ging sie zu ihrem Wagen. Als sie zu dem Baum, der ungefähr drei Meter von ihr entfernt stand, schaute, meinte sie zu sehen, wie sich jemand hinter den Stamm schob. Samantha sprang ins Auto und verriegelte die Tür. Sie startete den Motor und gab Gas. Als sie davonbrauste, erkannte sie im Rückspiegel, wie eine dunkel gekleidete Person aus dem Schatten des Baumes heraustrat.

SECHS

Nebeneinander standen sie vor dem Eingang der reformierten Brugger Stadtkirche. Valentin und Sonja hatten Samantha in ihre Mitte genommen. Hinter ihnen gingen Julian mit seiner Freundin Vivian und Adrienne mit ihrem Freund David.

Samantha war wie betäubt. Soeben hatten sie auf dem Friedhof im engen Familienkreis die beiden Urnen beigesetzt. Das Schlimmste war für Samantha gewesen, als die beiden Gefässe in das Loch in der Erde versenkt worden waren. Zuerst die Urne ihres Vaters, danach die ihrer Mutter.

«Komm», forderte Valentin sie auf.

«Ich will da nicht rein», flüsterte Samantha.

«Ich auch nicht», erwiderte Sonja. «Aber wir müssen. Es gehört dazu.»

Sie betraten die Kirche. Samantha erschrak, wie voll sie war. Ihre Eltern hatten einen grossen Bekanntenkreis. Hinzu kam jener von Valentin, seine Politikerfreunde. Inzwischen hatten die Medien herausgefunden, dass sein Bruder und seine Schwägerin ermordet worden waren. Nachdem Samantha den ersten Artikel entdeckt hatte, hatte sie die Zeitungen und das Radio gemieden. Sie wollte keine Kommentare oder Mutmassungen zum Grund der Morde an ihren Eltern lesen beziehungsweise hören.

Samantha hielt ihren Blick starr geradeaus und war sich der vielen Augenpaare bewusst, die ihnen entgegenschauten. Als sie in der ersten Reihe angekommen waren, kam der Pfarrer auf sie zu. Er schüttelte erst Samantha und danach Valentins Familie die Hand. Mit gesenkter Stimme drückte er nochmals sein Beileid aus.

Samantha war froh, als Lorena ihr ebenfalls entgegenkam. Sie fasste Samantha am Arm und setzte sich neben sie auf die Bank. Zwar gehörte sie nicht zum Familienkreis, aber Samantha hatte darauf bestanden, dass sie während der Abdankung neben ihr sass.

Samantha starrte auf den Blumenschmuck. In ihrer Traueranzeige hatte sie darum gebeten, das Geld solle lieber für Kinder in Not gespendet werden, dennoch hatten einige offenbar Blumen mitgebracht.

Hinter sich vernahm sie das Gemurmel der unterdrückten Gespräche. Sie drehte sich nicht um, denn sie wollte nicht in die Gesichter derer schauen, die gekommen waren, um mit ihr Abschied von ihren Eltern zu nehmen. Oder einfach aus Neugierde da waren.

Lorena griff nach ihrer Hand und drückte sie. Sonja nahm die andere. Samantha schluckte und starrte auf das Gesteck, das von ihr war. «In Liebe Sammy», stand in Gold auf der weissen Schleife.

Sie schloss die Augen. Tränen sickerten unter den Lidern hervor. Es war für Samantha wie ein nicht enden wollender Alptraum. Irgendwann muss ich erwachen, dachte sie, war sich aber gleichzeitig bewusst, dass es die Realität war, aus der es kein Entrinnen gab.

Sie spürte etwas Weiches auf ihrem Handrücken und öffnete die Augen. Lorena hielt ihr ein Papiertaschentuch hin. Der Pfarrer trat vor die Trauergemeinde. Das Gemurmel hinter ihr ebbte augenblicklich ab.

Viel bekam Samantha nicht mit. Es waren nur Bruchstücke, die sie aufnahm. Als der Pfarrer begann, über das Leben ihrer Eltern zu erzählen, war es, als lege sich eine kalte Faust um ihr Herz. Er sprach davon, wie ihre Mutter keine Kinder bekommen konnte und ihre Eltern sich daher entschieden hatten, ein Kind zu adoptieren. Welche Freude es ihnen bereitet hatte, Samantha auf der ersten Strecke ihres Lebensweges zu begleiten – vom elternlosen, verlorenen indischen Mädchen zu einer erwachsenen Frau, die mit beiden Beinen auf dem Boden stand.

Der Pfarrer endete und schaute in ihre Richtung.

«Du musst nicht», raunte ihr Lorena zu.

Samantha starrte in das Gesicht des Pfarrers, in dem deutlich die Frage zu lesen war, wie es weitergehen sollte.

«Es hat jeder Verständnis, wenn du keine Kraft dazu hast», flüsterte Lorena.

Neben ihr wurde Sonja unruhig. Sie wollte eindeutig wissen, was los war.

Niemand ausser dem Pfarrer und Lorena war in Samanthas Vorhaben eingeweiht. Ihr Blick wanderte zu dem Klavier. Sie war überrascht gewesen, dass der Pfarrer es geschafft hatte, ein E-Piano aufzutreiben.

Lorenas Hand strich über ihren Rücken. Samantha richtete sich auf.

«Ich mache es!», sagte sie. Ich bin es ihnen schuldig, dachte sie. Mueti hat mir so gerne beim Spielen zugehört.

Sie spürte das Raunen eher, als dass sie es hörte, während sie gefolgt von Lorena auf das digitale Klavier zuging. Auf dem Notenständer lag ihre Oboe.

Samanthas Hand zitterte, als sie das Mundstück aus dem Wasserbecher nahm, der auf dem Klavier stand, und auf die Oboe steckte. Lorena setzte sich auf den Klavierschemel. Ihre Augen waren unentwegt auf Samantha gerichtet. Deutlich las sie darin die Angst um ihre Freundin und dass ihr bewusst war, wie viel Kraft es Samantha kostete.

«Du wirst zusammenbrechen», hatte Lorena ihr gesagt, als Samantha ihr von ihrem Wunsch berichtet hatte. Nun waren ihre Knie weich wie Gummi, und Samantha befürchtete, Lorena könnte damit durchaus recht gehabt haben.

Reiss dich zusammen. Du hast nur diese eine Chance.

Samantha schob das Mundstück zwischen die Lippen und nickte Lorena zu, die sofort zu spielen anfing.

Die ersten Töne des «Ave Maria» waren zögerlich, fast dünn. Samantha schloss die Augen. Sie spürte, wie erneut Tränen unter den Lidern hervorquollen und sich über die Wangen ihren Weg nach unten bahnten. Sie spielte weiter und wunderte sich, dafür genügend Luft zu haben.

Sie liess sich von den Tönen mittragen, und auf einmal gab es nur sie und ihre Eltern. Sie sah ihre Mutter und ihren Vater auf dem Sofa sitzen. Er hatte den Arm um die Schultern ihrer Mutter gelegt, und sie lehnte sich gegen ihn. Dabei verfolgten sie jede von Samanthas Bewegungen, wie sie es immer taten, während sie ihnen vorspielte.

Samantha hatte das Gefühl, die Töne trugen sie nach oben, und sie legte alle Inbrunst in das Spiel.

Als sie am Ende angekommen und der letzte Ton verklungen war, senkte sie langsam ihre Oboe, hielt aber die Augen geschlossen. Lebt wohl, sagte sie im Stillen zu ihren Eltern. Ich kann euch nie genug für das danken, was ihr für mich getan habt.

Sie öffnete sie erst, als Schritte hinter ihr stoppten.

Lorena nahm ihr das Instrument aus der Hand und führte sie zu ihrem Platz zurück. Vom Rest der Andacht bekam Samantha nichts mehr mit. In ihr hallte das «Ave Maria» nach. Genauso wenig wusste sie, wie sie aus der Kirche nach draussen gekommen war. Plötzlich stand sie neben ihrem Onkel und seiner Familie im Nieselregen vor dem Gebäude. Sie war von Leuten umringt, die ihr Beileid bekundeten. Einer der Ersten war Patrick. Er umarmte sie und küsste sie auf die Wange. Danach folgten die Jassfreunde ihres Vaters. Die Frauen aus der Turnriege ihrer Mutter. Kollegen – Servicetechniker und Mechaniker, aber auch welche vom Verkauf – von der Chemiefirma in Baselland, in der ihr Vater als Wartungstechniker gearbeitet hatte. Von Samanthas Volleyball-Kollegen waren alle gekommen. Sogar Maria und Richard, ehemalige Kommilitonen, mit denen sie nach wie vor Kontakt hatte, waren ebenfalls da.

Die Gesichter verschwammen weiter vor ihren Augen. Mechanisch ergriff sie eine Hand nach der anderen und murmelte kaum hörbare Dankesworte. Die Tränen konnte sie zum Glück zurückhalten, war sich aber ihrer rot geweinten Augen bewusst. Sie beneidete Adrienne um ihre Brille.

«Dahinter kann man sich gut verstecken», hatte sie einmal gescherzt.

Am Morgen hätte Samantha beinahe ihre Sonnenbrille mitgenommen, es aber am Ende gelassen. Bei dem grauen Nieselwetter hätte es seltsam angemutet. Mit jeder Person, die ihr die Hand drückte und das Beileid bekundete, wurde es schwerer, die Kontrolle zu halten. Sie fuhr sich mit dem Handrücken über die Augen. Auf einmal fand sie sich Reto Bürgi und Joel Gyger gegenüber. Sie spannte sich an. Sie hatte mit vielen gerechnet, aber nicht mit den beiden. Reto Bürgi umfasste ihre Hand mit beiden Händen.

«Es tut mir sehr leid», sagte er. Sein Gesicht, das sie nur als unnahbare Fassade kannte, drückte Mitleid aus.

«Danke», erwiderte Samantha leise.

«Wenn ich etwas für Sie tun kann, lassen Sie es mich bitte wissen.»

Samantha schluckte und brachte kein Wort heraus.

«Lassen Sie sich Zeit.»

Weiterhin war Samantha ausserstande, zu sprechen. Er hatte «ich» und nicht AarePharm gesagt. Bisher hatte sie angenommen, sie sei eine unbedeutende Angestellte, unsichtbar für das Management.

Wenn sie Reto Bürgi bisher gesehen hatte, hatte er mit seinem stets ernsten Gesichtsausdruck, den straff nach hinten gekämmten grau melierten Haaren und der Brille distanziert gewirkt. Sie hatte das Gefühl gehabt, nicht wahrgenommen zu werden, was ihr eigentlich recht gewesen war. Sie arbeitete lieber in ihrer stillen Ecke für sich alleine und brauchte keine Beachtung. Reto Bürgi liess ihre Hand los und drückte ihre Schulter.

Mechanisch hielt sie Joel die Hand hin. Er umfasste sie ebenfalls mit beiden Händen.

«Das Gleiche gilt für mich», sagte er. «Bitte melde dich, wenn ich etwas für dich tun kann.»

Tränen traten in ihre Augen. Sie liessen sich nicht mehr stoppen. Samantha verfluchte sich für den Verlust ihrer Kontrolle. Ausgerechnet beim Arbeitgeber sollte das nicht passieren. Sie war froh, als Joel und Reto Bürgi sich Valentin zuwandten.

Ihr Gleichgewicht geriet weiter aus den Fugen, als sie sich abwandte und in einiger Entfernung Bachmann und Landolt erkannte. Die beiden hatten sie vorgewarnt, dass sie zur Beerdigung kommen würden, wollten sich aber im Hintergrund halten. Sie wollten beobachten, ob sich eine Person auffällig verhielt.

Samantha entfernte sich von Valentin und ging einige Schritte auf die Beamten zu. Als sie die Hälfte des Weges zurückgelegt hatte, meinte sie zu erkennen, wie Bachmann den Kopf schüttelte, und sie blieb stehen.

Sie dachte an Freitagabend. Bereits am Wochenende hatte sie mehrfach überlegt, ob sie Bachmann von ihrem Erlebnis beim Haus ihrer Eltern berichten sollte. Im Nachhinein hatte sie das Gefühl, überreagiert zu haben. Daher hatte sie es gelassen.

Sie war zur Überzeugung gekommen, zu viel in die Situation hineininterpretiert zu haben. Sie meinte sich zu erinnern, dass die Person einen grossen schwarzen Hund bei sich gehabt hatte, der bestimmt wie der Cockerspaniel der Brauns rausgemusst hatte.

Samantha legte den Kopf in den Nacken und blinzelte in den Nieselregen. Wenn der Tag nur endlich vorbei wäre. Sie dachte an das, was ihr bevorstand. Sie hatte etwas gegen das Essen nach Beerdigungen. Eben hatte man den Verlust einer Person betrauert. Keine halbe Stunde später wurde gelacht und gegessen, als sei nichts passiert.

«Das gehört dazu», hatte Valentin gesagt, als sie sich gegen das Essen ausgesprochen hatte. «So hart es klingt, das Leben geht weiter. Sieh das Essen als Einstieg zurück in den Alltag an.»

Eine Hand legte sich auf ihre Schulter. «Komm», sagte Sonja.

Bevor Samantha Sonja folgte, warf sie einen Blick zu der Stelle, an der eben Landolt und Bachmann gestanden waren. Die Beamten waren verschwunden.

SIEBEN

Samantha schlug die Augen auf. Hatte sie wirklich geschlafen? Als sie das letzte Mal Richtung Decke gestarrt hatte, war es dunkel gewesen. Jetzt schien die Sonne durch das Fenster ihres Schlafzimmers. Sie drehte den Kopf. Der Wecker zeigte kurz vor zehn Uhr am Morgen. Sie war noch einmal eingenickt. Trotzdem fühlte sie sich wie gerädert.

Sie war froh gewesen, dass Lorena und Cédric sie gestern Abend nach Hause gebracht hatten. Lorenas Angebot, bei ihnen zu übernachten, hatte sie ausgeschlagen. Sie hatte alleine sein wollen nach dem Trubel, der in dem Restaurant geherrscht hatte.

Gleich halb elf. Eine halbe Stunde hatte sie nichtsnutzig im Bett gelegen. Samantha schlug die Decke zurück. Sie wollte es nicht einreissen lassen, bis spät in den Vormittag im Bett zu liegen. Zwar hatte sie diese Woche frei, aber es gab genug zu tun. Sie sollte endlich über ihren Schatten springen und anfangen, das Haus ihrer Eltern zu räumen. Lorena und Cédric hatten ihr gestern erneut angeboten zu helfen. Samantha hatte von Neuem abgelehnt. Ausserdem wollte sie sehen, ob sie Hinweise auf ein mysteriöses Konto oder ein uneheliches Kind fand. Das war beides privat und ging nicht einmal ihre engste Freundin etwas an.

Diesen Nachmittag, nahm sie sich vor.

Samantha ging in die Küchenecke und öffnete den Kühlschrank. Gähnende Leere. Ein Milch-Tetra-Pak, ein Rest Konfitüre und ein halber Käse waren die letzten Hinweise darauf, für was der Kühlschrank gedacht war. Einkaufen musste also zuoberst auf die Pendenzenliste. Samantha nahm die Milch und schnupperte daran. Sie roch okay. Im Küchenschrank fand sie ein Früchtemüesli. Das war besser als nichts. Sie machte sich einen Cappuccino und setzte sich an den Tisch. Obwohl sie keinen Hunger verspürte, musste sie zu einem Tagesrhythmus zurückkehren. Ausserdem musste sie einen Weg finden, die Leere, die sie seit der Beerdigung immer lähmender empfand, in den Griff zu bekommen. Ihre Eltern hätten nicht gewollt, dass ihr Tod sie so nach unten zog.

Als sie fertig war, räumte sie das Geschirr in den Geschirrspüler und stellte sich unter die Dusche. Während das heisse Wasser auf ihren Kopf prasselte, überlegte sie, welcher Tag heute war. Mittwoch, der … Samantha riss die Augen auf. Heute hatte Valentin Geburtstag. Er wurde fünfundfünfzig.

«Himmel!», entfuhr es ihr, und ein Strahl Wasser schoss in ihren Mund. Samantha hustete. Wie hatte sie das vergessen können? Er hatte sie und ihre Eltern zu der Party am Nachmittag eingeladen. Valentin feierte gerne Feste, und eine Schnapszahl war ein willkommener Anlass. Das war der Grund gewesen, weshalb sie zwei Wochen Ferien genommen hatte. Die erste war für die Ferien im Wallis und die zweite für die grosse Party ihres Onkels gedacht gewesen. Sie hatte sich sogar anerboten zu helfen, was er abgelehnt hatte. Sie solle ihre ersten Ferien seit über einem halben Jahr geniessen.

Samantha nahm zwar an, dass er die Party abgesagt oder verschoben hatte, aber der Anstand erforderte es, ihm zu gratulieren. Persönlich und nicht am Telefon. Planänderung. Sie würde zuerst bei ihm vorbeifahren, anschliessend einkaufen gehen und ganz zum Schluss zum Haus ihrer Eltern fahren. Nun hast du eine neue Ausrede, das Haus hinten auf deine Pendenzenliste zu setzen, dachte sie und stellte das Wasser ab.

Da sie kein Geschenk hatte, würde sie zuerst eine Kleinigkeit organisieren müssen. Sie hatte keine Ahnung, was sie ihrem Onkel schenken sollte.

«Kein Problem», hatte ihre Mutter damals gesagt. «Ich übernehme das.» Dazu war es nicht mehr gekommen …

Während Samantha zu ihrem Wagen ging, überlegte sie, was sie für ihren Onkel kaufen könnte. Wolken hatten sich vor die Sonne geschoben, die am Vormittag unerwartet ein kurzes Gastspiel gegeben hatte, und es begann zu regnen. Sie erreichte ihr Auto und musste grinsen. Gestern hatte sie den Wagen ganz nach vorne auf das Parkfeld gestellt. Jetzt stand ein zweiter Smart auf der zweiten Hälfte der Fläche. Genau das schätzte sie an ihrem Auto.

Lorena hatte gelästert, als Samantha sich den Wagen gekauft hatte. «Du könntest dir ein grösseres als diese Sardinenbüchse leisten.»

«Für mich alleine ist es völlig ausreichend», hatte sie ihrer Freundin entgegengehalten. «Damit finde ich wenigstens trotz der dauernden Parkplatzknappheit leicht ein Fleckchen, an dem ich mein Auto abstellen kann.»

«Ich fände es unbequem, in so einer kleinen Kiste jeden Tag nach Egerkingen fahren zu müssen», hatte Lorena erwidert.

«Es geht wunderbar.»

Samantha stieg ein und entschied sich für Schokolade von der Lieblingsmarke ihres Onkels. Einfallslos, aber jeder würde Verständnis haben. Es ging schliesslich um die Geste.

Nach ungefähr zwanzig Minuten bog Samantha in die Strasse ein, in der ihr Onkel wohnte. Sie stutzte. Normalerweise war es leicht, einen Parkplatz zu finden, aber heute standen hier viele Autos. Sogar für ihren Smart gab es keine Nische. Samantha fand schliesslich einen Platz in der Nebenstrasse. Als sie durch den Nieselregen lief, zog sie ihre Jacke fest um die Schultern. Kaum hatte sie das Grundstück ihres Onkels betreten, hörte sie Gelächter, das lauter wurde, als sie zur Haustür ging.

Sonja öffnete und strahlte Samantha an. «Valentin hatte Angst, du könntest es vergessen haben.»

Neues Gelächter drang aus dem Inneren des Hauses.

«Was? Seinen Geburtstag?», fragte Samantha.

«Ja, und die Party. Ihm ist es wichtig, dass du kommst.»

«Sammy!», dröhnte Valentin, der aus dem Wohnzimmer kam. Er eilte auf sie zu und umarmte sie.

«Party», stammelte Samantha, als er sie ein Stück zurückschob und musterte. «Ich dachte, du würdest sie absagen.»

«Warum?», fragte Valentin.

«Warum?» Ihre Stimme wurde schrill. «Wegen Vati und Mueti!»

«Das Leben geht weiter, mein Kind.» Valentin schob sie zum Wohnzimmer, in dem bereits über zehn Personen versammelt waren. Zuvorderst standen Sebastian Krüger, Fredy Koller,

Gian Huber und Hans Muntwyler aus Valentins Turnriege. Mechanisch begrüsste Samantha einen nach dem anderen.

Fredy drückte ihr ein Champagnerglas in die Hand. «Damit du auf das Geburtstagskind anstossen kannst.»

«Du musst dich übrigens beeilen, damit du noch etwas vom Kuchen abbekommst», sagte Sebastian und fuhr sich über den rundlichen Bauch. «Er ist eins a. Was sage ich da? Sonja hat sich selbst übertroffen.»

Gian stiess mit seinem Glas gegen ihres. «Lass uns auf das Geburtstagskind anstossen.»

Er stimmte das «Happy Birthday» an und schaffte es dabei, keinen einzigen Ton zu treffen. Die Umstehenden fielen ein und sangen genauso falsch. Offenbar waren die meisten bereits ziemlich angeheitert. Als sie geendet hatten, stiessen sie an. Gläserklirren. Neues Gelächter.

Samantha erwachte aus ihrer Starre. «Was soll das?», schleuderte sie Valentin entgegen. Schlagartig wurde es um sie still. «Mueti und Vati sind keinen Tag unter der Erde, und du veranstaltest eine riesige Party?»

«Fünfundfünfzig wird man nur einmal», sagte Fredy.

«Man muss die Feste so feiern, wie sie fallen», stimmte Sebastian zu.

«Ich glaube es nicht!» Mit Schwung stellte sie das Glas auf die Kommode. Sekt schwappte über und lief über ihre Hand. Sie versuchte die Augenpaare, die auf sie gerichtet waren, zu ignorieren.

«Glaubst du, ich sage das Fest ab, das wir seit so langer Zeit geplant haben?»

«Du hättest es verschieben können», rief sie.

«Ich habe *heute* Geburtstag. Peter und Doris haben sicher nichts dagegen. Im Gegenteil, sie hätten es sich gewünscht.»

«Ich habe aber etwas dagegen, weil es taktlos ist!» Samantha wirbelte herum und stiess mit Sonja zusammen. Gebäckteile rutschten vom Teller und fielen auf den Boden. Samantha kümmerte sich nicht darum und stürmte aus dem Zimmer. Bevor sie das Haus verlassen konnte, wurde sie am Arm gepackt.

«Du ruinierst mir nicht mein Fest», knurrte Valentin.

«Lass mich los», rief Samantha zurück.

«Willst du mir den Tag verderben? Dein Auftritt ist mehr als lächerlich und peinlich.»

«Deine Veranstaltung ist pietätlos.» Tränen rannen über Samanthas Gesicht, und sie hasste sich dafür. Sie riss sich los, rannte aus dem Haus und schlug die Tür mit einem Knall hinter sich zu.

***

Samantha betrat die Migros im Müli Märt und blieb vor den Obstauslagen stehen. Leute drängten an ihr vorbei. Zweimal wurde sie angerempelt.

Es brodelte in ihrem Inneren. Die Wut tat zwar gut und lenkte ab, aber sie lähmte gleichzeitig. Wie sie es hierher geschafft hatte, wusste sie nicht. Wie es ihr zudem gelungen war, unfallfrei von Gränichen bis Lenzburg zu fahren, konnte sie nicht erklären. Ihr Unterbewusstsein musste gewusst haben, dass Einkaufen das Nächste auf ihrer Liste gewesen war.

Samantha kam sich hilflos vor. Sie fühlte sich überfordert mit der Aufgabe, einzukaufen. Schon wieder überfordert, dachte sie. Das passt nicht zu dir. Gleichzeitig überlegte sie, ob das ein Dauerzustand werden würde. Obwohl es dringend war, ihren leeren Kühlschrank aufzufüllen, fand sie nicht die Kraft. Als sie sich umdrehte und Richtung Kasse gehen wollte, um die Migros zu verlassen, stiess sie beinahe mit einem Mann zusammen. Sie murmelte eine Entschuldigung und wollte an ihm vorbeischlüpfen.

«Samantha?», hörte sie.

«Joel. Was machst du hier?» Sehr einfallsreich, dachte sie. Reiss dich zusammen, sonst wirft es kein gutes Licht auf dich, wenn dein Vorgesetzter dich in diesem verwirrten Zustand antrifft.

«Ich denke, das Gleiche wie du.»

«Wie ich?»

«Einkaufen.» Er deutete auf ihren leeren Einkaufskorb.

Verdutzt starrte Samantha den Korb an. Es passte nicht, Joel um diese Uhrzeit beim Einkaufen in Lenzburg anzutreffen. Die Verwirrung nahm zu.

«Ich habe es mir anders überlegt», sagte sie nach einer Weile und machte erneut Anstalten, sich an ihm vorbeizudrängen. Aber er hielt sie fest. Aufmerksam musterte er sie, und Samantha verspürte Unbehagen.

«Sich drücken gilt nicht», sagte Joel.

«Wie bitte?», fragte Samantha.

«Ich nehme an, dein Kühlschrank ist leer. Du hast den Vorsatz gefasst, dem abzuhelfen. Im letzten Moment änderst du deine Meinung, weil du eh keinen Hunger hast.»

Treffend zusammengefasst, dachte Samantha.

«Komm», sagte er und zog sie mit sich. Er begann seinen und Samanthas Einkaufskorb zu füllen. Zuerst fanden Obst, Salat und Tomaten den Weg in ihren Korb. Danach dirigierte er sie zum Kühlregal und legte Milch, Käse, Butter und Konfitüre hinein. Samantha folgte ihm wie in Trance. An der Kasse legte Joel alles auf das Förderband, zahlte und packte die Sachen in zwei Tragetaschen.

«Wo hast du dein Auto abgestellt?», fragte er.

«Ich wohne in Fussdistanz von hier in der Altstadt», antwortete Samantha.

«Perfekt.»

Sie schwiegen, bis sie vor dem Haus standen, in dem sich ihre Dachwohnung befand.

«Danke, dass du die Initiative ergriffen hast», sagte sie leise. «Sonst hätte ich immer noch nichts zu essen.»

«Ich konnte dich da drin nicht alleine lassen. Du wirktest verloren.»

Sie senkte den Kopf. «Es ist ein Auf und Ab. Ich fühle mich kraftlos, und diese Leere lähmt.»

«Das kann ich nachvollziehen.» Er hielt ihr die Tragetasche hin.

«Möchtest du einen Kaffee?», hörte Samantha sich sagen und erschrak. Ihr Mund sprach einfach weiter. «Als Dank, weil du mich gerettet hast.»

Joel lächelte. «Gerne.»

Im obersten Stock angekommen, blieb er im Entrée stehen und streifte sich die Schuhe ab.

«Das musst du nicht», sagte Samantha.

«Schon gut.»

Auf Socken ging sie zur Küchenzeile und stellte die beiden Tragetaschen auf die Anrichte. Samantha war um ihre Aufräum- und Putzwut von letzter Woche froh. Das Chaos, das geherrscht hatte, hätte sie Joel nicht präsentieren wollen.

Seine Präsenz füllte die ganze Wohnung aus. Ausser Lorena, ihren Nachbarn und ihrer Familie war bisher keine andere Person in ihrer Wohnung gewesen, seitdem sie eingezogen war.

Als Samantha den Kühlschrank eingeräumt und zwei Kaffee zubereitet hatte, setzten sie sich nebeneinander auf das Sofa.

«Das ist eine schöne Wohnung», sagte Joel. «Dachschrägen und Sichtbalken haben etwas Gemütliches.»

«Sie ist praktisch, weil sie mitten in der Stadt liegt», erwiderte Samantha. «Allerdings würde ich mir mehr Grün rundherum wünschen. Doch man kann nicht alles haben.»

Zum zweiten Mal an diesem Nachmittag fühlte sie sich überfordert. Sie verwünschte sich, Joel hochgebeten zu haben, da sie sich dem Small Talk nicht gewachsen fühlte.

«Apropos Kraft. Ich fand das gestern bei der Abdankung bewundernswert.»

«Was?»

«Ich hätte an deiner Stelle nicht die Kraft gehabt, das ‹Ave Maria› vor allen zu spielen.»

Samantha senkte den Kopf. «Ich habe die Oboe nach langer Zeit wieder hervorgeholt. Meine Mutter lag mir damit regelmässig in den Ohren. Sie liebte den Klang der Oboe.» Obwohl Samantha einen anderen Musikgeschmack als ihre Mutter hatte und bevorzugt Popsongs gespielt hatte, hatte ihre Mutter ihr regelmässig zugehört.

«Da kann ich ihr nur zustimmen. Gestern hatte ich eine richtige Gänsehaut, als du gespielt hast.»

Der Satz brachte Samantha aus dem Konzept. Sie brauchte einen Moment, bis sie weitersprechen konnte. «Es hilft, darauf zu spielen.»

Joel berührte ihren Arm. «Hast du ausser deinen Eltern Familie? Ich meine, du wohnst hier alleine, und ich weiss nicht, ob das die ideale Lösung ist.»

«Mein Onkel wohnt in Gränichen», antwortete sie ausweichend. Über Valentin wollte sie bestimmt nicht sprechen.

«Du meinst den Mann, der gestern mit dir in die Kirche gekommen ist und mit vorne gesessen hat.»

«Ja.»

«In dem Fall stimmt es, was die Presse schreibt. Der Bruder deines Vaters ist der Politiker Valentin Kälin.»

«Ja», sagte Samantha ein weiteres Mal und überlegte, wie sie Joel von dem Thema wegbekommen konnte.

«Daher der ganze Rummel und die volle Kirche. Dein Onkel hat in den letzten Jahren ziemlich Karriere gemacht.»

«Er hat eines seiner Ziele erreicht – er wurde in den Nationalrat gewählt.»

«Nicht nur das Ziel erreicht. Wenn ich mich richtig erinnere, war das Wahlergebnis unglaublich, was mich nicht wundert. Er ist beliebt.»

«Es fliegt ihm im Moment alles zu. Er muss aufpassen, dass er nicht überheblich wird. Sein Fernziel ist der Bundesrat.»

«Ein hochgestecktes Ziel.»

«Ansonsten habe ich Lorena», versuchte Samantha das Thema zu wechseln.

«Ist das die Rothaarige, die dich gestern auf dem Klavier begleitet hat?»

«Ja. Wir sind zusammen in den Kindergarten und danach in die Schule gegangen.»

Joel trank einen Schluck Kaffee.

«Hast du Kontakt zu deiner ...», er zögerte, «leiblichen Familie?»

Samantha schüttelte den Kopf. «Ich war Waise, als meine Eltern mich adoptierten.» Sie lehnte sich nach hinten und blickte auf ihren Sekretär, der auf der anderen Seite des Raumes stand. Er war aufgeklappt, und auf der Schreibfläche stapelten sich Beileidskarten. Das rief ihr in Erinnerung, nicht alles erledigt zu haben, was die Beerdigung betraf. Sie musste Danksagungen verschicken. Nicht jetzt, dachte sie und konzentrierte sich auf Joel. Wie von selbst begann sie zu erzählen: «Ich merkte früh, anders als die Menschen um mich herum auszusehen. Ausserdem ähnelte ich meinen Eltern nicht, so wie es die anderen Kinder taten. Meine Eltern haben es mir daher früh gesagt. Obwohl sie alles für mich taten, fühlte ich mich entwurzelt. Zu gerne wäre ich nach Indien gereist, um zu sehen, wo ich herkomme, aber meine Eltern wollten nicht.»

«Warum nicht?»

«In erster Linie fehlte das Geld für eine solch grosse Reise. Wenn das vorhanden gewesen wäre, denke ich, hätte ich meine Mutter umstimmen können. Mein Vater stellte sich quer. Nach der Tuberkulose, die er sich während seiner Zeit in Indien eingefangen hatte, bekamen ihn keine zehn Pferde mehr dorthin zurück. Zum Glück wurde er geheilt, aber die Behandlung zog sich beinahe ein Jahr hin.»

«Das klingt heftig.»

«Ich habe es ihm übel genommen und wollte mich selbst auf den Weg machen. In der Pubertät wurde es richtig schlimm. Ich wurde aufmüpfig.» Samantha hielt inne. Warum erzählte sie ihm das? «Mein Onkel war der ruhende Pol in dieser Zeit. Er vermittelte zwischen meinen Eltern und mir. Der Wunsch, einmal nach Indien zu reisen, ist aber geblieben, nachdem ich mehr oder weniger erfolgreich durch das tosende Meer der Heranwachsenden geschifft war.» Sie brachte ein schiefes Lächeln zustande.

«Du bist erwachsen», sagte Joel, «und könntest jederzeit nach Indien reisen.»

«Ich weiss, aber ich traue mich nicht. Das, was ich in Reportagen im Fernsehen sehe und in den Zeitungen lese, schreckt mich ab.»

«Warum?»

«Ich bin behütet aufgewachsen. Meine Eltern achteten genauestens darauf, jede Unannehmlichkeit von mir abzuwenden. Ich weiss nicht, ob ich beispielsweise mit der offensichtlichen Armut zurechtkommen würde. Genauso wenig weiss ich, ob ich wirklich sehen möchte, wie ich gelebt hätte, wenn ich nicht in die Schweiz gekommen wäre. Mir geht es hier gut. Ausserdem höre ich von allen Seiten, als Frau sollte man nicht alleine nach Indien reisen, weil es nicht sicher ist. Diese Berichte über Vergewaltigungen und die Willkür, mit der diese geschehen und geahndet werden – trotz des Protestes der Bevölkerung –, schrecken mich ab. Ein weiterer Punkt ist, ich weiss nicht genau, wo ich herkomme.»

«Wie meinst du das?»

«Es gab keine Angaben zu meiner genauen Herkunft. Dem Ort, wo ich herkomme – dem Slum.» Samantha hielt inne. Bis auf Bachmann hatte sie mit keinem ausserhalb ihrer Familie und ihres engeren Freundeskreises je über ihre Herkunft gesprochen. Plötzlich schämte sie sich Joel gegenüber dafür. «Damals gab es ein grosses Feuer, bei dem mehrere Hütten niederbrannten. Es gab viele Tote.» Erneut musste Samantha eine Pause einlegen. «Mehr Infos bekamen meine Eltern nicht.» Sie riskierte einen Seitenblick. Joel runzelte die Stirn. «Mueti hat gesagt, ich solle es ruhen lassen und froh sein, in der Schweiz gelandet zu sein.»

«Trotzdem lässt es dir keine Ruhe», sagte Joel.

«Nein.»

«Das würde es mir auch nicht.»

Samantha wandte sich Joel zu. In seinen dunklen Augen las sie keine Vorurteile beziehungsweise Neugierde, sondern ehrliches Interesse.

«Meiner Hautfarbe nach zu urteilen bin ich aus dem Norden. Aber das muss nichts heissen.» Das wurde immer persönlicher. Verlegenheit löste ihre Unsicherheit ab. «Ich rede zu viel. Tut mir leid.»

«Das muss es nicht. Es ist wichtig, darüber sprechen zu können.»

Da hatte er recht. Sie merkte, wie gut es ihr tat. Samantha blickte nach draussen. Die Dämmerung hatte eingesetzt. Joel schien es auch zu bemerken. «Ich glaube, ich sollte langsam nach Hause.»

«Deine Frau wundert sich bestimmt, wo du bleibst», sagte Samantha.

«Ich bin nicht verheiratet.»

«In dem Fall deine Freundin.»

Joel schnitt eine Grimasse. «Leider wartet keiner auf mich, ausser einer Menge Kisten.»

«Was für Kisten?»

«Nächstes Wochenende ziehe ich um.» Er seufzte. «Es gibt also viel zu tun, und ich bin im Rückstand. Daher habe ich mir heute Nachmittag freigenommen.»

Samantha erinnerte sich, wie er davon gesprochen hatte. Vor etwas mehr als einem Jahr hatte er die Stelle in Zürich gekündigt und hatte zu AarePharm gewechselt. Inzwischen war er die Pendelei von Zürich nach Egerkingen leid. Die Fortschritte dieses Umzugs-Projekts, wie Joel es einmal genannt hatte, als er es in einer Teamsitzung erwähnt hatte, hatte sie nicht gross verfolgt.

«Warum bist du in Lenzburg?»

«Ich habe mir heute freigenommen, weil ich einen guten Kollegen treffen wollte. Er arbeitet in Kanada und ist zu Besuch in der Schweiz. Er hat heute seine Freunde und ehemaligen Kollegen zu einem Mittagessen ins Restaurant Krone eingeladen. Danach wollte ich die Gelegenheit nutzen, nach Liestal zu fahren, um endlich vorwärtszukommen.»

«Liestal?», wiederholte Samantha verwundert.

«Ich ziehe nach Liestal.»

«Wieso Baselland?», fragte Samantha. «Warum nicht nach Egerkingen? Ich dachte, du wolltest nicht mehr pendeln?»

«Von Liestal habe ich ungefähr zwanzig Minuten, bis ich bei AarePharm bin. Ausserdem bin ich in Liestal aufgewachsen.» Joel grinste. Die Verwunderung in Samanthas Gesicht musste deutlich sein. «Ich weiss, an meinem Dialekt ist das nicht ersichtlich. Meine Mutter stammt aus dem Emmental und mein Vater aus Bern. Als ich sechs war, hat mein Vater eine Stelle in Liestal angenommen, und wir sind umgezogen. Sprachlich hat sich keiner aus der Familie an unseren neuen Wohnort angepasst.» Sein Grinsen wurde breiter. «Ein Kollege aus der Fastnachtsclique meines Vaters zieht in eine Alterswohnung. Seine Tochter wohnt mit ihrer Familie in Sankt Gallen und braucht das Haus nicht. Zumindest im Moment. Da er das Haus keinem

Fremden überlassen möchte und mein Vater ihm erzählt hat, ich wolle umziehen, hat er mich gefragt, ob ich es mieten würde, bis ihm klar ist, was mit dem Haus geschehen soll. Da ich mich wohnorttechnisch gerade nicht festlegen möchte, kam mir das gelegen.»

Joel trank den Kaffee aus und machte Anstalten aufzustehen, liess sich jedoch gleich wieder zurücksinken. «Darf ich dir eine Frage stellen?»

«Kommt drauf an», erwiderte Samantha vorsichtig.

«Was ist heute Nachmittag passiert? Du standest total neben dir, und ich habe das Gefühl, nicht nur die ganze Geschichte mit dem Mord an deinen Eltern ist der Grund.»

Samantha erhob sich und trat an die Lukarne. Die Wut auf ihren Onkel, die während ihrer Unterhaltung mit Joel in den Hintergrund getreten war, keimte von Neuem auf. Ihre Schultern verkrampften sich.

«Entschuldige, ich wollte nicht neugierig sein und dir zu nahe treten», sagte Joel.

Darüber sprechen hilft, echoten Joels Worte in ihrem Kopf. «Ich habe mich über meinen Onkel aufgeregt», begann sie und liess alles heraussprudeln, was sich aufgestaut hatte. Während sie sprach, stand Joel auf und stellte sich neben sie. Gemeinsam blickten sie nach unten auf die Gasse.

«Jeder geht mit dem Tod anders um», sagte Joel, nachdem sie geendet hatte. «Der eine wünscht sich Ruhe, ein anderer muss Trubel haben, um sich abzulenken. Dein Onkel gehört offenbar zur zweiten Kategorie. Damit möchte ich ihn nicht in Schutz nehmen. Ich kann nachvollziehen, wie du dich fühlst. Ich denke, ich würde ähnlich wie du reagieren und sauer sein.»

Schweigen stellte sich ein. Samantha spürte, wie ihr inneres Gleichgewicht wieder ein wenig hergestellt war.

«Danke», sagte sie.

«Wofür?»

«Weil ich mit dir darüber reden konnte.»

«Das kannst du jederzeit. Das meine ich so, wie ich es sage.»

«Nun habe ich dir genug Zeit gestohlen. Du solltest zu deinen Kisten.» Samantha lächelte, als Joel einen Seufzer ausstiess.

«Danke für den Kaffee.»

Er reichte ihr die Hand und nahm seinen Papiersack mit den Einkäufen.

«Morgen komme ich zur Arbeit», sagte sie.

«Das musst du nicht. Du hast Ferien. Ausserdem stehen dir bei einem Todesfall in der Familie Frei-Tage zu Verfügung.»

«Wenn ich hier herumsitze, fällt mir die Decke auf den Kopf.»

«Wenn du möchtest, kannst du gerne kommen, aber wie gesagt, du brauchst nicht.»

Kaum war die Tür hinter Joel ins Schloss gefallen, fiel Samantha ein, dass er den gesamten Einkauf bezahlt hatte. Wie peinlich. Sie riss die Tür auf und hörte unten das Klicken der Haustür. Sie musste sich eine Notiz machen, damit sie nicht vergass, ihm morgen das Geld zurückzugeben.

ACHT

Samantha klickte die E-Mails durch. Es war jedes Mal das Gleiche, wenn man längere Zeit nicht im Büro gewesen war. Zwar hatten ihre Kollegen die meisten beantwortet oder weitergeleitet, aber sie musste trotzdem alle durchsehen, um den Anschluss zu finden.

«Noch zehn», murmelte sie und klickte auf eine Nachricht, die von LinkedIn verschickt worden war. Der Name der Absenderin sagte ihr nichts. Sie öffnete die E-Mail, die mit «Dear Samantha Kalin» begann. Samantha musste grinsen. Alle englischsprachigen Kontakte hatten Mühe mit dem «ä» in ihrem Nachnamen. Inzwischen erwischte Samantha sich dabei, selbst das «ä» in ein «a» umzuwandeln, wenn sie mit englischsprachigen Leuten zu tun hatte.

Als sie weiterlesen wollte, klopfte es an der Tür. Erik streckte den Kopf herein.

«Denk an die Sitzung», sagte er.

Samantha sah auf die Uhr und erschrak. Beinahe wäre es passiert. Joels E-Mail war eine der ersten gewesen, die sie gelesen hatte. Er hatte sein Team kurzfristig zu einer Sitzung gebeten.

Samantha schnappte sich Block und Stift und eilte hinter Julia und Erik her. Sie betrat nach ihnen Joels Büro. Die beiden setzten sich nebeneinander an den Vierertisch, und Samantha blieb nur der Platz ihnen gegenüber.

Julia hatte eine neue Frisur, fiel Samantha auf. Sie hatte ihren braunen Haaren einen Kurzhaarschnitt verpassen lassen. Der Schnitt stand ihr. Die Neugier in ihrem Gesicht war überdeutlich. Aber sie schwieg und löcherte Samantha nicht mit Fragen, warum sie bereits früher aus den Ferien zurückgekehrt war.

Erik nahm seine Brille ab, rieb über die Augenbrauen und setzte sie wieder auf. «Wo ist Bernd?», fragte er und schaute Samantha an.

«Keine Ahnung», antwortete sie. Zwar teilte sie mit ihm das Büro, aber nach eineinhalb Wochen Abwesenheit war sie nicht auf dem neusten Stand und hatte seine Abwesenheit nicht hinterfragt.

«Wieso bist du da?», fragte Erik. «Hattest du diese Woche nicht frei?»

«Mir ist die Decke auf den Kopf gefallen.»

Mitleid tauchte in Julias Gesicht auf. «Du hattest dir die Ferien bestimmt anders vorgestellt.»

Würde Samantha Julia nicht kennen, hätte sie ihre Aussage für taktlos gehalten. Aber Julia war Julia und ihre Bemerkungen manchmal daneben, obwohl sie es nicht so meinte.

«Mein Beileid», fuhr Julia fort. «Ich war geschockt, als Joel uns informiert hat.»

Die Tür öffnete sich, und Samantha kam um eine Antwort herum, worüber sie froh war. Sie war ins Berufsleben geflüchtet, um Abstand zu gewinnen, den sie dringend nötig hatte.

«Hallo zusammen.» Joel trat mit einem Tablett, auf dem vier Kaffeetassen standen, in sein Büro und gab der Tür einen Stoss, die mit einem leisen Klicken ins Schloss fiel. Er stellte das Tablett auf den Tisch.

«Toller Service», sagte Julia. «Danke.» Sie verteilte die Tassen.

Als Joel Block und Stift von seinem Schreibtisch genommen hatte, setzte er sich neben Samantha.

«Ich weiss, das war ein wenig kurzfristig, aber ich danke euch, dass ihr da seid.»

«Wo ist Bernd?», wiederholte Erik seine Frage.

«Er ist einer der Gründe für diese Spontansitzung. Bernd hatte gestern Abend einen Töffunfall und liegt im Spital», sagte Joel.

«Ist er schwer verletzt?», fragte Erik.

«Mittelschwer, hat es geheissen.»

«Was ist passiert?»

«Soviel ich von seiner Frau weiss, hat ihm gestern einer die Vorfahrt genommen. Der Unfallverursacher ist bei Rot über die Ampel und in Bernd gerast.»

«Au Backe!», rief Erik und fuhr sich über den kahl geschorenen Kopf.

«Er schwebt zum Glück nicht in Lebensgefahr, aber er wird für längere Zeit ausfallen. Wir werden uns ein wenig umorganisieren müssen, was die künftigen Arbeiten betrifft. Als Erstes liegen mir die anstehenden Lieferanten-Audits in Indien auf dem Magen. Zweitens sind die Überarbeitung und Anpassungen der Prozessanweisungen und der SOPs, der Standard Operation Procedures, für das Swissmedic-Audit, welches bald bei uns anliegt, wichtig. Die Beschreibungen der einzelnen Arbeitsschritte unserer internen Vorgänge müssen durch die jeweilige Abteilung durchgesehen und allenfalls angepasst werden. Besonders die beim letzten Audit bemängelten Abläufe bei den Bestellungen von Rohmaterialien und fremdgefertigten Produkten, wie zum Beispiel die Beschaffung und Marktfreigabe der Herzkreislaufmedikamente aus dem Ausland, müssen wir im Auge halten. Da gibt es viel zu tun.»

«Das betrifft Bernd nicht», sagte Julia. «Die macht Samantha, und sie ist zum Glück aus den Ferien zurück.»

«Wenn ich durch die Mails bin, werde ich mich gleich daransetzen», sagte Samantha. Sie konnte sich nicht erinnern, wie dringend die Überarbeitung gewesen war.

Joel hob die Hand. «Eins nach dem anderen. Zuerst zu den Audits bei den Lieferanten. Wie ihr wisst, wollte ich Bernd mitnehmen.» Er blickte in die Runde. «Er hat zwar bereits viel vorbereitet, aber ich brauche einen Mitarbeiter-Ersatz als Unterstützung. Die Aufgabe für ihn wäre, sich in der kurzen Zeit neben dem Tagesgeschäft in die Audits einzuarbeiten und den Rest zu erledigen. Ausserdem muss er kurzfristig auf Reisen gehen können.»

«Kein Problem», sagte Julia. «Ich könnte einspringen.»

«Ich hatte eher an Samantha gedacht und wollte dir die Prozessanweisungen und SOPs übertragen.»

Samantha brauchte wie die anderen einen Moment, bis die Bedeutung des Satzes zu ihr durchgedrungen war.

«Ich?», fragte sie entgeistert.

«Ich weiss, du machst gerade eine schwere Zeit durch, aber es wäre eine gute Gelegenheit und zudem eine Art Ausbildung. Du hast in dem halben Jahr, in dem du hier bist, sehr gute Arbeit geleistet, und ich traue dir zu, mich bei den Audits kompetent unterstützen zu können.»

«Indien?»

Bildete sie es sich nur ein, oder umspielte ein Lächeln seinen Mund. Auf einmal hatte Samantha den Verdacht, sein Entscheid könnte mit ihrem Gespräch gestern Abend zu tun haben. Sie schob den Gedanken beiseite. Das wäre unprofessionell. Unprofessionalität passte nicht zu Joel.

«Wann?»

«Sonntag in einer Woche.»

Samantha blickte in die Runde. Eriks Miene wirkte nichtssagend, in Julia dagegen schien es zu brodeln. Samantha konnte sich gut erinnern, wie enttäuscht sie gewesen war, als Joels Wahl damals auf Bernd gefallen war. Ihr Blick kehrte zu Joel zurück. Offensichtlich erwartete er eine Antwort.

Sie nickte, und in seinem Gesicht tauchte ein Ausdruck auf, als habe er nichts anderes erwartet.

«Darf ich etwas dazu sagen», ergriff Julia das Wort.

«Bitte», antwortete Joel.

«Samantha ist noch nicht so weit.»

«Lass mich das entscheiden.»

«Sie macht zwar ihre Arbeit gut, aber Audits in Indien sind eine Nummer zu gross für sie.»

«Lass mich das entscheiden», wiederholte Joel. Dieses Mal schlich sich Schärfe in seine Stimme.

Julia schluckte.

«Samantha, bringst du Julia bitte auf den Stand, wie weit du bei den Prozessanweisungen und SOPs bist?»

«Mache ich», sagte Samantha. Sie vermied es, in Julias Richtung zu schauen.

«Somit ist alles geklärt. Die anderen Dinge können wir ein anderes Mal besprechen. Sie eilen nicht so.»

Nacheinander erhoben sie sich.

«Samantha, bleib bitte», sagte Joel, als sie hinter Julia und Erik das Büro verlassen wollte.

Sie sank auf den Stuhl zurück. Joel schloss hinter Erik und Julia die Tür.

«Schauen wir uns heute Nachmittag zusammen an, was Bernd bereits vorbereitet hat. Die sechs Arbeitstage sind ein wenig knapp, und es tut mir leid, wenn ich dich ins kalte Wasser schmeisse.»

«Kein Problem. Das bekomme ich hin.» Ich muss, dachte sie.

Er lächelte.

Samantha fragte sich, worauf sie sich einliess. Sie spürte den Druck. Julia hatte recht. Es war eine Nummer zu gross. Hoffentlich machte sie keine Fehler.

«Etwas Organisatorisches. Claudia Iten kümmert sich um das Flugticket. Kannst du ihr bitte die Daten aus deinem Pass geben. Das Visum – ich nehme an, du hast einen Schweizer Pass.»

«Ja.»

«Das Visum kann via Internet beantragt werden. Hierzu wird Claudia deine Hilfe brauchen, da es zum Teil persönliche Angaben sind. Und zu guter Letzt, lass den Stand deiner Impfungen anschauen. Entweder beim Hausarzt oder beim Tropeli in Basel.»

«Mach ich», sagte Samantha. Als sie aus dem Büro gehen wollte, blieb sie vor der Tür stehen. «Ich schulde dir Geld.»

«Du mir?»

«Für den Einkauf gestern.»

«Vergiss es.»

Samantha wollte protestieren, aber er schüttelte lächelnd den Kopf.

Samantha setzte sich auf ihren Bürostuhl und starrte ihren Computer an. Sie versuchte zu begreifen, was gerade passiert war.

Sie war froh, dass sie alleine und Bernd nicht da war. Sosehr sie ihn schätzte, aber wenn er in Schwung war, redete er wie ein Wasserfall. In der Ruhe, die im Büro herrschte, konnte sie hoffentlich die Gedanken sortieren. Sie fragte sich von Neuem, warum Joels Wahl auf sie gefallen war. Sie hatte nicht das Gefühl, ausserordentliche Leistungen vollbracht zu haben, die seine Entscheidung begründet hätten. Julias Frust war nachvollziehbar.

Joel stellte sie auf die Probe. Bis jetzt hatte sie nicht unter Druck arbeiten müssen. Ihr waren bis jetzt einfachere Arbeiten übertragen worden, da sie die Neue war, wie Julia sie scherzhaft genannt hatte.

Grundsätzlich riss Julia alles an sich. Sie war ehrgeizig und drängte sich in den Vordergrund – egal, um was es ging.

Bisher hatte Samantha das nichts ausgemacht. Sie brauchte nicht im Mittelpunkt zu stehen.

Julia. Sie hatte Haare auf den Zähnen, und es war besser, sich nicht mit ihr anzulegen. Solange kam man mit ihr gut aus. Nun hatte sie sich indirekt mit ihr angelegt, obwohl es Joels Entscheidung gewesen war und sie dafür nichts konnte.

Samantha entsperrte ihren Computer. Zuerst galt es, die Lieferanten zu informieren, dass Bernd krankheitsbedingt ausfiel und das neue Audit-Team aus Joel und ihr bestand. Nachdem sie die E-Mails abgeschickt hatte, fiel ihr Blick auf die LinkedIn-Mitteilung. Bestimmt war es eine Kontaktanfrage. Unkonzentriert überflog sie die Zeilen und wollte die Nachricht schliessen, als sie innehielt.

Was hatte sie da gerade gelesen?

Liebe Samantha Kalin,
bitte entschuldigen Sie, wenn ich mit einem seltsamen Anliegen an Sie herantrete. Zufällig bin ich auf Ihr Profil gestossen, und als ich Ihr Foto sah, fühlte ich mich an meine Mutter erinnert.
Vor fast dreissig Jahren verschwand meine jüngere Schwester Anshana spurlos. Bis heute wissen wir nicht, was aus ihr geworden ist. Inzwischen hat meine Mutter die Hoffnung aufgegeben, aber als ich ihr das Foto von Ihnen zeigte, bat sie mich, Sie zu kontaktieren.
Darf ich Sie fragen, ob Sie aus Indien stammen und wie lange Sie bereits in der Schweiz sind?
Ich habe ein Foto von meiner Mutter Sameena angehängt. Das Baby, das sie in den Armen hält, ist meine Schwester

Anshana. Die Aufnahme wurde eine Woche vor ihrem Verschwinden gemacht.
Über eine kurze Antwort würde ich mich freuen.
Freundliche Grüsse
Ranjana Suri

Der Cursor kreiste über dem Attachment, aber Samantha traute sich nicht, darauf zu klicken. Sie stand auf und trat an die gläserne Wand. Die Büros bei AarePharm waren modern gehalten. Die Trennwände zum Gang hin waren aus Glas. Nur die Abtrennungen zu den Nachbarbüros bestanden aus weissen Wänden. Samantha hatte sich daran gewöhnen müssen, dass jeder, der auf dem Gang vorbeiging, in ihr Büro blicken und sehen konnte, was sie gerade machte. Zum Glück war die Tür aus normalem Holz. So blieb wenigstens ein kleiner Bereich abgedeckt. Samantha hatte sich anfangs ausgestellt gefühlt und einen Gummibaum an der Glaswand platziert.

Einen Vorteil hatte diese Bauweise, musste sie einräumen. Das Ganze wirkte hell und nicht erdrückend – so wie es das kleine Büro in der Westschweiz gewesen war, das sie mit drei weiteren Mitarbeitern geteilt hatte. Ihre anfängliche Befürchtung, jeder würde jeden beobachten, hatte sich nicht bestätigt. Die Leute verhielten sich so, als wären die Wände undurchsichtig.

Samantha lehnte sich gegen die Tür und starrte zu ihrem Computer. Sie könnte die Nachricht ignorieren und einfach vergessen. Das würde nicht funktionieren. Ein kurzer Blick musste sein. Sie kehrte zum Schreibtisch zurück. Entschlossen öffnete sie die Datei und erstarrte. Es war, als würde sie sich selbst anschauen. Nur das Baby und die Kleidung der Frau stimmten nicht. Samantha vergrösserte die Fotografie, bei der es sich eindeutig um eine ältere Aufnahme handeln musste, die Ranjana wahrscheinlich eingescannt hatte. Obwohl der Teint dunkler war, waren die Züge der Frau ihre eigenen. Die Form der Nase, die Kinnpartie und die hohen Wangenknochen stimmten mit ihren überein. Ihre Augen hatten sogar das gleiche leuchtende Grün wie ihre.

Samantha liess sich nach hinten fallen und versuchte, des Chaos ihrer Gedanken Herr zu werden.

«Deine Eltern sind tot», hörte sie die Stimme ihrer Mutter im Kopf. «Finde dich damit ab.» Sie war genervt gewesen, weil Samantha hartnäckig geblieben war und das Thema regelmässig angeschnitten hatte.

Samantha erinnerte sich an den einen Abend, als sie fünfzehn gewesen war. Sie waren auf der Terrasse gewesen und hatten grilliert. Es war die erste Gelegenheit in dem Jahr gewesen.

«Es muss aber andere Verwandte geben», hatte sie lamentiert.

«Sie sind bei dem Brand im Slum umgekommen.»

«Das muss nicht sein.»

«Wieso willst du sie finden?»

«Weil sie zu meiner Familie gehören.»

«Wir sind deine Familie», hatte ihr Vater gepoltert.

«Meine Verwandten in Indien auch.»

«Wir haben dich grossgezogen, weil dich keiner wollte. Ohne uns wärst du wahrscheinlich immer noch im Waisenhaus oder schlimmer, du stündest inzwischen mittellos auf der Strasse.»

«Habt ihr bei der Vermittlungsadoptivstelle nachgefragt, ob es Verwandte gibt?»

«Wie oft soll ich dir das sagen, Kind. Du warst Vollwaise und ein Mädchen. Keiner wollte ein Mädchen adoptieren. Nur Buben sind gefragt. Es war ohnehin ein grosser Zufall, dass du den Brand überlebt hast.»

Samantha schloss die Augen.

Kurz vor dem achtzehnten Geburtstag hatte sie zur Erleichterung ihrer Eltern mit den Fragen aufgehört. Tief im Inneren hatte sie sich vorgenommen, weitere Nachforschungen anzustellen, wenn sie ausgezogen war. Das hatte sie am Ende nicht getan, als sie mit zwanzig nach Zürich gezogen war und mit dem Studium begonnen hatte. Den Grund dafür konnte sie nicht benennen. Mangelndes Interesse war es jedenfalls nicht. War es die Angst einer Zwanzigjährigen davor, was sie vorfinden würde? Oder davor, wie ihre indischen Verwandten auf sie reagieren würden, falls es damals Überlebende gegeben hatte? Sie hätte es nicht ertragen, abgewiesen zu werden.

Samantha öffnete die Augen und blickte auf das Foto der Frau. Sie zoomte es auf Normalgrösse zurück und betrachtete den Sari mit den leuchtenden Grün- und Rottönen. Die Frau lächelte in die Kamera. Die Art und Weise, wie sie das Kind hielt, rührte etwas in Samanthas Innerem. Ein undefinierbares Gefühl breitete sich aus. War das ihre leibliche Mutter?

Waren ihre Verwandten bei dem Brand nicht ums Leben gekommen, sondern waren sie auseinandergerissen worden? Wie gross war der Brand überhaupt gewesen? Niemand hatte Samantha erzählt, wie viel vom Slum zerstört worden war. Ihre Phantasie kam in Gang. Es konnte sich um einen flächendeckenden Brand gehandelt haben, dem mehr oder weniger der gesamte Slum zum Opfer gefallen war. Die andere Möglichkeit war ein Brand auf kleiner Fläche, der schnell hatte eingedämmt werden können. Chaos wäre so oder so vorprogrammiert gewesen. Von solchen Geschichten hatte Samantha bereits gehört. Falls der gesamte Slum abgebrannt war, hätte man schnell aufgegeben beziehungsweise angenommen, ihre Überreste nicht mehr zu finden. Warum sollte man nach einem Mädchen suchen? Bei einem Buben wäre es bestimmt anders gewesen.

Dass sie von der anderen Seite gesucht werden könnte, hatte sie sich in ihren kühnsten Träumen nicht vorgestellt.

Zweifel meldeten sich. Obwohl die Ähnlichkeit verblüffend war, musste das nichts heissen.

Samantha erschrak, als die Bürotür aufgerissen wurde. Julia stürmte herein.

«Wie hast du das gemacht?», schnaubte sie.

«Was?»

«Dass Joel dich auswählt. Bist du deswegen früher aus den Ferien zurückgekommen?»

«Woher sollte ich wissen, was er plant? Ich habe ihn …» Nicht gesehen, wollte sie sagen, aber das stimmte nicht. Julia wusste bestimmt von seiner Anwesenheit bei der Abdankung.

«Ja?»

«An der Beerdigung meiner Eltern hatte ich anderes im Kopf, als ihn darum zu bitten, mich mit nach Indien zu nehmen», schoss Samantha zurück. «Ausserdem ging es Bernd zu diesem Zeitpunkt gut.»

«Hör auf, Julia», sagte Erik, der das Büro betrat. «Beschwer dich bei Joel und lass es nicht an Samantha aus.»

Julia machte auf dem Absatz kehrt und stürmte aus dem Büro. Die Tür flog mit einem Knall ins Schloss, und Samantha hatte Angst, die gläserne Wand würde zu Bruch gehen.

Erik kam um den Tisch herum. «Es gibt eine Planänderung. Joel meinte, ich solle mich anstatt Julia um die Prozessanweisungen kümmern. Hast du gerade Zeit, mir zu zeigen, wie weit du vor deinen Ferien gekommen bist?»

Samantha schloss rasch das Foto. Eriks Anliegen erinnerte sie daran, anderes als Familiensuche zu tun zu haben.

***

«Nun tu nicht so geheimnisvoll», sagte Lorena, als sie sich an den Tisch im Restaurant Flügelrad unweit des Oltner Bahnhofs gesetzt hatten. Da Samantha dringend jemanden zum Reden brauchte, hatte sie Lorena angerufen. Samantha wusste, dass Lorena am Nachmittag in Olten zu tun hatte, und hatte sie gefragt, ob sie spontan Lust habe, gemeinsam zu essen. Sie würde auch nach Olten kommen.

«Erzähl endlich», drängte Lorena, als Samantha schwieg.

Samantha nahm die Speisekarte und studierte sie. «Ich nehme den Pouletspiess mit Salat», sagte sie.

«Sammy!»

Die Kellnerin kam, und sie gaben ihre Bestellung auf.

«Du verunsicherst mich. Was ist passiert?» Lorena wirkte besorgt. «Ich dachte, ich höre nicht recht, als du mir sagtest, du wärst bei der Arbeit. Du hast Ferien, und du brauchst die Zeit, um zur Ruhe zu kommen.»

«Eben nicht. Ich muss etwas tun, das mich fordert.» Die Kellnerin kam und brachte das Mineralwasser. «Bernd hatte einen Töffunfall», fuhr Samantha übergangslos fort.

«Wer ist Bernd?»

«Mein Kollege.»

«Ach ja, stimmt. Das ist aber nicht der einzige Grund, dass du so durcheinander bist.»

«Er sollte mit Joel auf die Audit-Reise nach Indien gehen.»

«Ja und?»

«An seiner Stelle muss ich mit.»

«Du?»

Samantha berichtete im Einzelnen, was am Vormittag passiert war.

«Himmel, hat er kein Taktgefühl?», brach es aus Lorena heraus. «Dich einfach völlig zu überrumpeln. Ausgerechnet Indien.»

«Das ist genau das, was ich brauche.»

«Indien?»

«Nein, das Audit, egal, wo es stattfindet.»

«In dieser Hinsicht bist du völlig anders als ich.» Lorena rückte ein Stück zurück, als die Kellnerin die beiden Salate mit den Pouletspiessen brachte. «Was musst du bei einem Audit machen?»

«Bei einem Audit besuchen wir unsere Lieferanten. Dazu gehören auch unsere Lohnhersteller in Indien. Ein Lohnhersteller muss genau angeschaut werden, weil er in unserem Namen die Medikamente herstellt und diese auch verpackt. Bei so einem Audit prüfen wir, ob die von uns respektive der Arzneimittelbehörde Swissmedic geforderte Qualität und Sorgfalt bei der Herstellung, Verpackung und dem Transport der Medikamente eingehalten werden. Dieses kontrollieren wir, indem wir zum Beispiel die Arbeits- und Lagerräume auf Sauberkeit überprüfen, oder wir schauen, ob die Mitarbeiter bezüglich Arbeitshygiene – also dem Händewaschen und dem Tragen der Schutzkleidung – geschult sind. Auch dürfen beispielsweise keine schwangeren Frauen oder Kinder bei der Herstellung von Medikamenten eingesetzt werden.»

Lorena schob sich ein Pouletstück in den Mund. «Das klingt aufwendig. Wann geht es los?»

«Sonntag in einer Woche.»

«Schon», rief Lorena entgeistert. «Das ist in …», sie zählte an ihren Fingern ab, «zehn Tagen!»

«Ja und?»
«Für mich wäre das nichts.»
«Das sagtest du bereits.»
Über Lorenas Gesicht huschte ein Lächeln. «Das klingt nach der Samantha, die ich kenne. Okay, ich gebe zu, diese Reise scheint ein Heilmittel zu sein.»
Recht hatte sie, musste Samantha zustimmen. Joels Aufgebot gab ihr Kraft und Energie zurück. Kurz verspürte Samantha einen schmerzhaften Stich im Inneren. Verriet sie ihre Eltern, wenn sie sich auf die Aufgabe freute?
«In zehn Tagen musst du alles vorbereiten?», fuhr Lorena fort.
«Bernd hat bereits einen grossen Teil erledigt.»
«Wie gross ist gross?»
«Das sehe ich heute Nachmittag.»
«Ich bin gespannt, ob du das heute Abend genauso locker siehst. Das war aber nicht das Einzige, was heute passiert ist.»
«Nein», sagte Samantha gedehnt und berichtete von Ranjanas Kontaktaufnahme. Lorena verschluckte sich beinahe an einem Salatblatt.
«Das glaubst du?», rief sie.
«Ich weiss nicht, was ich glauben soll.»
«Schon von Photoshop gehört?»
«Ich kenne die Frau nicht und sie mich nicht.»
«Sicher? In deinem LinkedIn Profil hast du ein Bild von dir hochgeladen.»
«Ja und?»
«Schaut die Frau mit dem Baby zufällig in die gleiche Richtung wie du auf dem Profilbild?»
«Worauf willst du hinaus?»
«Photoshop.»
«Willst du damit sagen, Ranjana –»
«Wenn das ihr echter Name ist.»
«... hat mein Foto benutzt? Lorena! Deine Phantasie ist einmalig. Wozu sollte sie das tun?»
«Hat sie Geld für die arme Mutter gefordert? Ist sie krank, und nur eine teure Behandlung kann sie retten?»

«Es gab keine Geldforderung.»

«Oder besser, bis jetzt nicht.»

«In dem Punkt sind wir ebenfalls völlig verschieden. Du siehst hinter allem eine Verschwörung.»

«Und du bist zu leichtgläubig. Hast du dir das Profil dieser Ranjana genau angesehen?»

«Nein», gab Samantha zu. «Ich werde es heute Nachmittag nachholen und ihr zurückschreiben.»

«Das lässt du schön bleiben. Oder nein. Schreibe ihr, dass du keine Inderin bist.»

Samantha beugte sich vor. «Lügen werde ich nicht und meine Herkunft verleugnen schon gar nicht. Bevor ich den Schluss ziehe, sie könnte unehrlich sein, werde ich mir die Sache genau ansehen.»

«Ich mache mir Sorgen um dich. Du machst eine schwere Zeit durch und bist anfällig für mögliche Betrügereien.»

«Wenn ich der Sache nicht nachgehe, mache ich mir später eventuell Vorwürfe, nicht versucht zu haben herauszufinden, ob Ranjana meine Schwester ist.»

«Du hegst den Wunsch, deine Wurzeln zu finden. Genau das macht dich verletzlich. Bitte sei vorsichtig.» Lorena beugte sich vor und drückte Samanthas Hand.

«So eine Überraschung.»

Samantha und Lorena erschraken gleichzeitig. Samantha bekam einen trockenen Mund, als sie sah, wer vor ihrem Tisch stand.

Mateo hängte seine Jacke über die Rückenlehne eines der Holzstühle, den er herangezogen hatte. Er setzte sich neben Samantha. Unweigerlich rutschte sie ein Stück weg. Das hatte früher oder später passieren müssen. Insgeheim hatte sie sich gewundert, Mateo nicht zufällig früher über den Weg gelaufen zu sein. Nie hätte sie jedoch gedacht, ihn unverhofft ausgerechnet in Olten anzutreffen.

«Ich dachte, du bist bei den Franzosen?», fragte er.

«Ich war in Lausanne.»

«Hat dich der Tod deiner Eltern zurückgeholt?»

Samantha antwortete nicht.

«Das war ein ziemlicher Auflauf vorgestern bei der Beerdigung.»

Samanthas Magen zog sich zusammen. Mateo war ebenfalls dort gewesen? «Das ist kein Wunder, wenn der Bruder des grossen Politikers spektakulär aus dem Leben scheidet. Wie lange bleibst du?»

«Das geht dich nichts an.» Samantha würde alles daransetzen, dass Mateo nichts von ihrer Rückkehr erfuhr.

«Zeit für einen gemeinsamen Ausgang hast du bestimmt.»

«Mit dir nicht.»

«Schade.»

«Verschwinde und lass uns in Ruhe», sagte Lorena.

«Das ist eine Sache zwischen Sammy und mir.»

«Geh!» Samantha verschränkte die Arme vor der Brust.

Mateos Miene verfinsterte sich. Er beugte sich vor. «So einfach lass ich mich nicht abservieren. Damals bist du rasch verschwunden, aber ich habe gewusst, wir werden uns wiedersehen. Das Gleiche denke ich jetzt auch.» Er stand auf und warf Samantha eine Kusshand zu, bevor er sich abwandte.

«Das war eine Drohung», sagte Lorena.

«Lass ihn.» Samantha wollte nach dem Glas greifen, senkte aber die Hand, als sie merkte, wie stark sie zitterte.

«Er hat dir damals wüste Dinge an den Kopf geworfen, und sein Auftreten eben fand ich bedrohlich. Damit ist nicht zu spassen, Sammy.»

«Mehr als heisse Luft hat er nicht ausgestossen. Mateo ist zu bemitleiden, wenn er es braucht, Leute einzuschüchtern.»

***

Glücklicherweise hatte keiner bemerkt, dass ihre Mittagspause länger gedauert hatte, als Samantha gegen zwei Uhr ins Büro zurückkehrte. Am Nachmittag kam sie nicht dazu, sich genauer über Ranjana zu informieren. Die Audit-Vorbereitung rollte wie eine Tsunamiwelle über sie hinweg, und sie hatte das Gefühl, kein Land mehr zu sehen. Sie las die Berichte der vergangenen Audits und begann alles zu sichten, was Bernd schon vorbereitet hatte. Ausserdem ging sie sämtliche Lieferunterlagen, die abzuarbeitenden Fehler- und Mängellisten des letzten Audits und die vorab zugesandten Firmendokumentationen durch.

Die Einarbeitung hatte sie unterschätzt. Zu zwei Firmen hatte Bernd bereits Vorbereitungen getroffen. Zum Beispiel hatte er erste Fragen für die Audits zusammengestellt. Bei der dritten Firma, einem Lohnhersteller in Agra, der Herzkreislauf- und Epilepsiemedikamente herstellte, fehlte hingegen sehr viel. Das war ausgerechnet die Firma, bei der es beim letzten Audit und bei den Lieferungen am meisten Probleme gegeben hatte. Samantha konnte sich nicht entscheiden, welchem Dossier sie Priorität geben sollte – die einfachen zuerst abschliessen oder das Komplizierte in Angriff nehmen? Sie fühlte sich hilflos.

Als ihr Telefon gegen siebzehn Uhr klingelte und Joel sie bat, bei ihm vorbeizukommen, war sie ganz gegen ihre Gewohnheit kurz davor, die Sache hinzuschmeissen. Sie klemmte sich alles unter den Arm und schleppte sich zu seinem Büro.

Er neigte den Kopf, als sie eintrat. «Du siehst müde aus.»

«Ich fürchte, ich habe es unterschätzt.» Samantha rang sich ein Lächeln ab, was offenbar misslang.

«Na, na, so schnell wird die Flinte nicht ins Korn geworfen. Nimm dir einen Stuhl und setz dich neben mich.» Er rutschte hinter seinem Schreibtisch ein Stück zur Seite. «Als Erstes fasse ich kurz zusammen, was mir wichtig ist. Das hätte ich heute Morgen schon machen sollen – tut mir leid.»

«Du musstest zu einer anderen Sitzung.»

Es war ein seltsames Gefühl, sich neben ihn zu setzen und nicht wie normalerweise gegenüber auf der anderen Seite des Schreibtisches Platz zu nehmen. Samanthas Blick fiel auf den Bildschirm. Outlook war offen. Die oberste Nachricht war angewählt. «Traktanden der GL-Sitzung», stand im Betreff. In der Vorschau konnte Samantha die Nachricht von Reto Bürgi erkennen. Irritiert, weil Joel sie nicht wegklickte, schaute sie zur Seite. In dem Augenblick ging Julia am Büro vorbei. Als sie Samantha neben Joel sah, verfinsterte sich ihr Gesicht. Rasch senkte Samantha den Kopf. Zwar gefiel ihr die Philosophie, dass die Vorgesetzten ihre Büros in der Nähe der Teams hatten und nicht in einer Chefetage abgeschirmt waren, aber offenbar hatte es Nachteile.

Joel nahm ihr die Mappen ab und legte sie nebeneinander vor sich auf den Tisch. Anschliessend reichte er ihr einen Block und einen Stift. Samantha spürte, wie ihr Röte ins Gesicht schoss. Daran hätte sie selbst denken müssen.

Während er eine kurze Zusammenfassung zu jedem Lieferanten gab, schrieb Samantha mit. Sie war froh, bereits einige der Dokumente durchgelesen zu haben. So konnte sie seinem Bericht leichter folgen. Als sie zwischendurch den Kopf hob, merkte sie, wie er sie aufmerksam beobachtete. Sie versuchte, sich nicht davon ablenken zu lassen, und schrieb weiter. Während seiner Ausführungen loggte er sich ins System ein und verdeutlichte seine Bedenken gegenüber dem Lieferanten in der Nähe von Agra, die GMP – die pharmazeutischen Herstellungsbedingungen – nicht mehr ausreichend zu erfüllen, anhand einiger Beispiele. «Es hat im Wareneingang respektive beim Einsatz dieses Wirkstoffes Auffälligkeiten der Ware gegeben. Hier.» Er klickte durch mehrere Dokumente, die bei dem Lieferanten abgelegt waren.

«Stopp», unterbrach Samantha ihn. «Wo bist du? Diese Daten und Dokumente habe ich nie gesehen.» Sie rückte näher an den Bildschirm heran. «Da habe ich keinen Zugriff drauf.»

«Ab heute hast du das. Ich habe der IT entsprechende Anweisungen gegeben. Das Gleiche gilt für das Ablagesystem. Wenn du den Explorer öffnest, wirst du sie sehen. Bitte bedenke, es handelt sich hierbei um sensible Daten.»

In diesem Moment klingelte ihr Handy. Samantha verwünschte sich, es nicht in ihrem Büro gelassen zu haben. Sie entschuldigte sich und wollte den Anruf wegdrücken, als sie den abgespeicherten Namen las.

«Herr Bachmann», stiess sie hervor.

«Der Polizist?»

«Ja.»

«Nimm ab. Ich hole uns in der Zwischenzeit einen Kaffee.» Joel stand auf und verliess das Büro.

«Wie geht es Ihnen?», fragte Bachmann.

«Es gibt Hochs und Tiefs.»

«Das ist normal. Ich wollte mich bereits gestern bei Ihnen melden, bin aber leider nicht dazu gekommen. Bei der Abdankung ist uns niemand aufgefallen. Später haben wir die Leute weiterhin beobachtet. Ich meine jene, die auf dem Friedhof geblieben beziehungsweise Ihnen erst später gefolgt sind. Auch hier ist uns niemand aufgefallen.»

«Das wäre zu einfach gewesen», murmelte Samantha und starrte auf den Bildschirm.

«Haben Sie etwas bemerkt?», fragte Bachmann.

«Nein», antwortete Samantha. Wie denn, dachte sie. Ich war mit mir beschäftigt.

«Wie war es später im Restaurant?»

Dazu konnte Samantha ihm ebenfalls nichts sagen. Sie konnte sich nur an den Lärmpegel erinnern, der vorgeherrscht hatte. Die Leute hatten sich unterhalten und gelacht. Samantha selbst hatte sich in eine Ecke zurückgezogen und sehnsüchtig darauf gewartet, endlich gehen zu können.

Die Bürotür öffnete sich, und Joel kehrte mit zwei Tassen zurück. Er stellte sie auf den Schreibtisch und setzte sich Samantha gegenüber, was sie aus dem Konzept brachte. Falsche Welt, dachte sie – sie auf dem Chefsessel und er auf dem der Mitarbeiter.

«Ausserdem wollte ich Bescheid geben, noch den Schlüssel zum Haus Ihrer Eltern zu haben.»

«Den Schlüssel?», wiederholte Samantha. «Den können Sie in den Briefkasten meiner Eltern legen.»

«Das möchte ich nicht.»

«Oder in den meiner Wohnung.»

«Das möchte ich ebenfalls nicht. Ich fände es besser, wenn Sie ihn im Polizeikommando abholen könnten.»

Wozu der Umstand, fragte Samantha sich. Sie wollte nicht mit ihm diskutieren.

«Kann ich das morgen machen? Heute reicht es mir zeitlich nicht. Ich bin im Büro.»

« Wieso im Büro? Und um diese Zeit? Hatten Sie nicht Ferien?»

Kurz erklärte Samantha, ihre Ferien vorzeitig beendet zu haben.

«Ach ja», fügte sie an. «In zehn Tagen muss ich geschäftlich nach Indien. Ist das in Ordnung?» Samantha fing Joels irritierten Blick auf.

«Warum sollte es das nicht?», fragte Bachmann. «Aber danke für die Info. Machen wir es so, ich gebe den Schlüssel bei den Nachbarn, die unter Ihnen wohnen, ab.»

«Bei Frau Ott? Das ist gut, vielen Dank.»

Sie verabschiedeten sich.

Joel schob Samantha den Kaffee zu. «Ich denke, wir machen langsam Schluss für heute.»

«Aber …» Samantha deutete auf den Bildschirm und die auf dem Tisch ausgebreiteten Unterlagen.

«Morgen ist auch noch ein Tag. Keine Sorge, die Arbeit rennt nicht davon. Lass uns gemütlich den Kaffee trinken, und danach machen wir Feierabend.»

Es war nach zwanzig Uhr, als Samantha ihre Wohnungstür aufschloss. Sie streifte die Schuhe von den Füssen und warf die Jacke über das Sofa, auf das sie sich fallen liess. Samantha stellte die Tasche auf den Boden und lehnte sich nach hinten. Sie war hundemüde und aufgedreht zugleich. Die innere Unruhe machte sie ganz hibbelig. Also stand sie auf und bereitete eine Tasse Tee zu. Aus der Tasche holte sie das Sandwich und das Birchermüesli, die sie auf dem Heimweg an der Autobahnraststätte Gunzgen Süd gekauft hatte. Sie setzte sich an den Tisch und begann zu essen. Dabei kehrten ihre Gedanken zum Tag zurück: die Indienreise und die Nachricht von Ranjana Suri. Samantha wusste nach wie vor nicht, wie sie reagieren wollte. Sollte sie der Frau glauben? Etwas in ihr wünschte, dass es wahr war. Auf der anderen Seite hatte sie Angst davor, es könnte stimmen. Das würde nämlich bedeuten, ihre Eltern hätten sie angelogen. Bedeutete es das? Ihre Eltern konnten genauso gut falsch informiert worden sein.

Bestimmt hatte die Familie nach dem Brand damals nach ihrem Kind gesucht. Wieso war sie in dem Waisenhaus gelandet?

Hatte es eine Verwechslung gegeben? War ein anderes Kind gestorben, von dem man annahm, es gehöre zur Familie Suri?

Samantha steckte den letzten Bissen des Sandwichs in den Mund und öffnete den Becher mit dem Müesli. Mechanisch schob sie einen Löffel nach dem anderen in den Mund.

Wenn ihre Eltern nicht gelogen hatten, bestand die Möglichkeit, dass das Waisenhaus in Indien die Unwahrheit gesagt hatte. Ihr Vater hatte bestimmt alle Einzelheiten zu Samanthas Schicksal wissen wollen. Er war gründlich, pingelig und korrekt gewesen. Ausserdem hätte er es nie zugelassen, dass einer Familie ihr Kind weggenommen wurde, nur damit er eines bekam.

Um Klarheit zu erlangen, musste sie mit der Frau in Kontakt treten. Sie warf den leeren Becher und die Verpackung des Sandwichs in den Kehricht und tat den Löffel in den Geschirrspüler. Sie klappte den Sekretär auf und stellte die Tasse auf die Schreibfläche. Nachdem sie den Laptop ausgepackt und gestartet hatte, überlegte sie, was sie zuerst tun sollte. Zwar hatte Joel gesagt, sie müsse nicht von daheim arbeiten. Es reiche, wenn sie am nächsten Tag weitermachen würden. Trotzdem hatte Samantha die Unterlagen lieber mitgenommen, da sie morgen vorbereitet sein wollte. Wenn er ihr es zutraute, mit ihm nach Indien zu reisen, wollte sie einen guten Eindruck machen. So eine Chance bekam man nicht zu oft.

Samantha beschloss, sich erst um Ranjana zu kümmern. Anderenfalls würde sie sich nicht konzentrieren können. Sie öffnete die Nachricht und las sie durch. Danach fasste sie das Foto genau ins Auge. Samantha holte ein Bild von sich, das im Sommer aus einem ähnlichen Blickwinkel aufgenommen worden war, und verglich akribisch ihre Gesichtszüge mit denen der Frau. Die Ähnlichkeit trat sogar deutlicher als am Vormittag hervor.

Samantha musterte Ranjanas Profildaten. Ranjanas Teint war dunkler als ihrer, aber auch hier entdeckte Samantha Ähnlichkeiten wie die Wangenpartie und die Form von Nase und Augen. Sie googelte die Firma, die Ranjana angegeben hatte. Sie war Verkäuferin bei einer Chemiefirma in Agra, die Lösungsmittel für Farben vertrieb.

Agra? Das stand ebenfalls auf Joels Reiseroute.

Samantha rekapitulierte das, was er ihr gesagt hatte. Sonntagmorgen Flug nach Indien. Ankunft gegen Mitternacht Ortszeit in Mumbai. Am Montagmorgen würde es losgehen. Das erste Audit war in Mumbai. Am Abend Weiterreise nach … Samantha hatte den Namen der Stadt vergessen. Du solltest dir das Programm einprägen, sonst könnte es peinlich werden. Beim zweiten Lieferanten würden sie auch nur einen Tag bleiben. Am Mittwoch ging es in einer Tagesreise nach Agra. In der Nähe von Agra war der fehlbare Lieferant. Hier waren zwei Tage vorgesehen. Samstag war die Fahrt nach Delhi geplant. Von dort ging in der Nacht der Flug zurück in die Schweiz. Ankunft am Sonntagmorgen in Zürich. Alles in allem ein zackiges Programm.

Agra – wo war das überhaupt? Sie meinte, schon davon gehört zu haben, wusste aber nicht mehr, in welchem Zusammenhang.

«Du als Inderin solltest eigentlich mehr über dein Land wissen», murmelte sie.

Sosehr sie sich Klarheit über ihre Herkunft gewünscht hatte, so sehr hatte sie sich gescheut, Informationen über ihr Heimatland zu sammeln.

Samantha gab «Agra Indien» in die Google-Maske ein. Zuoberst auf der Liste erschienen mögliche Aktivitäten in Agra. Rotes Fort, Taj Mahal … Natürlich, das war es. Samantha hatte bereits Fotos von diesem Grabmal gesehen und sich vorgenommen, dieses Monument anzuschauen, wenn sie einmal in Indien wäre.

Agra lag im Norden Indiens. Das würde mit den Vermutungen, die sie über ihre Herkunft gehegt hatte, übereinstimmen. Halt, ermahnte sie sich. In Gedanken hielt sie Ranjana bereits für ihre Schwester. Sie sollte nicht zu voreilig sein. Zuerst sollte sie sich vergewissern, was genau in den Adoptionsunterlagen stand. Genau wusste sie nicht, wo ihre Eltern sie aufbewahrt hatten, da sie diese Samantha gezielt vorenthalten hatten – ein weiterer Streitpunkt, den sie gehabt hatten.

«Da steht nur das drin, was wir dir erzählt haben», war die Antwort ihres Vaters gewesen. «Es ist unwichtig.» Samantha hatte als Teenager in Erwägung gezogen, nach den Unterlagen zu suchen, es aber nicht gewagt. Das wäre ein Vertrauensbruch gewesen, und auf eine solche Eskalation wollte sie es selbst als Teenager nicht ankommen lassen. Nun konnte ihr keiner den Zugang zu den Dokumenten verweigern.

Samantha öffnete LinkedIn und nahm Ranjanas Kontaktanfrage an. Sie tippte eine Antwort.

Liebe Ranjana,
vielen Dank für Ihre Nachricht. Meine Ähnlichkeit mit Ihrer Mutter hat mich überwältigt.
Ich bin Inderin, aber ich kenne meine genaue Herkunft nicht. Als Baby wurde ich von Schweizern adoptiert. Mir wurde erklärt, meine Eltern seien tot und ich sei zu diesem Zeitpunkt in einem Waisenhaus gewesen. Allerdings habe ich nie die Adoptionsunterlagen gesehen. Gerne versuche ich herauszufinden, ob es weitere Angaben zu meiner Herkunft gibt.
Herzliche Grüsse
Samantha

Samantha las ihre Antwort mehrmals durch und überlegte, ob sie die Sache mit dem Brand im Slum erwähnen sollte. Nach mehrmaligem Abwägen entschied sie sich dagegen. Zum jetzigen Zeitpunkt würde es Verwirrung stiften. Ausserdem wollte sie in den Dokumenten nachschauen, ob sie dort eine Antwort auf diese Frage fand.

Samantha klickte auf Senden und starrte den Bildschirm an. Du verhältst dich dämlich, dachte sie. In Indien war es bereits Nacht. Joel hatte gesagt, der Zeitunterschied sei viereinhalb Stunden. Ihre Augen wanderten zur Uhr. Einundzwanzig Uhr plus viereinhalb ergab halb zwei in der Nacht. Samantha loggte sich aus LinkedIn aus. Sie sollte sich um die Audits kümmern. Konzentrieren war schwer. Ihre Gedanken kehrten zu Ranjana und ihrer Mutter zurück. Morgen würde sie zum Haus ihrer Eltern fahren. Da sie jetzt ein Ziel hatte, würde es ihr hoffentlich leichter fallen, es zu betreten.

Samantha überlegte, ob sie Valentin fragen sollte. Er war damals immerhin dabei gewesen. Nein, beschloss sie. Nach ihrem Zusammenstoss an seiner Party brauchte es erst einmal Abstand. Falls sie nicht weiterkam, konnte sie ihn immer noch fragen. Sie könnte stattdessen Lorena oder Patrick bitten. Samantha entschied sich dagegen. Sie konnte es nicht gebrauchen, wenn Lorena ihr dabei die ganze Zeit mit ihrer Skepsis und ihren Bedenken in den Ohren lag.

NEUN

Julia stellte sich Samantha mit einem grimmigen Gesicht in den Weg. Sie verschränkte die Arme vor der Brust und schaute Samantha herausfordernd an.

«Guten Morgen», sagte Samantha und setzte ein Lächeln auf.

«Wie oft hast du mit Joel geschlafen, damit er dich fördert?»

Samantha brauchte einige Sekunden, bevor sie reagieren konnte. Sie trat dicht vor Julia. «Gar nicht.»

«Wer es glaubt.»

«Du musst nicht von dir auf andere schliessen», zischte Samantha.

«Altersmässig bin ich nicht in Joels Fokus, und ich bin leider keine exotische Schönheit wie du.»

Exotische Schönheit? Das hatte bisher keiner zu ihr gesagt. Julia hatte das bestimmt nicht als Kompliment gemeint. Bevor Samantha antworten konnte, stürmte Julia davon und stiess mit Erik zusammen, der ihr verwundert nachblickte.

«Was ist mit euch beiden los?», fragte er Samantha.

«Sie hat … behauptet … ach, vergiss es.» Samantha liess Erik stehen und eilte in ihr Büro.

Schwungvoll schloss sie die Tür, stellte die Laptoptasche auf den Boden und hielt kurz inne. Julias Unterstellungen hatten ihre Phantasie in Gang gesetzt. Sie mit Joel im Bett. Ein warmes Kribbeln breitete sich in ihrem Körper aus. Samantha stellte sich vor, wie es sich anfühlen musste, wenn seine Hände über ihren Körper strichen. Das Kribbeln verstärkte sich.

Lass das! Ärgerlich über sich selbst stellte sie den Laptop unsanft in die Dockingstation.

Es klopfte, und Erik streckte den Kopf herein. «Hast du fünf Minuten Zeit?»

Habe ich nicht, dachte sie. «Ja, komm rein.»

«Ich habe ein, zwei Fragen wegen der SOPs.»

«Kein Problem. Setz dich.» Samantha holte Bernds Stuhl von dessen Schreibtisch.

«Versuch Julia zu ignorieren. Sie erträgt es nicht, wenn jemand besser ist als sie.»
«Ich bin nicht besser.»
«Das bist du. Du gehst mit Joel nach Indien.»
«Was nicht gleichbedeutend mit ‹besser sein› ist.»
«Dem muss ich widersprechen. Jeder, der Augen im Kopf hat, sieht die Qualität deiner Arbeit.»
«Hör auf damit und sag mir lieber, was du wissen möchtest.»
Gemeinsam sprachen sie zwei SOPs durch. Samantha hatte Mühe, sich zu konzentrieren, und unterdrückte ein Gähnen, als Erik eine Notiz an den Rand machte.
Sie war hundemüde. Bis nach Mitternacht war sie nochmals die Berichte zu den letzten Audits der Lieferanten durchgegangen, um nichts zu übersehen. Als sie beschlossen hatte, ins Bett zu gehen, hatte sie nicht einschlafen können. Ranjana hatte sich in den Vordergrund gedrängt.
Samantha war froh, als Erik sich bedankte und sie alleine liess. Endlich konnte sie sich auf ihre Gedanken konzentrieren.
Es kann nicht sein. Ich bin Waise. Meine Mutter und der Rest der Familie leben nicht mehr, sagte sie wie ein Mantra vor sich her.
Die Ähnlichkeit war nicht zu leugnen. Konnte die Frau ihre Doppelgängerin sein? Oder sahen für Europäer alle Inder ähnlich aus, so wie es beispielsweise Chinesen taten? Nein, dachte Samantha. Die wenigen Inder, die sie bisher getroffen hatte, ähnelten einander nicht, so wie Europäer es untereinander auch nicht taten.
Samantha fuhr den Laptop hoch und gab das Passwort ein. Sie starrte den Bildschirm an. Warum dauerte das heute so lange? Ihr Blick wanderte zum Fenster. Auf der Bahnlinie fuhr ein Personenzug vorbei. Die Sonne schien. Eine Seltenheit Ende Oktober. Alles wirkte gleich heller und freundlicher. Das würde auch auf das Haus ihrer Eltern zutreffen. Eine innere Unruhe ergriff sie. Am liebsten wäre sie jetzt dorthin gefahren. Offiziell hatte sie Ferien. Nein, das stimmte nicht. Sie hatte sich zurückgemeldet und einen verantwortungsvollen Job gefasst. Das Haus musste bis nach Feierabend warten.

Samantha öffnete Outlook und fand eine Meldung von LinkedIn, eine Nachricht erhalten zu haben.

Nicht jetzt, befahl sie sich. Samantha öffnete den Fragebogen, den sie letzte Nacht begonnen hatte anzupassen. Sie holte die Notizen, die sie in der Nacht gemacht hatte, und fuhr mit der Arbeit fort. Richtig war sie aber nicht bei der Sache. Sie schielte zum LinkedIn-Icon. Die Anziehung, die es ausübte, war zu gross, und Samantha gab auf.

Liebe Samantha,
vielen Dank für Ihre schnelle und freundliche Antwort. Ich hoffe, ich bedränge Sie nicht zu stark mit meinem Anliegen, aber es wäre mir wichtig, schnell zu erfahren, ob Sie meine verschollene Schwester sind. Meiner (oder besser: unserer) Mutter würde es helfen.
Herzliche Grüsse
Ranjana

Samantha schaute auf die Uhr. In Indien war es früher Nachmittag.

Sie beschloss, gleich eine Antwort zu tippen.

Liebe Ranjana,
ich kann Ihr Anliegen gut verstehen und würde an der Stelle Ihrer Mutter ebenso sehnsüchtig auf eine Antwort warten. Mich beschäftigt es wie Sie, und ich werde heute Abend Schweizer Zeit nachschauen gehen, ob ich Informationen zu meiner Adoption und meiner Herkunft finde. Ich hoffe, Ihnen spätestens dann eine Antwort geben zu können.
Herzliche Grüsse nach Indien
Samantha

Samantha erschrak, als die Bürotür geöffnet wurde und Joel den Kopf hereinstreckte.

«Hast du Zeit?», fragte er.

«Ja.» Rasch schickte Samantha die Nachricht ab.

Joel schloss die Tür und setzte sich neben Samantha auf den Stuhl, auf dem eben Erik gesessen hatte. Sie klickte LinkedIn weg und hoffte, schnell genug gewesen zu sein. Es wäre peinlich, wenn er sah, wie sie sich während der Arbeitszeit mit anderen Dingen befasste.

«Du siehst müde aus», sagte er.

Samantha wich seinem Blick aus.

«Ich habe das Gefühl, ich mute dir zu viel zu.»

«Nein», sagte Samantha rasch. «Der Tod meiner Eltern wirkt eben nach.»

«Das meine ich. Und nun fordere ich dich mit den Audits.»

«Das ist genau das, was ich brauche.» Bitte nimm es mir nicht weg, dachte Samantha.

«Okay», sagte Joel. «Machen wir da weiter, wo wir gestern stehen geblieben sind.»

Das war das Stichwort. Samantha nahm die Mappen und legte sie der Reihenfolge nach vor ihnen auf den Tisch. Sie legte die Hand auf die erste Mappe. «Ich bin die Berichte durchgegangen und habe mir angeschaut, was Bernd bereits vorbereitet hat. Ausserdem habe ich mir Notizen gemacht, was dieses Mal wichtig sein könnte. Wo es beim letzten Mal Probleme gegeben hat und der jeweilige Lieferant nachbessern musste. Ob er es wirklich getan hat. Und wo während der vergangenen drei Jahre Probleme hinzugekommen sind. Zum Beispiel haben wir bei dem Lieferanten in Agra nur schleppend Antwort auf unsere Fragen bekommen, und einige Antworten stehen weiterhin aus.» Samantha griff nach der Mappe und schlug sie auf. «Ich habe nachgelesen. Bei ihm wurden im letzten Audit die Lagerbedingungen beanstandet. Neben dem undichten Dach, Eidechsen und Spinnen in den Räumlichkeiten sowie im Lager war die mangelnde Sauberkeit ein Thema. Der Grund für die fehlenden Antworten könnte sein, dass er es versäumt hat, nachzubessern. Bernd hat bei diesem nicht so viel vorbereiten können. In einem ersten Schritt habe ich begonnen, den Fragebogen anzupassen.» Samantha klickte auf das Word-Dokument. Sie stockte, als sie Joels Blick sah.

«Ist etwas nicht gut?»

«Wann hast du das alles gemacht? Heute Vormittag?»

«Ähm.» Sie blickte auf die Mappe, auf der ihre rechte Hand lag, und danach auf ihre linke, die die Maus hielt. «Einen Teil gestern Abend und den anderen heute Morgen.»

«Samantha, du machst deine Sache sehr gut, und du musst mir nichts beweisen, indem du Überstunden machst.»

«Ich konnte nicht schlafen, und es war eine gute Ablenkung», sagte sie leise.

Joels Hand tauchte in ihrem Blickfeld auf und legte sich auf ihre. «Mach nach Feierabend anderes. Etwas, das Spass macht und nichts mit Arbeit zu tun hat.»

«Das ist im Moment schwer.»

«In dem Fall werden wir das ändern.» Joel schaute auf die Uhr. «Mittagessenzeit. Aber nicht in der Kantine. Worauf hättest du Lust?»

«Ich soll mit dir essen gehen?»

«Warum nicht? Wo ist das Problem? Wir besprechen schliesslich Geschäftliches.»

Verdattert schaute Samantha ihn an.

«Was ist daran so abwegig? Immerhin gehen wir übernächsten Sonntag gemeinsam auf eine Reise.»

Uff, das sieht gediegen aus, dachte Samantha und betrachtete die Menukarte des Gasthofs Kreuz in Egerkingen. Sie sassen in der Stube mit Holztäfer neben der Tür, die zum Wintergarten führte. Ausser ihnen waren noch zwei Frauen und eine Frau und ein Mann in der Stube.

«Und?», fragte Joel.

«Keine Ahnung. Es sieht alles fein aus. Ich weiss nicht, ob ich den Salat Belle Hélène mit Nüsslisalat und Rosmarin-Honig-Dressing oder die Kürbis-Marroni-Suppe nehmen soll.»

«Das sind nur Vorspeisen. Wie ist es mit dem Hauptgang und dem Dessert?»

«Hauptgang und Dessert?»

«Warum nicht?»

«Das wäre verfressen.»

«Komm schon.» Joel lachte.

Samantha spürte, wie ihr Gesicht heiss wurde. Sie war ohnehin zierlich gebaut. Die letzten Tage mit dem unregelmässigen Essen hatten dazu beigetragen, etwas an Gewicht zu verlieren. Das liess sie zerbrechlich wirken, wie ihr am Morgen ein Blick in den Spiegel verraten hatte.

«Die Qual der Wahl können wir erleichtern, indem wir teilen», sagte er mit einem Augenzwinkern. «So kann man verschiedene Dinge probieren.»

Entgeistert starrte Samantha ihn an. Der Kellner kam zu ihnen an den Tisch, bevor Samantha eine Antwort geben konnte.

«Wir nehmen den Salat Belle Hélène und die Kürbis-Maroni-Suppe als Vorspeise», begann Joel und schaute dabei Samantha an. Sie nickte. «Als Hauptgang nehme ich das Perlhuhn mit der Haselnuss-Kaffee-Kruste.» Ein neuer fragender Blick in Samanthas Richtung.

«Für mich bitte den Hirschpfeffer», sagte sie. Langsam machte ihr das Ganze Spass.

«Und das Dessert schauen wir später ...», fuhr Joel fort.

«Das Dessert lassen wir lieber sein», sagte Samantha, als der Kellner weggegangen war.

«Warum?»

«Ich muss heute Nachmittag arbeiten.»

Joel beugte sich vor. «Was hat das damit zu tun? Ein Vermicelles gehört dazu. Damit wir am Ende nicht überfressen sind, könnten wir uns eins teilen.»

«Sammy?»

Samantha hob den Kopf. Am Tisch stand Patrick. Er trug eine anthrazitfarbene Hose, ein weisses Hemd und eine Krawatte. Den Kittel hatte er locker über den Arm gelegt. Sein Blick wechselte von Joel zu Samantha und zurück. Seine Neugierde war greifbar.

«Wo kommst du denn her?», brachte Samantha hervor.

«Ich hatte ein Vorstellungsgespräch, das ein Mittagessen mit einschloss.» Seine Augen waren unentwegt auf Joel gerichtet. Die Frage, die in ihnen lag, war deutlich.

«Patrick, das ist mein ...», begann Samantha.

«Joel.» Er reichte Patrick die Hand. Als Patrick Samantha

anschaute, erkannte sie Eifersucht in seinen Augen. Es war eindeutig, was er dachte. Offenbar hegte er nach wie vor Hoffnung, aus für Samantha unerklärlichen Gründen, mit ihr wieder zusammenzukommen. Das gemeinsame Kaffeetrinken auf der Terrasse seiner Eltern letzte Woche erschien auf einmal in einem anderen Licht. Der Arm um ihre Schultern, als sie im Garten seiner Eltern gesessen waren, war mehr als nur Trost gewesen.

«Ich will nicht stören», brummte Patrick und wandte sich ab.

«Dein Freund?», fragte Joel, als Patrick zur Tür ging. Dort blieb er stehen und sprach mit einem Mann.

Samantha schüttelte den Kopf. «Der Sohn der Nachbarn meiner Eltern. Wir sind zusammen aufgewachsen.»

«Wieso nennt er dich Sammy?»

«Das machen alle aus der Familie und gute Freunde.»

«Sammy gefällt mir. Das klingt weich und weniger streng.»

«Samantha klingt streng?» Das hatte ihr bis jetzt keiner gesagt.

Nenn mich Sammy, hätte Samantha beinahe gesagt, verkniff es sich aber im letzten Moment. Das würde zu weit gehen. Sammy war privat und Samantha offiziell.

Schweigen stellte sich ein.

«Weiss die Polizei inzwischen Neues zu deinen Eltern?», fragte Joel.

Samantha senkte den Kopf. Die Leichtigkeit, die sie eben beim Bestellen der Speisen verspürt hatte, war verschwunden. «Als ich gestern mit Herrn Bachmann telefoniert habe, konnte er mir nichts Neues sagen.» Wieder hatte sie das Gefühl, der Boden tue sich auf, wenn die Sprache auf ihre Eltern kam.

«Entschuldige, ich hätte nicht davon anfangen sollen.» Joel nahm ihre Hand. Zum zweiten Mal an diesem Tag, fiel ihr auf. Samantha kamen ihre Gedanken von heute Morgen in den Sinn. Es wäre besser, ihre Hand wegzuziehen, stattdessen schlossen sich ihre Finger um seine. Wärme strömte von seiner Hand in ihre kalten Finger, was Trost spendete.

«Schon gut», murmelte sie. «Ich werde lernen müssen, damit umzugehen.»

Sein Daumen strich über ihren Handrücken. Das Kribbeln breitete sich von der Hand über ihren Arm weiter durch den ganzen Körper aus.

Nimm die Hand weg, dachte sie. Ihr Körper weigerte sich, den Befehl auszuführen.

Sie hob den Kopf und bemerkte, dass Patrick immer noch an der gleichen Stelle stand und zu ihnen schaute. Kurz trafen sich ihre Blicke, bevor er sich abwandte und den Raum verliess.

Der Kellner brachte den Salat und die Suppe, und Joel und Samantha liessen ihre Hände los.

***

Wieder hatte es nicht funktioniert, bei Helligkeit beim Haus ihrer Eltern zu sein. Sie hatte die Zeit vergessen und erst entsetzt aufgeschaut, als Erik den Kopf in ihr Büro hereinstreckte und sie daran erinnerte, dass es bereits kurz nach halb acht war.

Nervös spielte Samantha mit ihrem goldenen Ohrring – ein Geschenk ihrer Eltern zu letzten Weihnachten. Es half nichts. Sie hatte Ranjana versprochen, heute nachzusehen.

Warum setzt du dich damit unter Druck, fragte sie sich. Du kannst ihr morgen schreiben, du hättest es nicht geschafft, weil du viel zu tun hast, und wirst es am Wochenende nachholen. Gelogen war das nicht, und sie würde Verständnis haben.

Samantha löste den Sicherheitsgurt. Sie sollte keine Ausreden suchen, sondern endlich handeln. Wenn sie es heute nicht machte, würde sie es morgen genauso wenig tun. Entschlossen öffnete sie die Tür.

«Samantha?»

Samantha erschrak beinahe zu Tode.

«Entschuldige, das wollte ich nicht», sagte Frau Moser.

«Kein Problem», stammelte Samantha.

Frau Moser druckste herum und hielt ihr schliesslich einen Plastiksack hin. «Ich dachte, du hast im Moment anderes im Sinn und genug um die Ohren. Ich habe die Post deiner Eltern weiterhin gesammelt.»

Die Post! An solche Dinge hatte Samantha überhaupt nicht

gedacht. Es könnten wichtige Briefe darunter sein. Rechnungen, die bezahlt werden mussten.

«Vielen Dank.» Verzweiflung machte sich breit. Sie sollte endlich aus der Lethargie erwachen.

«Soll ich es weiterhin machen?»

«Gerne. Ich schaffe es nicht, jeden Tag herzukommen. Ausserdem bin ich übernächste Woche geschäftlich im Ausland.»

«Ich mache es gerne. Melde dich, wenn du Hilfe brauchst.»

Samantha sah Frau Moser hinterher, bis sie in ihrem Haus verschwunden war. Mit weit ausgreifenden Schritten ging sie auf das Haus zu. Sie öffnete die Tür und stand bald darauf im dunklen Gang. Wie beim letzten Mal. Es kam ihr vor, als würde es eine Spur muffiger riechen. Samantha schaltete das Licht ein und wartete, bis sich ihre Augen an die Helligkeit gewöhnt hatten.

Geradeaus und Treppe hoch, befahl sie sich. Schau weder rechts noch links, sondern gehe direkt zum Arbeitszimmer.

«Los!», sagte sie laut und rannte die Treppe nach oben. Erst als sie die Arbeitszimmertür hinter sich schloss, fiel ihr auf, die Luft angehalten zu haben und ausser Atem zu sein. Sie setzte sich auf den Schreibtischstuhl und wartete, bis sich Puls und Atem normalisiert hatten.

Das Arbeitszimmer vermittelte den Eindruck von Normalität. Es wirkte, als sei ihr Vater gerade für einen Moment hinausgegangen. Am Tischrand lagen Blätter und Briefe. Vor den Computer hatte er Einzahlungsscheine gelegt. Samantha ging sie durch. Die sollten bezahlt werden. Genauso sollte sie die Post öffnen, die Frau Moser ihr eben gegeben hatte. Immerhin hatte sie es geschafft, die Zeitung abzubestellen und die Krankenkasse und Versicherungen über den Tod ihrer Eltern zu informieren.

Damit war nur ein kleiner Teil der Arbeit getan. Sie stützte die Ellenbogen auf den Tisch und presste ihr Gesicht gegen die Handinnenflächen. Valentin und Sonja hatten ihr bei der Beerdigung viel Arbeit abgenommen. Jetzt sollte sie endlich übernehmen. Samantha steckte die Rechnungen in den Sack zu den Briefen und stand auf. Mit dem Finger fuhr sie die

Rücken der Ordner entlang – in der Hoffnung, bei der Suche nach den Adoptionsunterlagen zusätzlich einen Hinweis auf ein mysteriöses Konto oder ein uneheliches Kind zu finden. In der zweituntersten Reihe fand sie einen grünen Ordner, der mit «Samantha: Adoption, Krankenkasse, Kindergarten, Schule» angeschrieben war. Ihre Eltern hatten ihn nicht versteckt, sondern frei zugänglich im Regal gehabt. Das hiess, sie hatten nichts verheimlichen wollen, wie Samantha ihnen inzwischen unterstellt hatte. Sie zog ihn hervor und setzte sich zurück an den Tisch.

Das Erste, das ihr auffiel, als sie ihn aufschlug, waren die wenigen Dokumente. Samantha runzelte die Stirn. Sie erinnerte sich, wie ihr Vater eine Woche vor seinem Tod in einem grünen Ordner geblättert hatte. Rasch hatte er ihn zugeschlagen, als er Samantha bemerkt hatte. Deutlich sah sie sein ärgerliches Gesicht vor sich, das sie davon abgehalten hatte, nachzufragen. Im Nachhinein kam er ihr vor, als habe sie ein Kind bei Verbotenem ertappt.

Da das der einzige grüne Ordner im Regal war, musste es sich um diesen gehandelt haben, den er angeschaut hatte. Damals hatte es ausgesehen, als wären mehr Dokumente darin gewesen. Samantha blätterte weiter. Sie konnte sich genauso getäuscht haben.

Samantha überflog das Inhaltsverzeichnis und schlug das Register auf, das mit «Adoptionsunterlagen» beschriftet war. Es war leer.

Sie drehte den Ordner um, um sich zu vergewissern, ob es der richtige war. Adoption. Er musste die Unterlagen enthalten. Samantha liess sich gegen die Rückenlehne fallen. Wieso waren die Dokumente weg? Ihre Mutter hatte einmal erzählt, wie gross der Aufwand ihrer Adoption gewesen war, ohne dabei ins Detail zu gehen. Sie hätten nur die wichtigsten Dokumente und beglaubigten Übersetzungen aufbewahrt, aber selbst das seien einige Blätter gewesen. Ihr Vater war pingelig, was die private Ablage betraf. Daher mussten die Dokumente hier drin sein. Samantha blätterte die übrigen Register des Ordners durch, in der Hoffnung, ihrem Vater könnte der Fehler unterlaufen sein, alles aus Versehen an den falschen Ort eingeordnet zu haben. Nichts.

Hatte er die Dokumente damals aus dem Ordner herausgenommen und an einen anderen Ort gebracht? Wo konnte das sein?

Nächste Frage: Warum sollte er sie woanders hintun, wenn die Sachen all die Jahre hier gewesen waren?

Samantha stand auf und begann im Arbeitszimmer auf und ab zu gehen. Wieso beunruhigte sie das Nichtvorhandensein der Unterlagen zu ihrer Adoption? Es gab bestimmt einen Grund dafür. Bei der dritten Kehrtwendung hielt Samantha inne. Das Schliessfach. Natürlich. Obwohl es für sie nicht nachvollziehbar war, warum ihr Vater die Adoptionsunterlagen dort verstaut haben sollte. Sie kehrte zum Schreibtisch zurück und durchwühlte die Schublade. Kurz darauf hielt sie den kleinen Schlüssel in der Hand. Samantha versorgte den Ordner im Regal und blieb davor stehen.

Punkt zwei: das Konto. Sie hielt es für unwahrscheinlich, dass ihr Vater die Unterlagen zu einem Schwarzgeldkonto ins Regal stellte. Das Schliessfach war einleuchtender.

Was war mit einem möglichen unehelichen Kind? Hatte ihre Mutter davon gewusst, falls es existierte? So schwer es Samantha fiel, zu glauben, ihre Eltern könnten Geheimnisse voreinander gehabt haben, so unwahrscheinlich hielt sie es aber auch, dass ihre Mutter davon gewusst hätte.

Im Schliessfach? Dazu hatte ihre Mutter ebenfalls Zutritt. Eine weitere Möglichkeit war, er könnte es in einen unscheinbaren Karton im Keller oder im Estrich verstaut haben. Ihre Mutter hatte beim Ausmisten die Unterlagen gefunden, und es war zum Streit gekommen, der mit dem Tod der beiden endete.

Es knackte. Samantha fuhr herum und starrte die Tür an. Waren das Schritte? Sie huschte zur Tür und schaltete das Licht aus. Fest presste sie ihr Ohr gegen das Holz. Nichts war zu hören.

Hör auf damit, dachte sie. Wer sollte hier hereinkommen? Nur Mosers und sie hatten einen Schlüssel. Mosers fielen weg.

Ein neues Knacken, dem ein Gurgeln folgte. Die Heizung.

Samantha liess die Luft entweichen, die sie angehalten hatte. Das Geräusch hatte eine einfache Ursache: Luft im Radiator. Erleichtert wollte Samantha das Licht einschalten, hielt aber inne. Kälte kroch ihren Nacken hoch, als ihr in den Sinn kam, worüber sie bisher nicht nachgedacht hatte. Derjenige, der ihre Eltern getötet hatte, konnte einen Schlüssel mitgenommen haben. Sie sollte im Schlüsselkasten nachschauen, ob einer fehlte.

Konnte der Täter zurückgekommen sein? Samantha presste ihr Ohr gegen die Tür. Stille. Hatte er sie ins Haus gehen sehen und wartete nun vor der Tür?

Der Drang zu fliehen wurde grösser. Falls vor der Tür jemand stand, sass sie in der Falle. Durch das Fenster konnte sie nicht flüchten, da sie sich im ersten Stock befand.

Hör auf damit. Da ist niemand. Geh nach Hause.

Die Angst lähmte. Auf der anderen Seite der Tür war nichts zu hören.

Sie konnte hier nicht ewig stehen bleiben. Inzwischen hatten sich ihre Augen an die Dunkelheit gewöhnt. Das Licht der Strassenlaterne reichte aus, sich zu orientieren. Samantha tastete sich zum Schreibtisch und fand den Plastiksack mit den Briefen auf dem Stuhl. Sie kehrte zur Tür zurück und lauschte. Nichts. Mit Schwung riss sie die Tür auf und konnte gerade verhindern aufzuschreien.

«Du verrücktes Huhn», murmelte sie, als sie das grosse Bild mit einer Porträtaufnahme von sich musterte, das an der gegenüberliegenden Wand hing. Es stammte von ihrer Reise vor einem Jahr, als sie mit Lorena und Cédric in Borneo gewesen war.

Samantha eilte weder nach rechts noch nach links schauend zur Haustür. Sie atmete auf, als die Tür hinter ihr ins Schloss fiel. Sie lehnte den Kopf gegen die Tür. Jetzt hatte sie vergessen, in das Schlüsselkästchen zu schauen. Nicht heute. Sie würde das Haus nicht noch einmal betreten können.

Samantha lief den Gartenweg entlang und machte am Briefkasten halt. Es befanden sich einige Briefe darin. Samantha verstaute sie in ihrer Tasche und ging zu ihrem Wagen. Als sie einsteigen wollte, meinte sie, hinter sich ein Geräusch zu vernehmen. Sie wirbelte herum. Niemand. Wieder war das Gefühl da, beobachtet zu werden. Angst kroch ihren Rücken hoch und setzte sich im Nacken fest. Samantha sprang in den Wagen und fuhr los, ohne sich umzusehen.

ZEHN

Liebe Ranjana,
leider habe ich am Wochenende die Unterlagen zu meiner Adoption nicht gefunden. Meine Eltern kann ich nicht fragen, da sie vor zwei Wochen verstorben sind.

Samantha starrte das Wort verstorben an. Umgebracht hatte sie nicht schreiben wollen, aber verstorben wirkte fehl am Platz. Halte dich nicht damit auf!

Ich kann sie daher nicht mehr fragen. Das Einzige, das mir in den Sinn gekommen ist: Meine Eltern haben mir einmal erzählt, ich habe als Einzige aus meiner Familie einen grossen Brand überlebt. Es ist also unwahrscheinlich, diejenige zu sein, die Sie suchen.
Herzliche Grüsse
Samantha

Sie schickte die Nachricht ab und bereute es im gleichen Moment. Ihr Text wirkte abweisend. Genauso schien der Satz mit dem Brand weit hergeholt. Nach dem Motto, ich will nichts damit zu haben, also lass mich in Ruhe. Sie hätte wenigstens darunterschreiben können, es täte ihr leid.

Samantha überlegte, ob sie eine weitere Nachricht schreiben sollte, die die Erste abmilderte. Kein einfaches Unterfangen. Sie spielte mit dem Schliessfachschlüssel und überlegte, wie sie die zweite Nachricht am besten formulieren sollte.

Das Klingeln des Telefons auf ihrem Bürotisch schreckte sie auf.

«Ich bin es», kam Joels Stimme aus dem Hörer.

Er war den ganzen Tag ausser Haus gewesen, und Samantha war erleichtert, dass er zurückrief.

«Der Fragebogen ist perfekt», sagte er. «Danke. Du kannst ihn so lassen.»

«Da bin ich froh», erwiderte Samantha, die sich ertappt vorkam, weil sie sich erneut mit anderen Dingen als mit dem Audit beschäftigt hatte. Sie sollte definitiv damit aufhören, ihre privaten Angelegenheiten bei der Arbeit zu erledigen.

«Es wäre gut, wenn wir uns zu dem Lieferanten in Agra zusammensetzen könnten. Morgen früh habe ich noch einen Termin, aber ich sollte spätestens gegen elf Uhr im Büro sein. Schickst du mir bitte eine Terminanfrage?»

«Mache ich.» Samanthas Finger glitten über das Metall des Schlüssels. Wie lange hatte die Bank auf? Sie meinte sich zu erinnern, dass sie um siebzehn Uhr schloss. Sie schaute aus dem Fenster. Der Verkehr auf der Autobahn hatte zugenommen und stockte leicht. Bald würde daraus der allabendliche Stau entstehen. Sie müsste also jetzt abfahren, wenn sie eine Chance haben wollte, es rechtzeitig nach Brugg zur Bank zu schaffen.

«Den Rest kannst du so weitermachen, wie wir es besprochen haben.»

«Mache ich.»

«Ist alles in Ordnung?» Er musste gemerkt haben, dass sie nicht ganz bei der Sache war.

«Ja.»

«Samantha, was ist passiert?»

Ich möchte wissen, wo Vati die Adoptionsunterlagen hingetan hat, dachte sie und fragte sich, warum ihr das keine Ruhe liess. Ganz einfach, es war das Gefühl, ihre Eltern könnten sie angelogen haben. Ausserdem hatte sie ein schlechtes Gewissen, Ranjana so abgespeist zu haben.

«Sammy?»

Samantha setzte sich kerzengerade auf. Das Gefühl von Wärme, das sie bei der Art, wie er Sammy aussprach, durchflutete, war wohltuend und irritierte sie gleichzeitig. Eigentlich ärgerte es sie, wenn Personen, die in ihren Augen keine Berechtigung dazu hatten, sie Sammy nannten.

«Ich … ich.» Hör auf zu stottern. «Ich sollte zur Bank … Dinge regeln … Meine Eltern betreffend, aber die Bank macht um siebzehn Uhr zu, glaube ich.»

«Warum bist du in diesem Fall noch im Büro? Sag nicht, wegen des Audits. Wir sind gut vom Fleck gekommen.»

Samantha schwieg.

«Fahr zur Bank. Wir sehen uns morgen.»

***

Samantha steckte den Schlüssel in die vorgesehene Öffnung und zog die kleine Tür des Schliessfaches auf. Eine graue Kiste kam zum Vorschein. Samantha hob sie heraus und begab sich zu dem kleinen Raum, der sich neben dem Tresorraum befand. Dort hatte man die nötige Privatsphäre, um den Inhalt seines Schliessfaches zu sichten. Sie schloss die Tür und stellte die Kiste auf den Tisch.

Zehn Minuten vor siebzehn Uhr hatte sie die Bank betreten. Die Angestellte war nicht erfreut gewesen, als sie ihr Anliegen gehört hatte.

«Haben Sie eine Vollmacht?», hatte sie unfreundlich gefragt.

«Meine Eltern sind tot», war Samanthas Antwort gewesen. Sie konnte sich nicht erinnern, ob ihre Eltern ihr eine Vollmacht erteilt hatten oder nicht.

«Das ist egal. Wenn Sie keine Vollmacht haben, müssen Sie warten, bis das Erbe geklärt ist.»

«In Ihren Unterlagen sollte das vermerkt sein.»

Mit säuerlicher Miene hatte die Frau nachgeschaut. Ihre Miene wurde noch säuerlicher, als sie feststellen musste, dass Samantha eine Vollmacht besass. Samantha hatte ein Triumphgefühl verspürt, als sie mit dem Lift nach unten gefahren war.

Ihre Finger schwebten über dem Deckel. Sie war überzeugt, gleich würde sie wissen, ob ihre Eltern gelogen hatten oder ob ihre Ähnlichkeit mit Ranjanas Mutter Zufall war. Es konnte zusätzlich ein Hinweis zu einem Konto oder einem weiteren Kind in dem Schliessfach zu finden sein. Wenn sie also Glück hatte, würden sich gleich drei Fragen beantworten.

Samantha klappte den Deckel hoch und musste sich setzen.

«Nein», murmelte sie. Die Enttäuschung liess sie in sich zusammensinken. Einige Schmuckschachteln befanden sich darin.

Keine Dokumente oder andere Papiere. Keine Unterlagen ihre Adoption betreffend. Sie blätterte das Familienbüchlein durch, das unter den Schachteln zum Vorschein kam. Kein weiteres Kind war eingetragen.

«Wir sollten das Schliessfach kündigen», hörte Samantha auf einmal die Stimme ihrer Mutter im Ohr. «Im Grunde brauchen wir es nicht, und es kostet nur.»

Samantha stützte die Ellenbogen auf den Tisch und legte den Kopf auf ihre Hände. Sie starrte in die Kiste. Das könnte der Grund sein, weil so wenig darin war.

Eine Mischung aus Frust, Wut und Ratlosigkeit verdrängte die Enttäuschung. Sie wünschte sich, mit jemandem sprechen zu können.

Lorena kam ihr in den Sinn, aber die war am Samstag mit Cédric in die Ferien nach Malta abgereist.

Last Minute. Sonne tanken. Ganz spontan hatten sie am Freitagnachmittag gebucht, wie Lorena ihr erklärt hatte, als sie und Samantha am Freitagabend miteinander telefoniert hatten. Sie hatte Samantha viel Erfolg für Indien gewünscht, da sie sich vorher nicht mehr sehen würden.

Samantha beneidete ihre Freundin um die Spontanität und die Flexibilität. Sie habe genug Ferientage zugute, und im Moment liefe nichts bei der Arbeit, hatte Lorena erklärt. Das Gleiche galt für Cédric.

Sie fuhr mit einem Finger über eine Schmuckschachtel. Am Telefon oder per E-Mail wollte sie mit ihr nicht darüber reden. Wer kam sonst in Frage? Valentin? Ein deutliches Nein. Erst musste sie sich für ihr Verhalten entschuldigen. Das war ein weiterer Punkt gewesen, der sie am Wochenende beschäftigt hatte. Sie hatte gründlich über den Zwischenfall nachgedacht. Obwohl es für die meisten nachvollziehbar war, dass sie überreagiert hatte, war es unentschuldbar. Sie hätte sich besser im Griff haben sollen. Sich aufraffen und nach Gränichen fahren hatte sie nicht können.

Wer kam sonst in Frage? Sie kannte viele Leute, aber diese Angelegenheit war ihr zu persönlich.

Sie konnte die entsprechenden Adoptionsstellen kontaktieren. Die mussten Kopien besitzen. Dazu musste sie allerdings wissen, mit welchen Behörden ihre Eltern Kontakt gehabt hatten, und dazu brauchte sie die Dokumente. Mit einem Seufzen klappte Samantha den Deckel zu.

ELF

«Wir haben fast alles zusammen», sagte Joel. «Der Rest lässt sich unterwegs erledigen. Danke für deine schnelle Arbeit und deinen Einsatz.»

«Das meiste hat Bernd gemacht», erwiderte Samantha und unterdrückte ein Gähnen. Zum Glück machte Joel gerade eine Notiz und bekam es nicht mit. Die Woche war wie im Flug vergangen, und ehe sie sich versehen hatte, war es Freitag geworden.

«So weit ist es für mich gut», sagte Joel. «Hast du noch etwas, das wir klären sollten, bevor wir übermorgen fliegen?»

«Ich glaube nicht.»

«Um Viertel vor zehn geht der Flug. Treffen wir uns in Zürich?»

«Ja, am Flughafen», antwortete Samantha.

Sie blickte der Reise mit gemischten Gefühlen entgegen. Seitdem Joel am letzten Freitag beim Mittagessen ihre Hand gehalten hatte, war sie sich unsicher, wie sie sich ihm gegenüber verhalten sollte. Das Gefühl, als flögen in seiner Gegenwart Schmetterlinge in ihrem Bauch herum, verwirrte sie. Dabei war eine Geste wie das Halten ihrer Hand nicht mehr vorgekommen.

«Ich nehme die ganzen Unterlagen, damit du sie nicht schleppen musst.» Joel stand auf und begleitete Samantha aus seinem Büro.

Nachdem er Richtung Kaffeemaschine abgebogen war, kehrte Samantha in ihr Büro zurück. Sie druckte das Flugticket mit der Platzreservierung und das e-Tourist-Visum für Indien aus. Auf dem Hinflug hatten sie Eco-Tickets, da in der Business Class keine Plätze mehr frei gewesen waren. Für den Rückweg hatte Claudia Iten ihnen Business gebucht. Samantha liess sich in Gedanken das Wort auf der Zunge zergehen. Bisher war sie nie Business Class geflogen. Samantha klickte Joels Tickets an. Claudia Iten hatte ihre Sitze nebeneinander reserviert. Sie würden viel Zeit miteinander verbringen. Wieder dieses kribbelige Gefühl in ihrer Magengegend. Entschlossen packte Samantha alles zusammen. Heute würde sie früher gehen.

Als sie Outlook schliessen wollte, kam eine Nachricht von LinkedIn. Samantha liess den Cursor einige Sekunden darüber kreisen, bevor sie sie anklickte.

Sie war von Ranjana. Sie hatte auf ihre abweisende Antwort von Montag bisher nicht reagiert. Je mehr Zeit verstrichen war, umso überzeugter war Samantha gewesen, nie mehr von ihr zu hören.

Liebe Samantha,
es tut mir leid, Sie nochmals zu belästigen, aber ich habe mit meiner Mutter gesprochen. Sie meinte, es gäbe eine definitive Möglichkeit herauszufinden, ob Sie meine verschollene Schwester sind. Anshana hatte von Geburt an über dem Bauchnabel ein grosses Muttermal, das circa drei bis fünf Zentimeter Durchmesser hatte.
Vielleicht verschafft das Klarheit. Sonst entschuldige ich mich für die erneute Belästigung. Allerdings würde ich mich freuen, wenn Sie mir kurz Bescheid geben könnten.
Viele Grüsse
Ranjana

Unter ihrem Namen hatte Ranjana wie bei den anderen Nachrichten ihre Handynummer notiert. Samantha erschien es als Aufforderung, telefonisch mit ihr in Kontakt zu treten.

Sie starrte die Nachricht einen Augenblick an, bevor sie den Kopf senkte. Langsam zog sie die Bluse aus dem Hosenbund und betrachtete ihren Bauch. Oberhalb des Nabels befand sich kein Muttermal. Dafür konnte sie die sechs Zentimeter lange Narbe deutlich erkennen. Vor sieben Jahren war ihr an der Stelle ein grosses Muttermal entfernt worden. Dem Hautarzt hatte es nicht gefallen, und er legte Samantha nahe, es wegoperieren zu lassen. Glücklicherweise hatten die Laboruntersuchungen nichts ergeben.

Mit dem Finger fuhr sie die helle Linie entlang. Ihr Kopf weigerte sich zu begreifen, was gerade geschehen war.

***

Samantha stand vor dem Grab ihrer Eltern. Noch gab es keinen Stein. Sie würde sich darum kümmern, wenn sie aus Indien zurück war. Der Blumenschmuck wirkte so frisch wie am ersten Tag. Das musste dem kühlen und feuchten Wetter zu verdanken sein.

«Warum habt ihr mich angelogen?», flüsterte Samantha. «Oder wusstet ihr es nicht besser?»

Stille. Nur ein leichter Luftzug strich über ihr Gesicht. «Ich weiss, ich habe euch viel zu verdanken. Ihr habt alles für mich getan. Ihr habt mich behandelt, als wäre ich eure eigene Tochter.»

Samantha hob den Kopf. Hatten ihre Eltern wirklich gleich viel für sie empfunden, wie wenn sie ihr leibliches Kind gewesen wäre? Liebte man ein eigenes Kind mehr als das, das man bei sich aufnahm? Darüber hatte Samantha bisher nie nachgedacht und hasste sich dafür, diese Zweifel zu haben.

«Es war mir wichtig, zu erfahren, wo ich herkomme und wo meine Wurzeln sind. Die ganze Zeit habt ihr die Antworten kurz gehalten oder gesagt, ihr würdet es nicht wissen.»

Sie steckte ihre Hände in die Jackentaschen und zog die Schultern hoch. Die Kälte kroch langsam von den Füssen die Beine hoch. Samantha trat von einem Bein auf das andere. Nieselregen setzte ein. Die kleinen Wassertropfen fühlten sich unangenehm auf dem Gesicht an. Samantha zog die Kapuze über den Kopf und blies in die Handinnenflächen. Ihr Atem hing wie eine kleine weisse Wolke vor ihrem Mund.

«Jedes Mal wenn ich nachfragte, ob bei meiner Adoption alles mit rechten Dingen zugegangen ist, habt ihr betont, wie wichtig euch das gewesen war. Ich sei nach dem Brand Waise gewesen, und ihr wart froh, mir ein Heim geben zu können.»

Die Stille wurde vom Knirschen von Schritten auf dem Kiesweg unterbrochen. Samantha hob den Kopf. Eine grauhaarige

Frau ging gebeugt an ihr vorüber. Sie kam nur langsam vorwärts und stützte sich dabei auf ihren Stock. Samantha schaute ihr nach.

«Das mit dem Brand stimmt nicht. Ich muss entführt worden sein», sagte sie zum Grab. «Wieso hat man mich meiner leiblichen Familie weggenommen? Oder wusstet ihr das nicht und habt mich bei euch aufgenommen in dem Glauben, ich sei eine Waise?»

Erneut das Geräusch von Schritten auf dem Kies. Die alte Frau kehrte zurück. Sie warf einen Blick auf das Grab.

«Am Anfang ist es am schlimmsten. Wissen Sie, mein Mann hat einen Ausflug mit unserer Tochter und unserer Enkelin unternommen. Er erlitt am Steuer einen Herzinfarkt. Meine Tochter und ihr Kind starben ebenfalls bei dem Unfall. Zwar heisst es, die Zeit heilt Wunden, aber das tut sie nicht. Die Wunden werden nur schmerzunempfindlicher. Gott sei mit Ihnen, mein Kind.»

«Mit Ihnen auch», sagte Samantha und beobachtete die Frau, die sich langsam entfernte. Unfall. Mord. Wieso war das Schicksal so grausam?

«Ranjana ist auf der Suche nach ihrer verschollenen Schwester», sagte Samantha. «Sie schreibt von meinem Muttermal. Wisst ihr, was das bedeutet? Was soll ich nun tun? Die Frau – oder soll ich sie Mutter nennen, wie dich? Ich kann nicht zwei Mütter haben.» Tränen traten in ihre Augen. Samantha wischte sie mit dem Handrücken fort. «Ich liebe euch, aber sie kenne ich nicht und konnte ich nie lieben. Dabei muss man seine Mutter lieben. Sie hat mich nie aufwachsen sehen. Wie schlimm muss das für eine Mutter sein? Was ist mit meinem indischen Vater?» Samantha holte ein Taschentuch hervor und schnäuzte sich. Von ihm hatte Ranjana bisher nichts geschrieben. Gab es weitere Verwandte? «Sie ist auf der Suche nach ihrem Kind und hofft, es nun gefunden zu haben. Nach achtundzwanzig Jahren. Wo hast du die Adoptionsunterlagen hingetan, Vati? Warum hast du sie aus dem Ordner entfernt? Hattest du Angst, ich würde nachschauen und etwas finden, das nicht für meine Augen bestimmt war? Nach so langer Zeit?» Zitternd holte Samantha

Luft. «Ich weiss, ihr könnt mir keine Antworten mehr geben, aber wen könnte ich fragen? Valentin? Der wird mich vor die Tür setzen, bevor ich nur einen Schritt über seine Schwelle gemacht habe.»

Der Wind raschelte in den Bäumen. Es dämmerte. In dem schwindenden Licht wirkte der Friedhof unheimlich. Sie hatte das Gefühl, die Grabsteine würden grösser werden. Sie beschloss zu gehen.

Samantha lief zum Ausgang. Neben der Gärtnerei stand eine Gestalt. Sie hatte wie Samantha die Kapuze über dem Kopf und die Hände in die Hosentaschen gesteckt. Das Gesicht lag im Schatten. Samantha konnte nicht erkennen, ob es sich um einen Mann oder eine Frau handelte. Die Gestalt stand vornübergebeugt vor einem der Auslagentische und wirkte dabei, als versuche sie sich so gegen die Bise abzuschirmen, die hier stärker blies. Die gekrümmte Haltung konnte genauso Trauer sein. Samantha meinte, einen erstickten Laut zu hören, als sie an ihr vorbei zu ihrem Smart ging, den sie auf einem der blauen Parkfelder vor der Gärtnerei abgestellt hatte. Nachdem sie sich in den Wagen gesetzt hatte, hatte Samantha das Gefühl, die Person zu kennen oder anders: Sie hatte sie schon einmal getroffen, wusste aber nicht, wo. Als sie aufschaute, verschwand die Person gerade auf dem Friedhof.

ZWÖLF

Samantha hatte schlecht geschlafen. Während sie wach gelegen war, hatte sie überlegt, ob sie Ranjana schreiben sollte. Zu gerne hätte sie mit Lorena gesprochen. Samantha nahm ihr Handy und wechselte es von der einen in die andere Hand. Sie beschloss, Lorena nicht anzurufen. Ihren letzten Ferientag wollte sie ihrer Freundin nicht mit ihren Problemen verderben.

Gelang es ihr, ihre mutmassliche indische Schwester aus dem Kopf zu verbannen, schlich sich die Geschäftsreise hinein.

Samantha musste sich eingestehen, aufgeregt zu sein. Hatte sie an alles gedacht? Im Kopf ging sie die Checkliste der persönlichen Angelegenheiten durch. Ihre Impfungen waren gut bis auf Typhus. Eigentlich sollte man mit der Schluckimpfung fünfzehn Tage vor Abreise beginnen, was bei ihr nicht möglich gewesen war. Trotzdem hatte sie die drei Kapseln geschluckt. Wenig Schutz war besser als keiner.

Der Koffer stand bereits seit zwei Tagen fertig gepackt im Wohnzimmer. Samantha widerstand dem Drang, ihn zu öffnen und nachzuschauen, ob alles drin war. Das hatte sie die letzten beiden Tage oft genug getan.

Was stand weiter an? Das Räumen des Hauses ihrer Eltern würde sie definitiv nach Indien in Angriff nehmen. Inzwischen hatte der Vermieter den Kündigungstermin bestätigt und ihr angeboten, sich an ihn zu wenden, falls sie Hilfe benötigte.

Die nächste Baustelle war Valentin. Ein klärendes Gespräch nahm an Dringlichkeit zu, aber sie hatte es weiter vor sich hergeschoben, in der Hoffnung, er werde sich melden. Es war eindeutig an ihr – und zwar vor ihrer Abreise. Froh, eine Beschäftigung gefunden zu haben, mit der sie sich den Tag vertreiben konnte, eilte Samantha zu ihrem Wagen und war eine Viertelstunde später in Gränichen.

Samantha zögerte, bevor sie auf den Klingelknopf drückte. Sie war versucht, den Rückzug anzutreten, widerstand dem Drang aber. Es half nichts. Sie musste mit Valentin sprechen.

Nach Indien würde es nicht einfacher sein. Ausserdem konnte sie ihn bei der Gelegenheit zu ihrer Adoption befragen. Samantha beschloss, ihn zunächst nicht mit Ranjana zu konfrontieren, um keinen neuen Streit vom Zaun zu brechen. Sie wollte sich behutsam vortasten. Wenn sie Genaueres erfuhr, konnte sie sich einen Plan zurechtlegen, was sie in Bezug auf Ranjana unternehmen würde.

Als sie das Gefühl hatte, die Tür werde nicht mehr geöffnet, hörte sie den Schlüssel, der sich im Schloss drehte.

Gleich darauf stand sie einer erstaunten Sonja gegenüber.

«Sammy?»

Samantha wusste nicht, wie sie anfangen sollte, und holte tief Luft. «Ist Valentin da?»

«Nein, warum?» Sonja wirkte feindselig.

«Ich wollte das tun, was längst überfällig war: mich entschuldigen. Das, was ich mir an seinem Geburtstag geleistet habe, war daneben.»

Die Härte verschwand aus Sonjas Gesicht. «Komm herein», sagte sie.

Sie führte Samantha ins Wohnzimmer. Samantha trat an das Terrassenfenster und blickte nach draussen. Immer wenn sie hier war, bewunderte sie das Panorama. Die unverbaubare Sicht am Hang von Gränichen liess einen Blick Richtung Jura zu. Jedes Mal sah es anders aus. Die Stimmung änderte sich mit den Lichtverhältnissen oder der Färbung des Laubs. Bis jetzt hatte kein Herbststurm oder Kälteeinbruch die Blätter von den Bäumen geholt. Die Rot- und Gelbtöne vermittelten mit den Strahlen der Sonne, die sich durch die Nebelschwaden hindurchstahlen, eine Stimmung, die einer Postkarte würdig wäre.

«Möchtest du etwas trinken?»

Samantha schüttelte den Kopf. «Ich möchte nicht lange stören und wollte mich nur bei Valentin entschuldigen. Würdest du ihm meinen Gruss ausrichten und ihm sagen, dass ich mit ihm reden möchte?»

«Das werde ich gerne tun.» Ein Lächeln huschte über Sonjas Gesicht.

Unschlüssig blieb Samantha stehen.

«Das ist aber nicht der alleinige Grund für deinen Besuch.»

Durchschaut, dachte Samantha. Sonja kannte sie zu gut. Wenn sie mit ihrer Mutter eine Meinungsverschiedenheit gehabt hatte, war Sonja eine gute Zuflucht gewesen, bei der sie sich Rat hatte holen können. Fast wie eine zweite Mutter.

«Wann kommt er zurück?»

«Morgen Nachmittag. Er ist dieses Wochenende mit der Turnriege unterwegs. Sie sind nach Villars gefahren – für ihren alljährlichen Ausflug. Komm morgen vorbei. Was hältst du davon, zum Nachtessen zu kommen? Es wäre eine schöne Überraschung für ihn.»

Samantha sackte in sich zusammen. Zu gerne hätte sie vor ihrer Abreise nach Indien mit Valentin gesprochen.

«Geht nicht», murmelte sie. «Ich reise morgen geschäftlich ab.»

«Deine erste Geschäftsreise», rief Sonja. «Dein Wunsch geht also endlich in Erfüllung. Gratuliere! Wohin geht es?»

«Nach Indien zum Auditieren von drei Lieferanten.»

«So weit weg.» Sonja starrte sie an. «Nicht schlecht. Wie lange bist du weg?»

«Eine Woche.» Samantha trat vom einen auf das andere Bein.

«Wie schon gesagt, wenn ich dich so sehe, denke ich, die Entschuldigung ist nicht das Einzige, das dich vor dieser wichtigen Reise zu uns führt. Du möchtest etwas anderes geklärt haben.»

«Ja.»

«Erzähl mir, was du auf dem Herzen hast. Vielleicht kann ich dir helfen.» Sonja setzte sich auf einen Sessel und machte eine einladende Bewegung mit der Hand zum Sofa.

«Es ist eine lange Geschichte.»

«Das macht nichts. Wenn es länger dauert, kannst du gerne zum Mittagessen bleiben. Seit Julian und Adrienne ausgezogen sind, ist es still im Haus geworden. Wenn zusätzlich Valentin weg ist, fühle ich mich einsam.»

«Ich bleibe gerne», sagte Samantha.

Während Sonja in der Küche Lammfilets anbriet und einen Salat mit Knoblauchbrot dazu machte, begann Samantha ihren Bericht, wie Joel sie gebeten hatte, mit nach Indien zu kommen, da sie nicht wusste, wie sie das Thema Adoption anpacken sollte.

«Das klingt spannend und genau nach dem Richtigen für dich.» Sonja stellte zwei Teller und Gläser auf den Küchentisch. «Eine wunderbare Chance.»

«Es wäre zusätzlich eine andere Chance», versuchte Samantha eine Überleitung. «Ich weiss nur nicht, was ich von alldem halten soll.» Sie wartete, bis Sonja sich an den Tisch gesetzt hatte und sie erwartungsvoll anschaute, bevor sie von Ranjanas Kontaktaufnahme berichtete. Während sie erzählte, runzelte Sonja die Stirn. Sie schwieg aber, bis Samantha geendet hatte.

«Nun möchtest du von Valentin wissen, ob das sein kann?»

«Ja.»

«Diese Geschichte mit dem Muttermal – könnte das nicht ein Schuss ins Blaue sein?»

«Warum sollte sie davon schreiben?»

«Keine Ahnung. Das Ganze kommt mir mysteriös vor.»

Sonja schnitt ein Stück Fleisch ab und erinnerte Samantha damit an das Essen auf ihrem Teller. Richtig konnte sie das zarte Fleisch nicht würdigen. Ihre Ungeduld wuchs. Sonja kaute.

«Nein», sagte sie nach einer Weile. «Soviel ich weiss, warst du ein Waisenkind, das seine Familie bei diesem Brand verloren hat. Eine andere Version gab es nicht, beziehungsweise ich weiss nichts davon.»

«Man hätte mich entführen und schliesslich zurücklassen können.»

«Warum hätten das deine Entführer tun sollen? Wieso sollten die vom Waisenhaus ausserdem in dem Fall die Geschichte mit dem Brand erfinden?»

«Die Entführer haben entdeckt, ein Mädchen mitgenommen zu haben. Dir muss ich nicht erklären, was Mädchen in Indien bedeuten.» Mit dem Thema hatte Samantha sich bereits ausführlich befasst.

«Wenn das so gewesen wäre, hätte dein möglicher Entführer etwas anderes mit dir gemacht. Zum Beispiel hätte man dich in den Strassengraben geworfen oder in ein arabisches Land verkauft oder …» Sie hielt inne. «Ich will nicht darüber nachdenken, was sonst alles möglich ist. Nein, Sammy. Ich denke, die Geschichte dieser Ranjana stimmt nicht. Oder anders, es liegt eine Verwechslung vor. Trotz Muttermal.»

«Was macht dich so sicher?»

«Schau in den Adoptionsunterlagen nach. Doris und Peter haben alles akribisch dokumentiert. Ihnen war es wichtig, dass bei deiner Adoption alles mit rechten Dingen zuging.»

Sonja trank einen Schluck. «Damit meine ich: keine illegalen Aktionen. Sie haben alle Formulare gesammelt.» Sie füllte ihr Glas mit Wasser nach und hielt die Karaffe in Samanthas Richtung. Samantha reichte Sonja ihr Glas. «Es war nicht einfach mit Doris in Indien. Zum Glück gab es gerade ein kleines Waisenkind, das dringend ihrer Pflege bedurfte.»

«Was meinst du damit?»

«Die Geschichte kennst du nicht, und ich weiss nicht, ob es in Doris' und Peters Sinne ist, wenn du sie jetzt erfährst. Sie wollten dich damit nie belasten.»

«Bitte erzähl, es ist wichtig für mich. Besonders nach Muetis und Vatis Tod.»

Sonja steckte den letzten Bissen in den Mund und kaute. Sie legte ihr Besteck neben den Teller, schob ihn ein Stück nach hinten und faltete die Hände vor sich auf der Tischplatte. Es war deutlich, wie sie mit sich rang.

«Ich habe den Ordner gefunden, aber da ist nichts drin. Daher bitte ich dich, mir zu erzählen, was du weisst.»

«Du meinst, der Ordner war leer?»

«Er ist mit ‹Adoption› angeschrieben, aber es sind keine Unterlagen vorhanden.»

«Das kann ich mir nicht vorstellen. Hast du genau nachgeschaut?»

«Ja. Es gibt keinen weiteren Ordner. Ich war in der Bank, in der Hoffnung, die Unterlagen dort zu finden. Im Schliessfach ist ebenfalls nichts.»

«Zwar kann ich mir nicht vorstellen, Peter könnte das getan haben, aber es ist denkbar, dass er die Unterlagen vernichtet hat.»

«Warum sollte er?» Samantha dachte an ihren Vater, als sie ihn im Arbeitszimmer überrascht hatte. War er gerade dabei gewesen, die Unterlagen fortzuwerfen?

«Keine Ahnung. Für mich wäre das ein Hinweis, alles ruhen zu lassen.»

«Das kann und möchte ich nicht.»

«Wem nützt es, ob stimmt, was diese Inderin sagt?»

«Mir.»

Sonja schwieg.

«Das heisst nicht, Mueti und Vati weniger zu lieben. Sie haben mich aufgezogen und waren für mich da. Trotzdem möchte ich wissen, wo ich herkomme und wo meine Wurzeln sind. Das wollte ich mein ganzes Leben, und nun finde ich es an der Zeit, endlich mehr darüber zu erfahren.»

«Es gibt nicht mehr zu erfahren, als das, was deine Eltern dir gesagt haben.»

«Das glaube ich nicht.»

Sonja schwieg. Sie schaute Samantha mit einem Blick an, der sie verunsicherte.

«Ich denke, es ist besser, wenn wir warten, bis Valentin zurück ist», sagte sie nach einer Weile. «Ich möchte ihn vorher fragen, ob …»

«Nein», brauste Samantha auf. «Ich möchte es wissen. Es gehört zu mir, und ich habe ein Recht darauf. Und zwar jetzt – bevor ich in das Land meiner Wurzeln reise.»

«Warum muss dein Chef dich ausgerechnet nach Indien schleppen», seufzte Sonja und stand auf, um Wasser in die Karaffe zu füllen. «Okay», sagte sie, nachdem sie sich gesetzt hatte. «Es ist eine lange Geschichte. Ich versuche die Kurzfassung. Doris und Peter wollten Kinder. Nach einer Fehlgeburt im vierten Monat musste Doris die Gebärmutter entfernt werden. Doris versank in ihrer eigenen Welt, wenn ich das mal so beschreiben darf.»

«Was meinst du mit eigener Welt?», hakte Samantha nach.

«Sie war am Boden zerstört und rutschte tiefer in eine Krise, bis sie depressiv wurde und Medikamente brauchte. Peter war verzweifelt und wusste nicht, was er tun sollte. Doris hatte sich viele Kinder gewünscht. Das war sozusagen ihr Lebensziel. Schliesslich hatte Valentin die Idee, sie könnten ein Kind adoptieren. Anfangs schreckten sie die ganzen Formalitäten ab. Sie waren sich unschlüssig. Ausserdem hielt Doris dagegen, es sei nicht ihr eigenes Kind, sondern ein fremdes. Valentin und Peter nahmen mit den entsprechenden Behörden in der Schweiz Kontakt auf und machten sich gleichzeitig in Indien auf die Suche. Das war kein einfaches Unterfangen. Zum Glück half Valentin mit den Formularen. So kamst du zu uns. Und das keinen Tag zu früh.»

«Was willst du damit sagen? Haben sie mich nicht geliebt, wie sie es bei ihrem eigenen Kind getan hätten?»

«Deine Eltern haben dich geliebt. Lass dir gesagt sein, du hast das grosse Los gezogen. Du konntest dir keine besseren Eltern wünschen. Immerhin warst du die Rettung für Doris. Ich bin überzeugt, früher oder später hätte sie Selbstmord begangen. Ohne Kind erschien ihr das Leben nicht lebenswert.»

Samantha schnallte sich an, startete aber den Motor ihres Smart nicht. Sie lehnte den Kopf gegen die Nackenstütze und starrte auf die Strasse, die von den Strassenlaternen erhellt wurde.

Sie war nicht nach dem Mittagessen gegangen, sondern bis nach dem Nachtessen bei Sonja geblieben. Sonja hatte ihre Fotoalben hervorgeholt und Samantha Bilder von Indien gezeigt. Ihre Eltern hatten sich geweigert, das zu tun. Es hiess, sie hätten nicht so viele Fotos gemacht, was Samantha ihnen nie abgenommen hatte. Wenn sie Samantha Babyfotos gezeigt hatten, waren es welche, bei denen es keinen Hinweis auf ihren Aufenthaltsort gab. Irgendwann hatte Samantha aufgegeben.

Sonjas Worte hallten in Samanthas Kopf nach. Die Rettung für ihre Mutter. Sie überlegte, wie ihre Kindheit verlaufen war. Waren die Depressionen ihrer Mutter wirklich mit ihrer Adoption geheilt gewesen? Rückblickend meinte sie, eine Art Trauer gespürt zu haben, die ihre Mutter wie einen durchsichtigen Schleier umhüllt hatte. Hin und wieder hatte sie eine Abwesenheit in ihrem Blick wahrgenommen, wenn sie junge Mütter mit Kinderwagen gesehen hatte. Hatte ihre Mutter an das Kind gedacht, das auszutragen ihr verwehrt geblieben war?

Je länger sie darüber nachdachte, desto mehr fühlte sie sich als Lückenbüsser und fragte sich abermals, ob die Liebe ihrer Eltern echt gewesen war. Sie war umsorgt worden. Es hatte ihr an nichts gefehlt. Sie war umarmt worden. Doris und Peter hatten sie getröstet, wenn sie sich wehgetan, mit einem Gspänli gestritten oder eine schlechte Note nach Hause gebracht hatte. Ihre Eltern waren mit ihr an den Wochenenden zu den Wettkämpfen gefahren und hatten sie und ihre Mannschaft angefeuert, als sie voltigiert hatte. Obwohl Doris Angst vor Pferden hatte und die Akrobatik nicht mit ansehen konnte, die Samantha und ihre Mannschaft zeigten, war sie zuvorderst gestanden. Ihre Eltern hatten Samantha unterstützt, als es darum ging, welchen Beruf sie einmal erlernen wollte, und hatten sie bei der Stelle in Lausanne ermutigt, diese anzunehmen, obwohl das bedeutete, dass Samantha wegzog.

Aber war sie wirklich geliebt worden? Diese Zweifel nagten an ihr und taten weh. Sie wünschte sich, ihre Mutter fragen zu können.

Ein Wagen fuhr vorbei und parkte in der Einfahrt zwei Häuser weiter. Zwei Männer stiegen aus und gingen in die entgegengesetzte Richtung davon. Ein anderer Wagen kam langsam auf sie zu und bog in die nächste Strasse ab. Danach war alles wie ausgestorben. Sie sollte langsam nach Hause fahren und ins Bett gehen. Samantha konnte sich aber nicht aufraffen.

Sonjas Antworten zu ihrer Adoption waren nicht zufriedenstellend gewesen. Sie hatte das Gleiche erzählt, was sie von ihren Eltern wusste. Ein Waisenkind, das unterernährt gewesen war und bei einem Brand seine ganze Familie verloren hatte.

«Man brauchte für dich schnell eine Bleibe und war froh über Doris' und Peters Anfrage gewesen», hatte Sonja gesagt. Dabei hatte sie verlegen gewirkt, als ob ihr diese Info herausgerutscht sei.

Sonja war bei ihrer Meinung geblieben. Sie hielt Ranjana für eine Hochstaplerin. «Lass die Finger davon», hatte sie Samantha zum Abschied geraten.

Genau das konnte Samantha nicht. Sie musste wissen, ob an der Sache etwas Wahres dran war. Entschlossen holte sie ihr Handy hervor und öffnete WhatsApp. Sie suchte in den Kontakten nach Ranjanas Handynummer, die sie abgespeichert hatte, bevor sie nach Gränichen gefahren war.

Liebe Ranjana,
entschuldigen Sie, weil ich mich erst jetzt melde.
Zu Ihrer letzten Nachricht. Ich hatte ein Muttermal an der Stelle, die Sie beschrieben haben. Ich musste es mir vor längerer Zeit wegoperieren lassen. Das würde bedeuten, ich bin eventuell Ihre (oder darf ich Du sagen?) Schwester. Ich komme geschäftlich nach Indien. Morgen fliegen wir ab. Agra ist eine Station auf unserer Reise. Es wird bestimmt eine Möglichkeit geben, sich kurz zu treffen, wenn du möchtest. Ich melde mich, wenn ich in Indien angekommen bin.

Samantha hielt inne. Schliesslich schrieb sie:

Liebe Grüsse
Samantha/Anshana

Samantha bezweifelte, dass es ein Zeitfenster in ihrem straffen Reiseprogramm geben würde. Das musste sie Ranjana aber nicht wissen lassen. Irgendwie musste sich eine Gelegenheit finden, auch wenn es nur einige Minuten waren.

Sie las die Nachricht nochmals durch. Der indische Name wirkte ungewohnt, aber gleichzeitig vertraut. Sie horchte in sich hinein, ob er eine Erinnerung in ihr auslöste.

«Du verhältst dich albern», murmelte sie.

Ihr Finger schwebte über dem Sendesymbol. Entschlossen tippte sie darauf. Fast gleichzeitig erschienen das blaue Häkchen und die Information «Ranjana schreibt». Erstaunt starrte Samantha auf das Display. Wie spät war es in Indien? Halb fünf am Morgen. Das erinnerte Samantha daran, dringend nach Hause zu fahren und sich endlich ins Bett zu legen. Die Reise, auf der sie kaum Schlaf bekommen würde, würde anstrengend werden. Sie wollte das Handy auf die Seite legen, als es den Eingang einer Nachricht meldete.

Liebe Anshana,
vielen Dank für deine Nachricht. Ich bin froh, meine Schwester gefunden zu haben. Und ich bin froh, dass du nach Indien kommst. Es ist wichtig, dass wir uns sehen können. Mum geht es nicht gut.

Was hatte das zu bedeuten? Eine Last senkte sich auf Samanthas Schultern.

DREIZEHN

Samantha erwachte langsam. Die Lage war unbequem, und sie wollte sich strecken. Ein Schmerz schoss in ihren Nacken, und sie verharrte, wie sie war. Es war anders als sonst, wenn sie erwachte. Sie dämmerte weiter an die Oberfläche und realisierte, nicht in ihrem Bett zu liegen. Von schräg oben drückte ein Gewicht gegen ihren Kopf. Ihr Kopf lag auf einer anderen Unterlage als ihrem Kissen. Der Geruch stimmte nicht mit dem ihres Bettes überein. Samantha schnupperte. Aftershave? Sie tastete nach dem Gewicht auf ihrem Kopf und fasste in einen Kurzhaarschnitt. Erschrocken öffnete Samantha ihre Augen und erblickte die Rückenlehne eines Flugzeugsitzes. Der Krampf in ihrem Nacken verstärkte sich.

Die Stimme des Piloten verkündete auf Deutsch und Englisch, dass sie in zwanzig Minuten in Mumbai landen würden. Er bat die Fluggäste, die Tische hochzuklappen und die Sitze gerade zu stellen.

Die Erkenntnis schlug zu. Ihr Kopf lag auf Joels Schulter. Mit einem Ruck richtete sie sich auf. Joel, der seinen Kopf auf ihrem abgelegt hatte, gab ein unzufriedenes Brummen von sich und neigte sich auf die andere Seite, erwachte aber nicht.

Samantha knetete ihren verspannten Nacken. Ihr Gehirn versuchte zu rekapitulieren, wie ihr Kopf auf seiner Schulter gelandet war. Es hatte Mittagessen gegeben. Nachdem die Flugbegleiter das Geschirr abgeräumt hatten, musste Samantha eingeschlafen sein. Bewusst hatte sie den Kopf nicht auf seine Schulter gelegt.

Joel öffnete die Augen und richtete sich auf. Als er sich streckte, knackte es in seinen Schultern.

«Himmel, wie habe ich gesessen», stöhnte er und massierte seinen Nacken. «Wo sind wir?»

«Gleich da», antwortete Samantha und hoffte, er war sich nicht bewusst, wie sie geschlafen hatten. Das Flugzeug verlor an Höhe, und ein schmerzhafter Druck stellte sich in Samanthas

Ohren ein. Sie schluckte mehrmals, um den Druck auszugleichen.

Samantha blickte aus dem Fenster. Viele Lichter. Lichter von Häusern. Die Strassen zogen sich wie Schlangenlinien durch das Land. Von hier oben sah es aus wie an anderen Orten. Sie wurde hibbelig und konnte kaum still sitzen. Gleich würde sie indischen Boden betreten. Das Flugzeug drehte eine Rechtskurve.

«Sieht schön aus», sagte Joel, der sich zu ihr neigte.

Samantha kam sich wie ein Kind vor, das seine Nase gegen die Fensterscheibe presste, als sie sich dem Boden näherten. Sanft setzte die Maschine auf. Samantha wurde in den Gurt gedrückt, als sie abbremste.

«Welcome to India», sagte Joel dicht neben ihrem Ohr.

Ihre Aufregung wuchs.

«Ich hoffe, du wirst nicht enttäuscht sein.»

«Wie meinst du das?»

«Du hast dir bestimmt Vorstellungen gemacht.»

«Ich habe keinen verklärten Blick, wenn du das meinst. Ich habe genug Bilder und Reportagen gesehen und gelesen.»

«Live ist es anders. Entweder ist man fasziniert, oder man verabscheut es und sagt, bloss kein zweites Mal.»

Samantha drehte sich zu ihm um. Er hatte sich weiterhin zu ihr gebeugt und lehnte den Kopf gegen den vorderen Sitz. «Wie ist es bei dir? Ich nehme an, du bist nicht zum ersten Mal hier.»

Ein Lächeln huschte über sein Gesicht. «Sagen wir es so, ich habe mich daran gewöhnt.»

Samanthas Blick wanderte nach draussen. Gerade fuhr das Flugzeug zum Gate und hielt an. Unruhe entstand in der Kabine. Sie blieb sitzen und starrte weiter nach draussen. Beklemmung machte sich breit. Wie würde sie auf ihre Heimat reagieren?

Joel berührte sie an der Schulter. «Komm.»

Sie nahmen ihr Handgepäck und reihten sich in den Strom der Leute ein, die das Flugzeug verliessen. Beinahe ehrfürchtig setzte Samantha ihren Fuss auf das Gate. Sie folgte an Joels Seite den anderen Passagieren durch die langen mit einem violett, gelb und rot gemusterten Teppich ausgelegten Gänge. In den Wänden gab es in regelmässigen Abständen Nischen, die mit Bildern und Skulpturen – mal mehr, mal weniger indisch – gefüllt waren. Samantha hatte das Gefühl, die Passagiere ihres Swiss Fluges waren die einzigen, die um diese Uhrzeit angekommen waren. Das änderte sich schlagartig, als sie die Empfangshalle betraten und zum Einreiseschalter gelangten.

«Oje» entfuhr es Samantha, als sie die lange Schlange erblickte.

«Das wird dauern», murmelte Joel und grinste sie an. «Gewöhne dich am besten gleich daran. Die Engländer haben die Bürokratie nach Indien gebracht, und die Inder haben sie perfektioniert.»

Sie standen fast zwei Stunden an. Zum Glück verlief das Prozedere mit den Fingerabdrücken und dem Foto reibungslos. Sie liessen sich mit dem Menschenstrom durch den Duty-free-Bereich zur Kofferausgabe treiben. Als Samantha ihren Koffer nahm, konnte sie nur mit Mühe ein Gähnen unterdrücken.

«Komm, lass uns den Fahrer vom Hotel finden.» Joel wies zum Ausgang.

Sie folgte Joel nach draussen – direkt in eine riesige Ansammlung von Leuten, die zum Glück hinter der Abschrankung warteten. So eine Menschenmenge hatte Samantha bisher nie bei einer Ankunft gesehen.

Das Nächste, was sie realisierte, waren Autohupen und die warme Luft, die ihr entgegenschlug. Samantha sog sie tief ein: Abgase mit Gewürzen – war es Curry? – gemischt. Sie meinte zudem, einen Hauch Rosenwasser wahrzunehmen. Kurz schloss sie die Augen. Das war also der Geruch ihrer Wurzeln. Zu ihrer Enttäuschung blitzte keine Erinnerung auf.

VIERZEHN

Einer der Kellner, die sich um das Wohl der Gäste kümmerten, trat an ihren Tisch und fragte, was sie zu trinken wünschte. Samantha bestellte Wasser. Einige Minuten später stand eine Wasserflasche vor ihr auf dem Tisch. Der Kellner fragte, was sie essen wollte.

«Ich warte auf meinen Geschäftspartner», antwortete sie.

Samantha blickte sich um. Von Joel keine Spur. Sie warf einen Blick auf ihre Armbanduhr.

Er müsse mit Reto Bürgi telefonieren, hatte er ihr erklärt, als sie im Hotel angekommen waren.

Da die Mängel beim letzten Lieferanten gravierender gewesen waren als angenommen, hatte Joel beschlossen, das Audit abzubrechen. «Es bringt nichts», hatte er gesagt. Ein weiterer Punkt war die schlechte Vorbereitung des Lieferanten gewesen. Hinzu kamen neue Mängel, die soziale Aspekte wie fehlende Arbeitsverträge und die Auszahlung von Löhnen betrafen. Zudem hatten sie das Gefühl gehabt, Minderjährige in der Firma arbeiten gesehen zu haben, was natürlich bei fehlenden Personalakten nicht nachgewiesen werden konnte.

In der Schweiz musste es gegen halb vier am Nachmittag sein. Reto Bürgi hatte Joel gebeten, sich bei ihm zu melden und zu berichten, wie das Audit lief. Über diese Neuigkeiten würde er nicht begeistert sein.

Samantha erblickte Joel, der sich suchend umsah. Als er sie entdeckte, kam er auf sie zu.

«Ich habe schon Wasser bestellt», sagte Samantha.

«Tut mir leid, wenn ich mich verspätet habe.»

«Was meint Herr Bürgi?»

«Das Gleiche wie ich. Es bringt nichts. Genaueres möchte er mit uns besprechen, wenn wir zurück sind.»

«Das heisst, wir werden früher in die Schweiz zurückkehren?»

«Nein. Ob wir Samstag- oder Sonntagnacht fliegen, ist egal.

Die Umbuchungsgebühren sind ausserdem teurer als die Nacht im Hotel. Wir werden wie vorgesehen erst am Samstag nach Delhi fahren und morgen einen freien Tag in Agra haben und den geniessen.» Er füllte Wasser in sein Glas. «So können wir uns zum Beispiel den Taj Mahal anschauen und, wenn wir unbedingt fleissig sein wollen, schon mit den Berichten und Auswertungen anfangen.»

«Das bedeutet, ich hätte Zeit, meine ...», rutschte es Samantha heraus.

«Wofür hättest du Zeit?»

Samantha druckste eine Weile herum. Bevor sie von Ranjana offiziell als ihrer Schwester sprach, wollte sie herausfinden, ob es stimmte. Joel stellte sein Glas ab und musterte sie.

«Ich kenne jemanden in Agra», begann sie und formulierte dabei den Satz im Kopf sorgfältig, bevor sie ihn aussprach. «Als sie erfuhr, ich käme nach Indien, meinte sie, es wäre schön, wenn wir uns treffen könnten, falls ich zwischen den Meetings Zeit habe.»

«Selbstverständlich lässt sich das einrichten. Warum hast du mir nicht früher davon erzählt?»

«Ich bin nicht zum Vergnügen, sondern zum Arbeiten hier.»

«Sammy.» Wieder dieser spezielle Klang seiner Stimme, bei dem Samantha das Gefühl hatte, Schmetterlinge flögen in ihrem Bauch herum. Sie musste das dringend abstellen. Ein erster Schritt wäre, ihn aufzufordern, sie nicht mehr so zu nennen. Samantha brachte die Bitte nicht über die Lippen. Es gefiel ihr, wenn er sie so ansprach.

Dabei war ihm vermutlich nicht bewusst, was es in ihr auslöste, wenn er sie Sammy nannte.

«Wir sind nicht nur zum Arbeiten hier. Es gibt zwischendurch genug Zeit, in der solche Dinge Platz haben.» Joel nahm die Karte und schlug sie auf. «Was hältst du von Sightseeing morgen Vormittag und am Nachmittag Berichte schreiben beziehungsweise deine Freundin treffen?»

FÜNFZEHN

«Als Mumtaz Mahal ihr vierzehntes Kind geboren hatte, merkte sie, dass sie sterben würde», erzählte der Guide in seinem stakkatoartigen Englisch. «Sie rief ihren Mann, den Mogul Shah Jahan, zu sich und sagte: ‹Du warst mir ein guter Ehemann. Du hast alles für mich getan und mir alle Wünsche von den Lippen abgelesen. Ich bitte dich nun, mir drei Wünsche zu erfüllen.› – ‹Welche du willst›, sagte der Mogul. Daraufhin bat sie ihn, gut für ihre Kinder zu sorgen, nicht mehr zu heiraten und ihr eine Gedenkstätte zu bauen, die die Welt noch nie gesehen habe.»

Während der Guide sprach, hatte Samantha ihren Blick auf den Taj Mahal gerichtet. Sie hätte nicht gedacht, dass dieses Gebäude sie so stark beeindrucken würde. Kaum hatten sie das Eingangstor betreten, hatte sich eine Gänsehaut am ganzen Körper gebildet. Zum Glück hatte das Smog-Nebel-Gemisch kurz nach elf Uhr aufgeklart. So wie bisher jeden Tag. Joel hatte ihr erklärt, dass in den Wintermonaten Nordindien unter einer Smogdecke verschwand. Der Grund dafür war das Abbrennen der Felder. Zusammen mit der hohen Luftfeuchtigkeit ergab das teilweise undurchdringlichen Nebel. An diesem Morgen hatte man beispielsweise eine Sicht von unter zwanzig Metern gehabt.

Die Ablenkung, die ihr Ausflug ausübte, währte nicht lange. In der letzten Nacht hatte es – Montezumas Rache, wie ihr Vater sagen würde – zugeschlagen. Sie war mehr auf dem WC als im Bett gewesen. Dabei hatte sie während der Reise genauestens darauf geachtet, was sie ass. Ganz nach dem Motto *«Peel it, boil it, cook it or forget it»*. Es rumpelte in ihrem Magen. Immerhin schien das Durchfallmedikament endlich zu nützen. Samantha fühlte sich dafür wackelig auf den Beinen. Am Morgen hatte sie nur eine Toastscheibe hinuntergewürgt und Schwarztee getrunken. Sie war froh, dass das Audit abgebrochen worden war. Sie hätte nicht gewusst, wie sie einen intensiven Arbeitstag hätte überstehen sollen.

«Als sie starb, waren sie achthundert Kilometer von hier entfernt», fuhr der Guide fort. «Er brachte sie zurück und baute zunächst eine Moschee.» Er deutete auf das linke Gebäude. «Dort wurde sie vorübergehend beerdigt, bis nach zweiundzwanzig Jahren das eigentliche Mausoleum fertiggestellt war.»

«Auf der anderen Seite ist die gleiche Moschee», sagte Joel.

«Wie ich Ihnen vorhin erzählt habe, achtete der Mogul genau auf Symmetrien. Daher baute er eine zweite, die aber keine Funktion hat.»

«Wie viele Leute haben daran gebaut?», fragte Joel.

«Zwanzigtausend. Ich schlage vor, wir gehen zuerst an der Seite zum Mausoleum und in der Mitte zurück. Aber vorher mache ich ein Foto von Ihnen.»

Er nahm Joels Handy entgegen.

«Komm», sagte Joel und dirigierte Samantha an seine Seite. Er legte den Arm um ihre Schultern, bevor Samantha wusste, wie ihr geschah. Während der ganzen Reise waren sie einander nicht zu nahe gekommen. Er hatte professionell den Abstand gewahrt, was es ihr erleichtert hatte, ebenfalls einen Abstand zu ihm zu bekommen. Mit dieser Geste brach die errichtete Mauer in sich zusammen, und das Kribbeln breitete sich von seiner Hand auf ihrer Schulter ausgehend im gesamten Körper aus. Lass das, dachte sie. Es ist nur für das Foto. Sie versuchte entspannt zu lächeln, als der Guide Aufnahmen machte.

«Sehr schön», sagte er und reichte Joel das Handy zurück. Er wandte sich ab.

«Geht es mit deinem Bauch?», fragte Joel und hielt Samantha zurück, als sie dem Guide folgen wollte.

«Es muss», erwiderte sie.

«Wollen wir zurückgehen?», fragte Joel besorgt.

«Kommt nicht in Frage.»

Als sie auf der Terrasse standen, schaute Samantha ehrfürchtig am Gebäude nach oben und betrachtete die Intarsien. Sie musste blinzeln, da der weisse Marmor sie blendete. Sie ging auf das Gebäude zu und berührte die Wand. Mit der Fingerspitze strich sie über die glatte Fläche des Steins. Er fühlte sich kalt an. Obwohl sie es übertrieben fand, so eine riesige Anlage nur wegen einer Frau zu bauen, rührte diese Liebeserklärung etwas in ihrem Inneren.

Als Samantha ihr Handy hervorholte, um ein Foto zu machen, erklang ein Pling.

Liebe Anshana,
es ist schön, dass es ein Zeitfenster gibt. Ich komme gegen drei Uhr am Nachmittag ins Hotel.
Bis später
Ranjana

Nur mit Mühe konnte Samantha ihre Aufregung unterdrücken. Es klappte tatsächlich. Heute Nachmittag würde sie ihre Schwester und ihre leibliche Mutter treffen. Sie konnte nicht erwarten, bis es so weit war. Sie las den Text ein weiteres Mal und stutzte. Ich? Nicht wir? Hiess das, ihre Mutter würde nicht kommen? Sie verspürte Enttäuschung, die sie gleich beiseiteschob. Bestimmt hatte Ranjana sich vertippt.

***

Erleichtert liess Samantha sich auf ihr Bett fallen. Zwar hatte sie kein weiteres Mal notfallmässig das WC aufsuchen müssen, aber sie fühlte sich nach wie vor wackelig auf den Beinen. Es tat gut, sich auf dem Bett auszustrecken.

Joel und sie waren nach dem frühen Mittagessen, bei dem Samantha nur ein wenig Reis hatte essen können, zum Hotel zurückgefahren. Er wollte den Nachmittag nutzen, um die ersten Auswertungen der Audits zu machen. Samantha hatte ein schlechtes Gewissen. Sie hatte geplant, ebenfalls mit den Berichten zu beginnen. Joel hatte davon nichts wissen wollen. Samantha solle sich ausruhen.

Sie hatten sich für das Nachtessen verabredet.

Samantha drehte sich auf die Seite. Nur einen Augenblick, dachte sie.

Sie spürte, wie ihr Körper schwer wurde. Die Anstrengungen der Reise und die schlaflose letzte Nacht machten sich bemerkbar. Als sie wegdämmerte, erklang ein Pling dicht neben ihrem Ohr. Sie wollte es ignorieren und einschlafen, überlegte es sich aber anders. Es konnte Joel sein, der sich erkundigte oder ihre Notizen zu den Audits brauchte. Wenn er ihr freigab, wollte sie wenigstens erreichbar sein.

«Ich bin in der Lobby, Ranjana.»

Samantha setzte sich kerzengerade auf. War es schon so spät? Sie blickte auf die Uhr. Fast drei Uhr.

«Bin unterwegs nach unten», tippte sie zurück und legte das Handy auf den Nachttisch.

Sie stand auf und musste sich erst einmal abstützen. Es dauerte einige Sekunden, bis der Schwindel abgeebbt war. Samantha nahm vorsorglich eine weitere Tablette gegen den Durchfall und verliess ihr Zimmer.

Fünf Minuten später betrat sie die Lobby und schaute sich um. Der Lärmpegel war hoch. Es schien gerade eine indische Reisegruppe angekommen zu sein. Zwei Europäer gingen an ihr vorüber. Vier Japanerinnen standen an der Rezeption.

Sie fragte sich, wie sie Ranjana in dem Durcheinander finden sollte, als eine Frau in einem rot-blauen Sari auf sie zutrat.

«Anshana?»

«Ja?»

«Namaste.» Sie legte die Handinnenflächen auf Brusthöhe aneinander und verbeugte sich leicht.

Ranjana sah anders als auf dem Foto ihres LinkedIn-Profils aus. Die Falten im Gesicht liessen sie älter wirken. Ausserdem war sie hagerer als auf dem Foto.

Auf den zweiten Blick trat die Ähnlichkeit mit Samantha deutlicher als auf dem Profilbild hervor. Die Form der Augen und der Kinnpartie ähnelte Samanthas. Ranjana hatte die gleichen hohen Wangenknochen wie sie. Nur die Augenfarbe stimmte nicht. Im Gegensatz zu Samanthas Augen waren Ranjanas fast schwarz, und auch ihr Teint war dunkler, wie Samantha bereits auf dem Profilbild erkannt hatte.

Einen Augenblick standen sie einander schweigend gegenüber. Der Lärm und die vielen Leute in der Lobby rutschten in den Hintergrund. Eine Flut von Gefühlen rauschte über Samantha weg: Angst, Freude, Befangenheit.

Oft genug hatte Samantha sich in den letzten Tagen ausgemalt, wie das erste Aufeinandertreffen sein würde.

Ranjana schien es ähnlich zu gehen. Sie forschte in Samanthas Gesicht. Schliesslich hob Ranjana die Arme und zog Samantha an sich.

«Ich kann es nicht glauben, dass es wahr geworden ist», flüsterte Ranjana und schob Samantha ein Stück von sich weg.

«Wo ist unsere Mutter?», fragte Samantha.

Ranjanas Gesicht verdüsterte sich auf einmal. «Das habe ich dir nicht über LinkedIn und WhatsApp mitteilen wollen. Sie ist krank und wird …» Sie schluckte. «Sie hat Krebs im Endstadium.»

Eine Leere nahm von Samantha Besitz. Sie war zu spät. Sie würde ihre leibliche Mutter nicht mehr kennenlernen.

«Zu gerne wäre sie mitgekommen, aber sie kann seit drei Tagen das Bett nicht mehr verlassen.»

«Ist sie in einem Spital?», brachte Samantha hervor.

Ranjana schüttelte den Kopf. «Wir haben das Geld nicht, und sie möchte zu Hause sterben. Ich weiss nicht, wie viel Zeit du zwischen den Terminen hast, aber würdest du mitkommen? Es ist ihr letzter Wunsch, dich zu sehen.»

Samantha versteifte sich. Kurz keimte der Verdacht auf, Ranjana würde lügen, und Sonja und Lorena könnten mit ihrem Verdacht recht haben. Der Schmerz in ihrem Gesicht wirkte jedoch echt.

«Es dauert nicht lange. In zwei Stunden sind wir spätestens zurück.»

Samantha schielte auf ihre Uhr. Es würde reichen, rechtzeitig zum verabredeten Nachtessen wieder hier zu sein. Blieb nur die Frage, ob ihr Verdauungssystem mitmachen würde. Sie schob die Bedenken in den Hintergrund. Es würde keine zweite Chance geben. «Okay.»

Ranjana hielt ihr einen Plastiksack entgegen. «Unsere Mutter würde sich freuen, wenn du dich für das Wiedersehen hübsch machst. Würdest du das anziehen?»

Samantha öffnete den Sack und starrte auf den orange und rot gemusterten zusammengefalteten Stoff.

«Was ist das?»

«Ein Sari.»

«Ich weiss nicht, wie man den anzieht.»

«Ich helfe dir.» Ranjana dirigierte Samantha zu den Toiletten. «Behalte deine Jeans an, es ist kalt draussen, und man wird sie nicht sehen.» Geschickt stopfte sie das eine Ende in den Hosenbund und wickelte das riesige Tuch um Samanthas Körper. Mit einem eleganten Schwung warf sie das Ende über ihre Schulter. Sie trat einen Schritt zurück. Samantha wagte einen Blick in den grossen Spiegel, der an der Wand neben den Lavabos hing, und erkannte sich nicht wieder. Wenn sie nicht gewusst hätte, dass sie die Person an Ranjans Seite war, hätte sie gedacht, es handle sich um eine indische Frau auf dem Cover eines Magazins. Das orange-rote Muster brachte das Grün ihrer Augen stärker zur Geltung. Sie schienen regelrecht zu leuchten. Das rote Langarmshirt passte perfekt zu den Farben des Saris, und alles wirkte wie aufeinander abgestimmt. Die schwarzen Haare, die sie am Morgen zu einem Bauernzopf geflochten hatte, und die goldenen Hängeohrringe ihrer Eltern rundeten das Bild ab. Sie war erstaunt, wie die Kleidung sie verändert hatte. Ihr Mund verzog sich zu einem Lächeln, das in dem Spiegel scheu wirkte.

«Darf ich ein Foto von dir machen?», fragte Ranjana und holte ihr Handy hervor.

Da Samantha weiterhin sprachlos war, nickte sie nur.

«Gehen wir», sagte Ranjana und reichte Samantha ein türkisviolett gemustertes Tuch, nachdem sie ihr Handy zurück in ihre Handtasche gesteckt hatte. «Das ist ein Pashmina-Schal. Leg ihn dir um die Schultern. Er wird dir warm geben.»

Sie verliessen das Hotelgelände und bogen um die Ecke. Vor einem Mann, der neben einem Töff stand, blieb Ranjana stehen.

«Das ist mein Mann Nilay. Steig auf. Du sitzt am besten zwischen uns.»

Samantha wollte sich erkundigen, ob sie einen Helm hätten,

unterliess es aber. In Indien hatte sie bisher keinen mit Helm fahren sehen.

Kaum sass Samantha im Damensitz zwischen Ranjana und ihrem Mann eingeklemmt auf dem Töff, wendete er und quetschte sich mit Hupen in den Verkehr. Im rasanten Tempo schlängelte er sich durch das Durcheinander auf der Strasse. Nun hatte Samantha das, was ihr auf der Reise bisher gefehlt hatte – sie spürte hautnah den Puls des indischen Lebens.

Bereits nach kurzer Zeit gab es Samantha auf, sich die Strecke merken zu wollen. Nilays Fahrstil war halsbrecherisch. Er beschleunigte, um gleich darauf scharf abzubremsen. Die ganze Zeit hatte Samantha das Gefühl, vom Sattel zu rutschen, und klammerte sich an ihm fest. Im nächsten Augenblick riss Nilay den Lenker herum und schlängelte sich zwischen den Stossstangen zweier Autos durch. Mehr als einmal streifte sie mit dem Knie das Blech der Autos, die Knie anderer Töfffahrer oder das Rad eines Ochsenkarrens. Inzwischen war sie schweissgebadet und hatte mehrmals ein Stossgebet gen Himmel geschickt, heil zum Hotel zurückzukehren. Zu gerne hätte sie gefragt, ob sie sich wenigstens normal hinsetzen könnte. Das war mit dem Sari aber nicht möglich.

Nilay umkurvte eine Kuh, die mitten auf der Strasse stand. Er quetschte sich zwischen zwei Autos durch, ohne auf das Gehupe zu achten.

Samantha merkte, wie abgeschirmt sie bisher mit Joel unterwegs gewesen war. Der Fahrer hatte die Klimaanlage auf Innenbelüftung gestellt, sodass sie wie in einem Kokon geschützt waren. Nun prallte ihr der Gestank von Unrat, Abfall, Abgasen und einer Menge Undefinierbarem entgegen. Ihr Magen begann Kapriolen zu schlagen. Samantha versuchte durch den Mund zu atmen, was die Übelkeit mehr schlecht als recht in den Hintergrund drängte.

Inzwischen hatte sie das Gefühl dafür verloren, wie lange sie bereits unterwegs waren.

Nilay bremste abrupt, und Samantha wurde gegen ihn gepresst. Hier wärst du aufgewachsen, dachte sie und konnte sich so ein Leben überhaupt nicht vorstellen. Nilay hupte und beschleunigte. Die Ampel sprang gerade auf Rot, als er hinter einem Tuk Tuk und anderen Töffs über die Kreuzung raste. Er bog rechts ab und schlängelte sich durch den Gegenverkehr. Neues Hupen. Sie ratterten durch eine schmale Gasse. Neben der Strasse verlief ein Graben, in dem Plastik und Unrat schwammen. Das Rinnsal schäumte. Samantha wollte sich nicht vorstellen, was in dem Graben alles lag. Sie erblickte zwei Ratten, die um eine Hausecke flitzten, und die aufgedunsene Leiche eines Hundes. Es stank nach Kloake. Die Übelkeit, die sich in ihrer Speiseröhre ausbreitete, hatte bestimmt nichts mehr mit der Magenverstimmung zu tun. Wie so oft auf der Reise fragte sie sich, wie die Menschen in diesem Dreck leben konnten.

Nilay hielt an.

«Wir sind da», sagte Ranjana.

Samantha rutschte dankbar vom Sitz und streckte die steif gewordenen Glieder. Ein kalter Wind liess sie frösteln. Das Nebel-Smog-Gemisch, das sich am Vormittag verzogen hatte, war wieder da. Von der Sonne sah man nichts mehr. Sie schaute sich um. Sie waren nicht mehr im Stadtzentrum, nahm Samantha an. Hier herrschte aber der gleiche dichte Verkehr.

Nilay sagte einige Worte, die Samantha nicht verstand. Genauso wenig verstand sie Ranjanas Antwort, und sie fragte sich, ob die beiden Hindi oder einen lokalen Dialekt sprachen.

«Komm», sagte Ranjana auf Englisch.

Sie führte Samantha in ein einstöckiges Gebäude, das rosa gestrichen war. Zumindest musste das die Farbe gewesen sein, die es ursprünglich gehabt hatte. Nun war es eher grau. Im Inneren schaute Samantha sich überrascht um. Der Vorraum war eng und dunkel, aber so dreckig und abstossend es draussen war, so sauber wirkte es hier drinnen. Sie folgte Ranjana in den ersten Stock in ein Zimmer, in dem schummriges Licht herrschte. Durch das offene Fenster drang der Lärm und Gestank von der Strasse herein. Langsam gewöhnten sich Samanthas Augen an die Dunkelheit, und sie erkannte ein Bettgestell und zwei Stühle. An der Wand lehnten hochkant drei Matratzen.

Als Nächstes sah sie die Person, die auf dem Bett lag, zu dem Ranjana ging. Ranjana sagte etwas, und die Person richtete sich ächzend auf. Samantha realisierte, dass es sich um eine Frau handelte. Ihr Körper war eingefallen und das Gesicht mit Falten übersät. Die Haut war durchscheinend und wirkte wie Pergament. Kraftlos stützte sie sich gegen Ranjana, die Kissen hinter dem Rücken drapierte. Ihr Blick fiel auf Samantha, und die Mattheit verschwand aus dem Gesicht. Samantha stand ihrer leiblichen Mutter gegenüber. Ihre Suche war zu Ende.

«Anshana», flüsterte die Frau und streckte ihre knochigen Hände aus. Die grünen Augen begannen zu leuchten.

Zögernd trat Samantha an das Bett und ergriff ihre Hände. Sie wusste nicht, wie sie die Frau ansprechen sollte. Sameena schien ihr unpassend. Daher sagte sie einfach: «Mum.»

Tränen traten in die Augen ihrer Mutter. Ranjana zog die beiden Stühle heran, und sie setzten sich.

«Möchtest du eine Kleinigkeit essen oder etwas trinken?», fragte sie auf Englisch. «Ich habe Daal und Naan.» Linseneintopf und indisches Brot.

Sogleich zog sich Samanthas Magen zusammen und erinnerte sie daran, was er im Moment von indischer Küche hielt. Samantha schüttelte den Kopf.

«Wasser oder Tee?»

Obwohl sie Durst verspürte, schüttelte Samantha abermals mit einem Lächeln den Kopf.

«Mum kann nicht gut Englisch. Ich werde für euch übersetzen.»

Samanthas Mund war wie ausgedörrt. Dabei brannten ihr all die Fragen auf der Zunge, die sie mit sich herumgetragen hatte, seit sie wusste, dass ihre Mutter lebte.

Sameena begann zu sprechen. Ihre Stimme klang heiser. Die Sätze wurden synchron von Ranjana übersetzt.

«Du bist schön. Wunderschön. Du siehst genau wie meine Mutter und ich als junge Frau aus. Geht es dir gut?»

«Ja.»

«Du lebst in diesem fernen Land.»

«Ja, in der Schweiz.»

«Ich weiss nicht, wo das liegt.»

Hilflos schaute Samantha Ranjana an, die etwas zu Sameena sagte.

«Sind die Leute gut zu dir?»

Samantha dachte an ihre Adoptiveltern und musste alle Kraft aufbringen, um nicht aufzuschluchzen. «Sie sorgen gut für mich.»

Eine Pause trat ein.

«Du möchtest wissen, warum ich dich fortgegeben habe», sagte Sameena. Ihre Augen waren nach wie vor auf Samantha gerichtet. Der Druck ihrer Hände wurde stärker. Samantha fragte sich, woher sie die Kraft nahm. Ihre Finger fühlten sich kalt und rau an.

«Ich habe dich nicht fortgegeben. Du verschwandest, als du drei Monate alt warst. Harjit sollte auf euch aufpassen.»

«Wer ist Harjit?»

«Unser Bruder. Er ist fünfzehn Jahre älter als du», sagte Ranjana. «Wir hatten einen weiteren Bruder. Er war acht Jahre älter als wir. Er starb, als er zehn Jahre alt war, bei einem Unfall.»

«Wir hatten ein Fest geplant, und ich musste das Essen vorbereiten», fuhr Sameena fort. «Ich habe Harjit mit euch nach draussen geschickt, damit ich in Ruhe kochen konnte. Am frühen Abend kehrte er nur mit Ranjana zurück. Auf meine Frage, wo du seist, meinte er, du seist von der einen auf die andere Minute weg gewesen.»

Samanthas Blick wanderte zum Fenster. Ein Fünfzehnjähriger sollte in der Lage sein, auf seine Geschwister aufzupassen. Auch in dem Chaos, das da draussen herrschte. Immerhin war er hier aufgewachsen. «Warum hat er nicht gleich Bescheid gesagt, als er mein Verschwinden bemerkte?»

«Er habe sich nicht getraut.» Sameena schloss die Augen. Eine Träne trat unter den Wimpern hervor. «Wir haben dein Verschwinden der Polizei gemeldet, aber es hat niemanden interessiert. ‹Wer sucht schon nach einem Mädchen›, war die Antwort. Wir sollten dankbar sein, dass du fort bist, hiess es. Immerhin würden wir eine Menge Geld sparen.»

«Ein Mädchen bedeutet grosse Ausgaben», wandte Ranjana sich direkt an Samantha. «Die Familie der Frau muss eine Menge Geld für die Mitgift zahlen und die Hochzeit finanzieren. Viele geben ihre Töchter weg oder töten sie sogar, weil sie sich das nicht leisten können.» Damit erzählte sie Samantha nichts Neues. «Dad begann mit dem Sparen für meine Hochzeit, kaum war ich auf der Welt. Ich weiss nicht, ob er genug Geld gehabt hätte, deine Hochzeit auch noch zu finanzieren.» Sie atmete tief durch. «Ich hatte grosses Glück. Der Mann, den meine – unsere Eltern für mich ausgesucht haben, ist ein guter Mann.»

Samantha hatte Berichte darüber gelesen. Arrangierte Hochzeiten gehörten in Indien zum Alltag wie die Luft zum Leben. Sogar Kinder wurden bereits verheiratet. Kürzlich hatte sie die Geschichte von einem dreizehnjährigen Mädchen gelesen. Inzwischen war es nicht mehr erlaubt, aber es war ein Einfaches, sich über das Verbot hinwegzusetzen. Das Mädchen hatte rechtzeitig Hilfe holen können.

Samantha musterte ihre Schwester. Sie wirkte zufrieden. Es konnte allerdings eine Maske sein, die sie aufsetzte. Samantha dachte an den Mann, der sie mit dem Töff hierhergebracht hatte. Sie wünschte Ranjana, dass es stimmte, was sie sagte, und sie nicht misshandelt wurde.

Samantha überlegte, welches Schicksal sie erwartet hätte, wenn sie hier aufgewachsen wäre. Erneut wurde sie sich bewusst, froh sein zu müssen, in der Schweiz leben zu dürfen.

«Wo ist unser Vater?», lenkte Samantha das Gespräch in eine andere Richtung.

«Er lebt nicht mehr. Mum wohnt bei mir im Haus. Ich weiss, das ist ungewöhnlich, da sie eigentlich in Harjits Haushalt leben sollte. Sie hat aber den Wunsch geäussert, in meiner Nähe sterben zu dürfen. Da Nilays Eltern nicht mehr leben, war es kein Problem.»

«Hast du Kinder?»

«Zwei Söhne, die im Moment bei der Frau meines – unseres Bruders sind.»

Sameena drückte Samanthas Hand, die sie nach wie vor festhielt. Sie begann von Neuem zu sprechen, und die Übersetzung folgte sofort. «Dein Vater hat daraufhin die Suche nach dir eingestellt. Ich habe ihn gebeten, weiterzusuchen, aber er hatte kein Interesse. Du seist ein Mädchen und obendrein schwach.»

«Schwach?», fragte Samantha.

«Du warst kränklich und zu klein. Er hat mehr als einmal gesagt, wir müssten mit deinem Tod rechnen. Medikamente zu kaufen war er nicht bereit. Dafür fehlte ohnehin das Geld. Entweder du würdest aus eigener Kraft überleben oder eben sterben. Dein Verschwinden sei ein Wink des Himmels.»

Das würde mit Sonjas Info, dass sie bei der Adoption in einem schlechten Zustand gewesen war, übereinstimmen. «Wir könnten weitere Kinder haben, hatte er gesagt. Gesunde Söhne. Schwanger bin ich aber nicht mehr geworden.» Sie holte röchelnd Luft. Ranjana legte ihr besorgt ihre Hand auf die Stirn. «Ich musste mich damit abfinden», fuhr Sameena fort. «Ich habe mich die ganzen Jahre gefragt, wo du bist. Ob du lebst und ob es dir gut geht.» Sie schloss die Augen. «Nie hätte ich gedacht, jemals deine Stimme zu hören. Aber ich habe gewusst, du würdest es schaffen. Nicht umsonst habe ich deinen Namen ausgesucht, Anshana. Das heisst tapfere Kriegerin, und du bist wie meine Mutter eine Kämpferin.»

Fragend schaute Samantha zu Ranjana. «Unsere Grossmutter hiess ebenfalls Anshana.»

«Ich bin müde und brauche eine kurze Pause.»

Sameena zog Samantha zu sich und hauchte ihr einen Kuss auf die Wange. Ihr Atem roch faul und nach etwas, das Samantha nicht einordnen konnte. Als sie das Gesicht ihrer Mutter so dicht vor sich sah, realisierte sie, wie durchsichtig die Haut war. Die Adern darunter traten deutlich hervor.

So sieht eine Sterbende aus, ging es ihr durch den Kopf. Es war, als klammere sich eine kalte Faust um ihr Herz. Auch wenn sie nicht wusste, was Sameena als Person ausmachte, schlug die Trauer zu. Kaum hatte Samantha sie gefunden, würde sie ihre Mutter wieder verlieren, bevor sie sie richtig kennenlernen durfte.

«Ich werde dich in diesem Leben nicht mehr wiedersehen», flüsterte Sameena, «aber ich werde von dort, wo ich bald hingehen werde, über dich wachen. Nun kann ich beruhigt gehen, im Wissen, dass es dir gut geht.»

Sie schloss die Augen. Ihre Atemzüge vertieften sich. Obwohl ihr Atem schwer ging, wirkte ihr Gesicht entspannt. Es war, als läge ein Lächeln auf den Lippen. Samantha versuchte das Bild tief in ihrem Kopf abzuspeichern.

Ranjana nahm ihren Arm und führte sie aus dem Zimmer. «Danke, dass du gekommen bist. Jetzt kann sie in Frieden gehen», sagte sie, nachdem sie die Tür geschlossen hatte.

Samantha legte den Kopf in den Nacken und schluckte die Tränen hinunter.

«Wie bist du überhaupt bei LinkedIn auf mich gestossen?», fragte Samantha, als sie sich wieder unter Kontrolle hatte.

«Das war Zufall. Du wurdest mir vom System als Kontakt vorgeschlagen. Bitte frage nicht, warum. Als ich dein Bild sah, dachte ich zuerst, das könne nicht sein. Ich habe es Mum gezeigt. Sie bat mich, dich zu kontaktieren. Nie hätte ich zu träumen gewagt, du könntest meine verlorene Schwester sein. Ihr ganzes Leben hat Mum um dich getrauert. Dad hat davon nichts wissen wollen, und es war ihm egal, wie stark Mum litt.» Den letzten Satz spie sie förmlich aus. Deutlich erkannte Samantha, wie stark Ranjana ihren Vater hassen musste.

«Er war froh, dich elegant losgeworden zu sein, ohne sich dabei die Finger schmutzig zu machen.»

Die Traurigkeit vertiefte sich. Für ihren Vater war sie unerwünscht gewesen.

Ranjana bestand darauf, Samantha einen Imbiss zu offerieren. Obwohl Samantha nach wie vor kein Bedürfnis verspürte, sich auf weitere kulinarische Abenteuer einzulassen, ass sie vom Daal und Naan. Das Linsengericht und das Fladenbrot waren sehr fein, und ihr Verdauungssystem verhielt sich erstaunlich friedlich. Es grummelte nur ein wenig vor sich hin. Der süsse, mit Milch versetzte Schwarztee tat gut, und sie fühlte sich gleich besser. Nach dem Essen stellte Ranjana eine neue Schüssel auf den Tisch. Das Gericht hatte eine Konsistenz, die Samantha zwischen Pudding und Eintopf eingliederte. Über die Speise waren Mandeln und Cashewkerne gestreut. Zudem meinte Samantha, Rosinen zu erkennen. Sie probierte das Gericht. Es war tatsächlich süss.

«Das ist Halwa Gadjar», sagte Ranjana. «Es sind in Milch gekochte, fein geriebene Karotten.»

«Das schmeckt gut», sagte Samantha.

«Mum hatte es an dem Tag damals für das Fest gekocht, und seitdem gab es das immer nur an dem Jahrestag deines Verschwindens.»

Nachdem sie fertig gegessen hatten und Ranjana den Tisch abgeräumt hatte, verliessen sie das Haus. Allerdings bogen sie in die andere Richtung ab als in die, aus der sie gekommen waren.

«Wohin gehen wir?», fragte Samantha.

«Ich möchte die Gelegenheit nutzen und dich unserem Bruder vorstellen, bevor ich dich zurückbringe.»

Samantha schielte auf die Uhr. Es wurde knapp, aber sie hatte das Gefühl, Ranjana vor den Kopf zu stossen, wenn sie nicht mitging.

Sie versuchte darauf zu achten, wo sie hintrat, was nicht einfach war. Ein Mann erleichterte sich an einer Hausmauer. In dem Abfallhaufen gegenüber standen zwei Kühe, die darin nach Fressbarem herumstöberten. Eine von ihnen kaute genüsslich auf einem Plastiksack herum. Neben ihr lag eine tote Ratte. Samanthas Magen meldete sich bei diesem Anblick mit einem dumpfen Grollen.

Eine Hupe liess sie zusammenzucken, und ein Tuk Tuk raste an ihr vorbei. Entspann dich, dachte sie. Du musst cool bleiben, sonst outest du dich als Ausländerin. Inzwischen war sie froh, den Sari zu tragen. So sprang sie zumindest nicht optisch als Fremde ins Auge. Niemand nahm Notiz von ihr. Kein Bettler belästigte sie wie das Touristenpaar, das gerade in einen Wagen stieg und dabei wie auf der Flucht vor den Kinderhänden wirkte.

Zwei abgemagerte Hunde verlangsamten ihr Tempo. Einer schnupperte an Samanthas Sari. Rasch ging sie weiter.

Sie kamen an Frauen und Kindern vorüber, die am Rand lagerten. An der Mauer standen zwei Bettgestelle hochkant.

Den dünnen Matratzen konnte man die ursprüngliche Farbe nicht mehr ansehen. Einige Schritte weiter hockte eine Frau auf dem Boden und versuchte, einen kleinen Ofen mit getrocknetem Kuhdung zum Brennen zu bringen. Sie hatte ein Baby auf dem Arm, das nicht älter als drei Wochen sein konnte. Hinter ihr lag ein Mann auf einer Kartonunterlage. Neben ihm sass ein verwahrlostes Mädchen, das aufsprang, als es zwei Europäer erblickte. Es heftete sich ihnen an die Fersen und hielt die offene Hand hin. Als die beiden Männer nicht reagierten, zupfte es einen am Arm. Unwirsch schüttelte er es ab. Das Mädchen drehte sich um. Der Blick der grossen schwarzen Augen traf Samantha mitten ins Herz.

Ranjana fasste ihren Arm und schlängelte sich zwischen den Autos auf die andere Strassenseite.

«Bist du verheiratet?», fragte Ranjana, als sie weiter am Strassenrand entlanggingen.

«Nein.»

Ranjana blieb stehen. «Nicht?» Erstaunt musterte sie Samantha von Kopf bis Fuss. «Du hast also keine Kinder», sagte sie ungläubig. Der Satz war keine Frage, sondern eine Feststellung.

Samantha schüttelte den Kopf.

«Du bist achtundzwanzig. Haben deine Schweizer Eltern dir keinen Mann organisiert?»

«In Europa funktioniert das anders.»

«Was meinst du mit anders?»

«Ich suche mir den Mann aus und er mich.»

Ranjana wackelte auf die typisch indische Art mit dem Kopf. «Langsam solltest du zusehen, einen Mann zu bekommen, sonst hast du im Alter ein Problem.»

Samantha wollte Ranjana nochmals darauf hinweisen, dass es in der Schweiz anders war, liess es aber. Es würde zu kompliziert sein, ihr die Unterschiede zu erklären.

Sie setzten ihren Weg fort. Langsam fand Samantha sich in den Rhythmus ein und wich ähnlich geschickt wie ihre Schwester Kühen, Tuk Tuks und anderen Gefährten aus.

Bei einer Autowerkstatt, sofern man die verfallene Hütte so

bezeichnen konnte, blieb Ranjana stehen. Sie sagte etwas zu dem Mann, der gerade ein Tuk Tuk reparierte. Er rief einige Worte ins Innere. Gleich darauf erschien ein weiterer Mann. Kaum hatte er sie erblickt, kam er auf sie zu. Er musterte Samantha, und sie fühlte sich unter dem stechenden Blick unwohl.

«Du bist also unsere Schwester», sagte er in dem typisch abgehackten indischen Englisch, das Samantha kaum verstehen konnte.

«Ja.»

Er reichte ihr die Hand. «Harjit.»

«Sam… Anshana.»

Sie forschte in seinem von Falten durchzogenen Gesicht und kam zu dem Schluss, dass er nicht erfreut war, sie zu treffen. Seine dunklen Augen schienen sie zu durchbohren.

Er war fünfzehn Jahre älter, kam Samantha in den Sinn. Das hiesse, er wäre Anfang vierzig. Dabei sah er wie Ende sechzig aus.

Er sagte etwas zu Ranjana, worauf sie heftig antwortete. Mehrmals fiel das Wort Anshana. Harjit spuckte auf den Boden und verschwand im Gebäude.

«Entschuldige ihn. Er sagt, er habe zu tun und müsse mit dem Auto heute Abend fertig sein.» Samantha war überzeugt, dass das nicht die korrekte Übersetzung war. Er hatte bei dem Wortschwall in Samanthas Richtung geschaut, und die Missbilligung war mit jedem Wort greifbarer geworden. «Lass uns zurückfahren.»

Gute Idee, dachte Samantha. Die Dämmerung hatte eingesetzt. Sie warf einen verstohlenen Blick auf die Uhr, was Ranjana nicht verborgen blieb.

«Wann musst du zurück sein?»

«Gegen sechs Uhr sollte ich im Hotel sein.»

«Wartet dein Geschäftspartner auf dich?»

«Er ist mein Chef.»

«In dem Fall sollten wir uns beeilen.» Ranjana holte ihr Handy hervor und rief ihren Mann an.

Samantha trat von einem Fuss auf den anderen und versuchte sich ihre Ungeduld nicht anmerken zu lassen. Sie überlegte, ob sie Joel anrufen und ihm Bescheid geben sollte, dass es eventuell später wurde. Im gleichen Augenblick kam ihr in den Sinn, das Handy nicht mitgenommen zu haben, und sie verwünschte sich dafür.

Bei jedem Töff, der an ihnen vorbeibrauste, hoffte sie, es könnte Nilay sein. Die Minuten verstrichen. Neben der Ungeduld begann sie zu frieren. Der Wind wurde kräftiger und blies durch das Tuch und den Sari. Samantha fragte sich, ob die anderen Inderinnen, die ähnlich gekleidet waren, die Kälte nicht spürten. Endlich hielt Nilay vor ihnen an.

Als sie sich auf den Töff setzte, sah sie Harjit, der einen Töff aus der Werkstatt schob. Er sass auf und warf einen Blick in Samanthas Richtung. Samantha erschrak. Die Missbilligung von vorhin war Hass gewichen. Er hielt neben ihnen an.

«Du hättest es dir lieber zweimal überlegen sollen, nach Indien zu kommen», zischte er und brauste im gleichen Augenblick davon.

Mit rasantem Tempo schlängelte sich Nilay durch den Verkehr. Samantha hatte das Gefühl, er wurde mit jeder Minute dichter.

«Stosszeit», sagte Ranjana, als habe sie gewusst, was Samantha durch den Kopf ging.

Nilay gab Gas, um gleich darauf eine Vollbremsung hinzulegen. Samantha wurde gegen ihn gepresst, und dabei drückte sich die Luft aus ihrer Lunge. Weiter vorne sah sie einen Wagen, auf dem in mörderischer Höhe Utensilien gestapelt waren. Worum es sich handelte, konnte Samantha nicht definieren. Schon öfter hatte sie die Stapelkunst der Inder bewundert. Der Turm vor ihnen schlug alle Rekorde. Welche Art Fahrzeug sich darunter befand, konnte Samantha nicht erkennen.

Nilay beschleunigte und quetschte sich in eine Lücke, die Samantha nicht als solche erkannt hätte. Hinter ihr quietschten Reifen, und die obligatorische Hupe ertönte. Nilay setzte zum Überholen an, als Samantha zu erkennen meinte, wie Bewegung in die aufgetürmte Last kam. Was danach geschah, spielte sich alles innerhalb weniger Sekunden ab. Nilay fluchte und bremste. Der Wagen hinter ihnen reagierte zu spät, und es gab einen

Stoss. Ranjana schrie. Gleich darauf flog Samantha durch die Luft. Gleichzeitig kam ihr die Ladung entgegen und traf sie am Kopf.

Hupen. Reifenquietschen. Geschepper. Schmerzensblitze im Fuss und an der Schulter. Ihr Kopf schlug gegen eine harte Oberfläche. Dunkelheit.

Das Nächste, was Samantha spürte, war, wie ihr jemand gegen die Wange schlug.

«Anshana!»

Samantha öffnete die Augen und blickte in das besorgte Gesicht ihrer Schwester.

«Wo bin ich?»

«Wir hatten einen Unfall.»

Samantha rappelte sich auf und drängte den Schwindel zur Seite. Das Erste, das sie realisierte, war, wie dunkel es inzwischen war. Grosse Ballen lagen um sie herum, die sich aber weich anfühlten. Samantha stützte sich auf einem ab, als sie versuchte sich aufzurichten. Stoffballen, dachte sie. Zum Glück.

Um sie herum herrschte Chaos. Autos waren ineinander verkeilt. Ein Tuk Tuk war umgekippt. Töffs lagen quer verteilt. Daneben lag mit verrenkten Gliedern ein Mädchen. Es hatte eine grosse Wunde am Kopf. Die Augen waren aufgerissen und starrten in den Himmel.

Es ist tot, schoss es Samantha durch den Kopf.

Ranjana packte sie und zog sie an den Strassenrand. Samantha humpelte hinter ihr her. Bei jedem Schritt gab es einen neuen Schmerzstoss im Fuss. Immerhin konnte sie auftreten. Ranjana dagegen schien unverletzt zu sein.

«Du blutest.» Sie deutete auf Samanthas rechten Arm.

Der Schnitt schmerzte. Das muss desinfiziert werden, dachte sie in dem Augenblick, als Ranjana zu gestikulieren anfing. Wie aus dem Nichts hatte sie eine kleine Flasche in der Hand und sprühte die durchsichtige Flüssigkeit auf Samanthas Arm, was höllisch brannte. Samantha wollte lieber nicht wissen, was das war. Genauso wollte sie nicht wissen, wie sauber das Tuch war, mit dem Nilay, der ebenfalls wie aus dem Nichts aufgetaucht war, das Blut abtupfte. Zum Glück hörte es bald zu bluten auf. Mit dem gleichen Tuch, das sie vorher mit dem Mittel eingesprüht hatte, tupfte Ranjana Samanthas Stirn ab. Das Brennen trieb Tränen in Samanthas Augen.

«Lass uns gehen», sagte Nilay. Samantha konnte ihn in dem Lärm kaum verstehen. Es wurde herumgeschrien und gehupt.

«Müssen wir nicht bleiben? Die Polizei braucht bestimmt unsere Aussage zum Unfallhergang.»

«Warum?», fragte er ungehalten. «Wir interessieren keinen, und du musst zum Hotel.»

«Dein Töff?»

«Der fährt keinen Meter mehr. Aber du bist wichtiger. Immerhin haben wir die Verantwortung für dich und müssen dich heil zurückbringen.» Er zog Samantha hoch.

«Ranjana?» Unverhofft stand Harjit hinter ihnen, und Samantha fragte sich, wo er auf einmal herkam. «Du und Nilay seid unverletzt?»

«Wie gut, dass du da bist», sagte Ranjana. «Kannst du bitte helfen? Anshana ist verletzt.»

«Schade, dass sie es überlebt hat», sagte er auf Englisch.

«Harjit!»

«Ihr Auftauchen bringt nur Probleme. Das siehst du ja.» Harjit machte eine ausladende Bewegung mit den Händen und wandte sich ab. Samantha starrte ihm hinterher. Hatte sie das gerade richtig verstanden? Harjit wünschte ihr den Tod? Sie schaute zu den Stoffballen und ineinander verkeilten Fahrzeugen. Das konnte nicht er gewesen sein. Oder doch? War es kein Unfall, sondern ein Anschlag gewesen? Doch wie sollte das möglich sein? Sie begann zu zittern.

«Wir müssen dich zu einem Arzt bringen», sagte Ranjana und wickelte eine Wolldecke um Samantha, die ihr eine alte Frau gereicht hatte. Der Stoff kratzte, aber er gab immerhin warm, worüber Samantha froh war. Inzwischen bebte sie am ganzen Körper.

«Nein.» Alles nur das nicht, dachte Samantha. Keine zehn Pferde brachten sie in ein Spital. «Es geht.»

«Wir könnten deinen Geschäftspartner anrufen.»

Joel! Wie spät war es? Samantha versuchte das Zifferblatt ihrer Uhr zu erkennen. Kurz nach halb acht.

«Ruf ihn an», drängte Ranjana. «Er kann euren Fahrer schicken.»

«Ich habe mein Handy im Hotel vergessen.»

«Nimm meins.» Ranjana hielt Samantha ihr Handy entgegen.

Samantha nahm es und versuchte Joels Handynummer einzutippen. Allerdings zitterten ihre Hände stark und sie war ausserstande, die richtigen Ziffern zu treffen.

«Ich kann nicht.»

Ranjana nahm ihr das Handy ab. «Gib mir seine Nummer.»

Samantha war um ihr Zahlengedächtnis froh.

«AarePharm, Joel speaking», kam es nach einigen Sekunden aus dem Handy. Trotz des Lärms um sie herum konnte Samantha ihn deutlich verstehen. Offenbar hatte Ranjana die Lautsprecherfunktion aktiviert.

«Wir hatten einen Unfall», sagte Ranjana. «Anshana ist verletzt.»

«Wer? Wer sind Sie?»

«Samantha», rief Samantha und erntete einen verwirrten Blick von Nilay.

«Stimmt, ich hatte vergessen, dass du in der Schweiz anders heisst», sagte Ranjana, bevor sie in abgehackten Sätzen ihre Situation schilderte und wo sie sich befanden.

«Ich komme sofort.»

Samantha war Joel dankbar, dass er keine Zusatzfragen stellte. Sie wollte nämlich nur eins, so schnell wie möglich zum Hotel zurück.

Samantha humpelte ins Zimmer und starrte auf das Bett. Hinter ihr klickte die Tür. Schritte. Sie hatte gehofft, Joel würde sie alleine lassen. Stattdessen hatte er sie zu seinem Zimmer dirigiert.

«Es tut mir leid, dich eben so angefahren zu haben.»

Das war untertrieben. Samantha hatte ihn bisher nie so ausser sich gesehen.

Sie wickelte sich aus der Wolldecke und legte sie zusammen mit dem Tuch über die Stuhllehne. Langsam drehte sie sich um.

«Ich habe einen riesigen Schrecken bekommen, als diese Frau anrief und von einem Unfall erzählte. Ich dachte, du …» Joel brach ab und starrte sie an.

«Wow», entfuhr es ihm. Samantha schaute an sich hinunter. Der Sari hatte erstaunlicherweise den Unfall unbeschadet überstanden.

Zögernd trat er auf sie zu und berührte ihren Arm.

«Tut das weh?»

Samantha schüttelte den Kopf. «Es wurde bereits desinfiziert.»

«Ich hole lieber die Reiseapotheke.» Anstatt sich umzudrehen, musterte er Samantha weiterhin. «Warum hast du mir nichts von eurem geplanten Ausflug gesagt? Ich wäre mitgekommen.»

«Es war nicht so vorgesehen gewesen. Ursprünglich hatten wir im Hotel abgemacht, aber Mum konnte nicht mitkommen, weil …»

«Mum? Ich verstehe gar nichts mehr. Hattest du nicht gesagt, du wolltest eine Bekannte, also diese Ranjana, im Hotel treffen?»

Samantha fasste schnell zusammen, was alles geschehen war, seit Ranjana sie über LinkedIn kontaktiert hatte. Dabei widerstand sie dem Drang, sich zu setzen, und entlastete den verletzten Fuss, so weit es möglich war.

Als sie geendet hatte, breitete sich Schweigen aus. Deutlich konnte Samantha erkennen, wie es in seinem Kopf arbeitete und wie er versuchte, all das, was sie ihm eben erzählt hatte, nachzuvollziehen.

«Warum hast du mir nichts gesagt?», wiederholte er.

«Ich wollte dich nicht mit Lappalien behelligen.»

«Lappalien? Mensch, Sammy!» Er zog sie an sich und drückte sie fest. «Die Chance, seine Familie zu finden, ist keine Lappalie.» Samantha sackte in sich zusammen, schlang die Arme um ihn und drückte ihr Gesicht gegen seinen Hals. Er strich über ihren Rücken, und Samantha sog den Trost dieser Geste mit jeder Faser auf.

Nach einer Weile richtete sie sich auf. Joel hielt sie weiter fest, sodass sie nicht zurückweichen konnte. Mit einer Hand strich er ihr eine Strähne aus dem Gesicht.

«Entschuldige bitte, dass ich nicht wie verabredet da war», sagte sie leise.

«Kein Problem. Als du nicht kamst und das Handy nicht abnahmst, habe ich an deine Zimmertür geklopft. Da du nicht antwortetest, nahm ich an, du würdest schlafen. Weil ich Schlaf für die beste Medizin hielt, habe ich dich in Ruhe gelassen. Wenn ich geahnt hätte ...» Sein Finger war an ihrem Ohr angekommen und strich darüber bis zum Ohrring. «Du hättest tot sein können.» Inzwischen war er kaum mehr zu verstehen. «Mach so was bitte nicht noch einmal und nimm mich das nächste Mal mit.»

Sie dachte, er würde sie nun loslassen, was er aber nicht tat.

«Wieso nennt Ranjana dich Anshana?»

«Das ist mein indischer Name.»

«Klingt schön. Hat er eine Bedeutung?»

«Meine Mutter hat gesagt, tapfere Kriegerin.»

Ein Lächeln huschte über sein Gesicht. Der Finger hatte sich vom Ohr zu ihrer Schläfe bewegt und zeichnete ihren Wangenknochen nach. Sein Kopf senkte sich, und bevor Samantha wusste, was geschah, spürte sie seine Lippen auf ihren. Sie war sich bewusst, es besser nicht zu tun, aber sie schloss die Augen und erwiderte seinen Kuss, der zunächst vorsichtig anfragend war, dann aber fordernder wurde. Seine Hände strichen über ihren Rücken. Samantha drängte sich an ihn.

Joel nestelte an dem Sari, der nach dem zweiten Versuch auf den Boden rutschte.

Du bist im Begriff, mit deinem Vorgesetzten zu schlafen, dachte Samantha und bog den Kopf zurück, als Joels Lippen ihren Hals hinunterglitten. Sie öffnete die Knöpfe seines Hemdes und streifte es von seinen Schultern. Joels Hände wanderten weiter über ihren Körper. Als sie über ihre Brust strichen, stöhnte Samantha auf.

Das gibt nur Probleme, und du kannst keine weiteren Komplikationen gebrauchen.

Ihre Hände fuhren über seinen Rücken.

Noch kannst du zurück.

Seine Hände glitten unter ihr T-Shirt und fanden den Verschluss des BHs. Sie tasteten sich nach vorne und strichen über ihre Brüste. Hitzewellen jagten durch Samanthas Körper. Als sie ihr Gewicht verlagerte, belastete sie ihren verletzten Fuss und sackte mit einem Schmerzenslaut auf das Bett.

«Was ist?», fragte Joel.

Anstelle einer Antwort zog Samantha ihn zu sich hinunter.

SECHZEHN

Sie wichen einander aus. Offenbar wusste Joel ebenso wie sie nicht, wie er mit der Situation umgehen sollte. Ihm musste genauso klar sein, dass das, was letzte Nacht zwischen ihnen geschehen war, nicht hätte passieren dürfen. Samantha verwünschte sich, sich nicht besser im Griff gehabt zu haben. Sie fragte sich, wie ihr Umgang sein würde, wenn sie zurück in der Schweiz waren und sie sich bei AarePharm begegnen würden.

Als sie in der Nacht erwacht war und realisiert hatte, wo sie sich befand, hatte sie sich vorsichtig aus Joels Umarmung gelöst. Sie hatte ihre Kleider eingesammelt und war so leise wie möglich aus seinem Zimmer gehumpelt. Joel war nicht erwacht.

Als sie Joel am Morgen begegnet war, war sein Gesicht eine nichtssagende Fassade gewesen. Vorsichtig hatten sie beim Morgenessen Small Talk gemacht und dabei die letzte Nacht und Samanthas Ausflug mit Ranjana mit keinem Wort erwähnt.

Langsam stieg Samantha neben Joel die Treppe nach oben. Dabei stützte sie sich auf dem Treppengeländer ab. Ihr Fuss tat höllisch weh, und sie kam nur langsam vom Fleck. Zum Glück konnte sie auftreten, musste aber genau darauf achten, welche Bewegungen sie ausführte. Der Weg durch das grosse Hotel war eine Herausforderung.

«Dein Fuss gefällt mir nicht», sagte Joel, als Samantha bei ihm auf dem Treppenabsatz angekommen war. «Wenn wir in der Schweiz sind und es nicht besser ist, solltest du zum Arzt gehen.»

Zurück in der Schweiz … Wenn es nur schon so weit wäre.

Sie bogen um die Ecke. Abrupt blieb Samantha stehen, als sie die Frau in der Lobby erkannte. Auch Joel war stehen geblieben.

Ranjana erblickte sie zeitgleich und kam auf sie zu. «Namaste.» Sie legte die Handinnenflächen aneinander und deutete eine leichte Verbeugung in Joels Richtung an, bevor sie sich an Samantha wandte.

«Hallo, Anshana», sagte sie und schaute dabei weiterhin Joel an. Die Bitte in ihren Augen war deutlich.

«Ich gehe mal vor. In einer halben Stunde wollen wir abfahren», sagte er.

«Ist gut», erwiderte Samantha.

«Treffen wir uns in der Lobby?»

«Ja.»

Er ging den Korridor entlang und bog bei der nächsten Abzweigung links ab.

«Welche Sprache sprecht ihr?», wollte Ranjana wissen.

«Schweizerdeutsch.»

«Ich dachte, in der Schweiz spricht man Französisch.»

«Nur im Westen. Warst du schon mal in der Schweiz?»

«Ich war bisher nie im Ausland.» Sie lächelte verlegen. «Dazu hat mir das Geld gefehlt.»

«Und geschäftlich?»

«Meine Firma produziert und verkauft nur in Indien.» Verlegenes Schweigen stellte sich ein.

«Ich wollte schauen, wie es dir geht», ergriff Ranjana das Wort.

«Der Fuss ist nicht gut, aber der Schnitt ist nicht so schlimm.» Samantha hielt ihr den Arm hin. Die Verletzung war verkrustet und schien sich nicht zu entzünden. «Wie geht es dir und deinem Mann?»

«Uns ist nichts passiert. Harjit wird unseren Töff reparieren können.»

Samantha war froh, heute abzureisen. Harjit wollte sie so schnell nicht wieder begegnen. Ausserdem war sie sich nicht sicher, ob Harjit einen weiteren Versuch unternehmen würde, falls es gestern ein Anschlag gewesen war.

«Wir hatten Glück im Unglück», sagte Ranjana.

Glück. Andere hatten keins. Samantha dachte an das tote Mädchen und spürte von Neuem Schuldgefühle.

«Mum ist in der Nacht gestorben», sagte Ranjana leise.

Samantha schloss die Augen.

«Ich dachte, das solltest du wissen, bevor du zurückreist.»

Samantha schwieg.

«Danke, dass du gekommen bist und ihr diesen letzten Wunsch erfüllt hast.»

Samantha senkte den Kopf.

«Bevor sie starb, bat sie mich, dir das zu geben.» Sie hielt Samantha einen Stoffbeutel hin, den Samantha erst jetzt bemerkte.

Samantha schüttelte den Kopf.

«Sie meinte, es seien Erinnerungen. Ein Foto von dir als Baby und so. Ich wusste nicht, dass sie Dinge von damals aufbewahrt hat. Ausserdem hatte ich gestern ein längeres Gespräch mit Harjit. Jetzt weiss ich den Grund für sein Verhalten. Er hat mir erzählt, was damals wirklich geschah.»

Samantha hielt den Atem an.

«Dad hat ihm befohlen, niemandem – allen vorweg unserer Mutter – die Wahrheit zu sagen. Da sie tot ist und du aufgetaucht bist, sieht er sich nicht mehr an diese Schweigepflicht gebunden.» Ranjana hielt Samantha ein Couvert hin. «Da du mir gestern gesagt hast, ihr müsstet zeitig aufbrechen, habe ich es aufgeschrieben, weil ich annahm, es bleibt keine Zeit für ein Gespräch.»

Die fehlende Zeit war nicht der alleinige Grund, vermutete Samantha. Wenn sie Ranjanas Blick richtig deutete, war die Eröffnung dieser Wahrheit für sie selbst ein Schock, den sie verarbeiten musste und nicht in einer Hotellobby mit Betrieb weitergeben wollte.

Nachdem Ranjana Samantha den Brief überreicht hatte, wirkte sie, als wollte sie noch etwas loswerden. Schliesslich streifte sie einen Armreif ab, der aus mehreren dünnen, verwobenen Golddrähten bestand und mit grünen und roten Steinen verziert war. Sie hielt ihn Samantha hin. «Den hat Mum mir geschenkt, kurz bevor ich nach der Hochzeit zu Nilay zog.»

Samantha hob die Hand. «Eine solche Erinnerung kann ich nicht annehmen.»

«Mum würde es so wollen.» Ranjana nahm Samanthas Hand und streifte ihr den Armreif über.

Zum Abschied umarmten sie einander und versprachen, in Kontakt zu bleiben. Samantha beobachtete, wie Ranjana auf die Tür zuging, sich dort umdrehte und ihr zuwinkte. Nachdem sie verschwunden war, blieb Samantha stehen und starrte weiterhin auf die Tür.

Als sie angerempelt wurde und ihr ein hastiges «Sorry» ins Ohr schallte, kehrte sie in die Gegenwart zurück. Sie blickte auf die Uhr und erschrak. In zehn Minuten wollten sie abfahren. Samantha war froh, den Koffer bereits vor dem Morgenessen gepackt zu haben. Sie musste ihn nur holen gehen. Eilig humpelte sie los.

Nachdem sie Agra verlassen hatten und auf die Autobahn Richtung Delhi gefahren waren, holte Samantha das Couvert hervor. Zuerst fielen zwei Fotos heraus. Auf dem ersten waren ein Mann und eine Frau zu sehen. In der Frau, die ein Baby auf dem Arm hielt, erkannte Samantha ihre Mutter. Neben dem Mann stand ein Teenager und neben der Frau ein zweijähriges Mädchen und ein etwa achtjähriger Bub. Die zweite Aufnahme war verschwommen. Sie zeigte einen Mann, der ein Baby in den Armen hielt. Samantha betrachtete ihn eingehend. Er war kein Inder, sondern hatte blonde Haare. Er wendete sich in dem Moment ab, als der Fotograf auf den Auslöser gedrückt haben musste. Daher konnte sie das Gesicht nur im Profil erkennen. Der Mann hatte sich vorgebeugt und wirkte, als wolle er sicher sein, dass man ihm das Baby nicht abnahm. Vage kam er Samantha bekannt vor, allerdings konnte sie ihn nicht einordnen. Sie nahm zwei zusammengefaltete Blätter heraus. Es war ein Brief, der von Hand geschrieben war. Anfangs hatte Samantha Mühe, die geschwungene Handschrift zu entziffern, aber nach und nach wurde es leichter.

Liebe Anshana,
mir ist bewusst, es wäre besser, dir das alles persönlich zu sagen, aber ihr müsst weiter, und wir bräuchten zu viel Zeit, die wir nicht haben. Ich möchte, dass du weisst, was damals vorgefallen ist und warum du verschwunden bist. Aber von Anfang an. In der vergangenen Nacht ist Mum gestorben. Sie ist mit einem Lächeln auf den Lippen friedlich eingeschlafen.

Nachdem Mum gestorben ist, hatte ich ein langes Gespräch mit Harjit, und ich weiss jetzt, warum er sich gestern so befremdlich verhalten hat. Mit unserem Gespräch ist eine Last von seinen Schultern gefallen. Er fühlte sich nicht mehr an die Schweigepflicht gebunden, die unser Vater ihm auferlegt hatte. Er hat mir erzählt, was damals geschehen ist. Ich war zu klein und kann mich an nichts mehr erinnern.

Nach Deiner Geburt ist für Dad eine Welt zusammengebrochen. Er hatte grosse Hoffnungen, sein viertes Kind wäre ein Sohn. Nun bekam er aber eine zweite Tochter.

Es gab eine Menge Diskussionen, was mit dir geschehen sollte. Eine zweite Hochzeit mit Mitgift hätte das Familienbudget gesprengt. Das Geld für meine Hochzeit aufzutreiben war schon schwer genug. Bereits war er dabei, für meine Hochzeit Geld auf die Seite zu legen, und sie mussten deshalb den Gürtel enger schnallen. Schon damals hatten sie mit Nilays Eltern unsere Hochzeit verhandelt. Dabei wurde im Vertrag festgehalten, wie hoch die Mitgift und wie die Hochzeit ausgerichtet sein sollte.

Dad wollte dich vom ersten Tag an nicht behalten. Wenn es nach ihm gegangen wäre, hätte er dich am liebsten gleich nach der Geburt getötet. Den Grund, wieso er es nicht getan hat, wusste Harjit nicht. Später wurde darüber gesprochen, dich zur Adoption freizugeben oder einfach auszusetzen. Mum hat für dich wie eine Löwin gekämpft. Deine grünen Augen und die helle Haut seien ein Zeichen. Du seist etwas Besonderes.

Wie der Kontakt zu diesem Europäer zustande gekommen ist, weiss ich nicht. Dad hat dich hinter dem Rücken von Mum diesem Mann verkauft und mit dem Geld meine Hochzeit finanziert.

An dem Tag, als Harjit auf uns aufpassen sollte, hat er ihm gesagt, er müsse mit dir zum Arzt. Harjit hat es ihm nicht geglaubt und wollte wissen, was Dad vorhatte. Er ist ihm heimlich gefolgt und hat die Übergabe fotografiert. Dad hat ihn erwischt und dazu verpflichtet, darüber zu schweigen. Als Harjit gefragt hatte, was mit dir geschehen sollte, meinte er, es sei ihm egal, was der Europäer mit dir vorhabe. Das, was zähle, sei, dass du fort wärst und sogar Geld eingebracht hättest. So gesehen sei deine Geburt ein Glücksfall gewesen.

Ich weiss nicht, ob es dir hilft, aber ich habe eine dieser Aufnahmen beigelegt.

Ich kann mir vorstellen, wie stark dich diese Information treffen wird, aber ich denke, es ist für dich wichtig, zu wissen, was damals geschehen ist, und ich hoffe, du kannst eine Art Frieden finden.

Mum wurde ihr ganzes Leben in dem Glauben gelassen, du seist entführt worden. Inzwischen glaube ich, sie hat die Wahrheit geahnt. Mum hat ihren Frieden jedenfalls gefunden. Für sie war es eine erlösende Nachricht, als ich dich im LinkedIn entdeckt habe. Dein Besuch war für sie das grösste Geschenk. Ich denke, sie hat so lange mit dem Sterben gewartet, bis sie dich gesehen hat und wusste, dass es dir gut geht.

Zum Schluss möchte ich dich bitten, den Kontakt zu mir zu halten. Du bist für mich wichtig, und ich hoffe, wir werden uns einmal wiedersehen. Denn in einem hat Mum recht – du bist etwas Besonderes, egal, was Dad damals glaubte.

Alles Liebe von Deiner Schwester Ranjana

Samantha starrte die Zeilen an, die vor ihren Augen verschwammen. Sie war nicht gewollt und Ballast gewesen. Man hatte sie fortgeschmissen. Verkauft wie Ware. Nur weil sie ein Mädchen war.

Dabei hatte sie Glück gehabt. Ihr Schicksal war eins von vielen, das indische Mädchen traf. Sie hätte bei einem Menschenhändler landen können und zum Beispiel nach Arabien verkauft werden können, um dort heute ein Leben als moderne Sklavin oder Prostituierte zu führen. Oder sie würde nicht mehr leben.

Samantha hob den Kopf. Ihr Blick begegnete dem von Joel. Sprich mit mir, sagten seine Augen.

Seit der Abfahrt hatten sie kein Wort gewechselt. Auch jetzt hatte sie das Bedürfnis, alleine ihren Gedanken nachzuhängen.

Langsam faltete sie das Blatt und steckte es zusammen mit den Fotos zurück ins Couvert. Sie schob es in die Tasche und lehnte den Kopf gegen das Fenster. Der Wagen glitt in gleichmässigem Tempo über die Autobahn. Das Gemisch aus Smog und Nebel hatte sich verdichtet. Die Sonne war kaum als roter Ball am Himmel auszumachen. Die Landschaft wirkte grau und trostlos. Genauso, wie sie sich fühlte. Die Leere lähmte.

Verkauft, verkauft, verkauft, echote es weiter durch ihren Kopf.

Hatten ihre Eltern gewusst, dass sie ein Kind aufgenommen hatten, das nicht legal beschafft worden war? Das wollte Samantha nicht glauben, aber in ihrem Inneren nagten Zweifel. Sie würde Valentin darauf ansprechen, denn sie wollte Gewissheit und die ganze Wahrheit von seiner Seite hören, falls er sie kannte.

Aus dem Augenwinkel nahm sie eine Bewegung wahr. Joel hatte seine Hand angehoben, als wollte er ihren Arm berühren, senkte ihn aber wieder, worüber Samantha froh war. Das, was zwischen ihnen vorgefallen war, musste geklärt und definiert werden.

Die Aussprache würde warten müssen. Dazu hatte sie im Moment keine Kraft. Sie wusste selbst nicht, wie sie es sich mit ihm in Zukunft wünschte. Es konnte und durfte keine Fortsetzung geben. Er war ihr Vorgesetzter.

In der Westschweiz hatte es eine ähnliche Situation mit einer Arbeitskollegin, die sich in ihren Chef verliebt hatte, gegeben. Sie hatte gekündigt, als sie den Spott, der in Mobbing ausgeartet war und ihr von allen Seiten entgegenbrandete, nicht mehr ertragen hatte. Damals hatte Samantha sich geschworen, sich nie auf eine Affäre mit dem Chef einzulassen. Nun steckte sie genau in dieser Situation.

SIEBZEHN

«Zusammengefasst: Du hast deine indische Familie gefunden, eine Ladung Stoffballen überlebt und mit deinem Chef geschlafen.» Lorena setzte sich im Schneidersitz auf das Sofa.

«Ja.» Samantha stellte einen Cappuccino und einen Tee auf das Glastischchen.

Am Morgen hatte zu ihrer Überraschung Lorena am Flughafen gewartet. Samantha war dankbar gewesen, dass sie so nicht mit Joel zurückfahren musste. Er hatte ihr angeboten, sie in seinem Wagen, den er im Flughafenparking abgestellt hatte, mitzunehmen und in Lenzburg abzusetzen. Samantha wäre sich albern vorgekommen, wenn sie sein Angebot ausgeschlagen hätte. Gleichzeitig war ihr klar gewesen, einem Gespräch nicht mehr ausweichen zu können, wenn sie alleine waren. Bisher war sie um ein Gespräch herumgekommen. Sie hegte den Verdacht, es ginge Joel ähnlich wie ihr, und er wusste nicht, wie er das Thema am besten anschneiden sollte. Ausserdem waren sie nie alleine gewesen – die ganze Zeit waren Leute um sie gewesen. Sei es der Chauffeur im Wagen, die Leute am Flughafen oder im Flugzeug. Gerne wollte Samantha, wenn sie darauf zu sprechen kamen, es unter vier Augen tun. In Joels Wagen wäre das möglich gewesen.

«Mensch, Sammy!» Lorena beugte sich vor und nahm ihre Tasse. «Wenn du zuschlägst, dann richtig. Fangen wir mit Punkt drei an. Sich mit dem Chef einzulassen ist das Dümmste, das du tun kannst. Es kann nur Probleme geben.»

Samantha seufzte.

«Privat wie bei der Arbeit. Weisst du, wie das rüberkommt, wenn die Kollegen bei AarePharm davon erfahren?»

Samantha dachte an die Kollegin in der Westschweiz und an Julia, die ihr eine Affäre bereits unterstellt hatte.

Lorena trank einen Schluck. Schaum blieb wie ein Schnauz auf ihrer Oberlippe hängen.

«Wie konnte er nur!», brauste sie auf einmal auf. «So ein

Mistkerl. Du warst emotional und körperlich angeschlagen, und er nutzte das aus. So was ist fast – wie nennt man das? Sexuelle Nötigung?»

«Übertreibe nicht, Lorena.»

«Regelmässig liest man von sexuellen Belästigungen am Arbeitsplatz, aber deine Geschichte gibt dem Ganzen eine andere Dimension.»

«Normalerweise gehören zwei dazu, die es wollen, wenn sie im Bett landen.»

«Willst du sagen, du wolltest das?»

«Ich würde es wieder tun, wenn ich die Zeit zurückdrehen könnte.»

«Was?» Lorena verschluckte sich und hustete. Knapp gelang es ihr, die Tasse auf den Tisch zu stellen und nichts zu verschütten. «Du würdest nochmals mit deinem Chef ins Bett steigen?» Sie wischte sich über die Oberlippe und betrachtete einen Moment irritiert den Schaum auf ihren Fingern, bevor sie ihn abschleckte.

«Ja.»

«Du spinnst endgültig.»

Samantha antwortete nicht und schaute an Lorena vorbei auf das Bild mit der Blumenwiese und der Baumgruppe. Sie hatte es vor einigen Jahren auf ihrer Reise nach Portugal aufgenommen.

«Sag bloss, du bist verliebt?»

Samantha antwortete nicht und wendete das Wort verliebt im Kopf hin und her. Ja, dachte sie, das bin ich.

«Na wunderbar!», rief Lorena. Sie stand auf und kam um den Tisch herum. Sie quetschte sich neben Samantha auf den Sessel. «Bitte keinen Liebeskummer.»

Samantha musste lächeln. «Der lässt sich nicht vermeiden.» Kaum hatte sie das ausgesprochen, wusste sie, dass es stimmte. Mit Joel würde es nicht weitergehen können. Lorena hatte das ausgesprochen, worüber sie sich klar war, seit sie gestern in den frühen Morgenstunden neben ihm aufgewacht war und sich davongestohlen hatte. Joel gehörte der Geschäftsleitung an, und sie war eine einfache Angestellte. Zwar lebten sie in einer modernen Zeit, aber Vorurteile gab es heute genauso wie früher. Es war eindeutig, wie ihr Verhältnis aufgefasst werden würde.

Ihn jeden Tag bei AarePharm zu sehen würde es nicht vereinfachen. Niedergeschlagenheit breitete sich in ihrem Inneren aus.

«Hattest du nicht nach der Trennung von Mateo gesagt, Männer könnten dir gestohlen bleiben?»

Samantha schwieg.

«Das ist gar nicht lange her.»

«Zwei Jahre.»

«Gemessen auf ein ganzes Leben ist das nichts.»

«Ich kann meine Meinung ändern. Vorübergehend.»

«Muss das ausgerechnet dein Chef sein, in den du dich verguckst?»

Samantha zuckte mit den Schultern.

«Was meint er dazu?»

«Keine Ahnung.»

«Moment mal. Ihr steigt zusammen ins Bett, aber danach gibt es keine Klärung?»

Samantha wandte sich Lorena zu und zuckte ein weiteres Mal mit den Schultern.

«In dem Fall hol das schleunigst nach.» Sie deutete auf das Telefon. «Überzeuge ihn möglichst glaubhaft, dass es ein Ausrutscher war und es für beide Seiten das Beste ist, wenn keiner davon erfährt.»

Samantha schüttelte den Kopf.

«Bist du die Erste, die er rumgekriegt hat, oder bist du eine von vielen?»

Samantha senkte den Kopf und knibbelte am Daumennagel.

«Wie ein Weiberheld sieht er nicht aus, und ich kann dich verstehen. Er ist attraktiv. Hat er Frau und Kinder?»

«Weder noch.»

«Ruf an und kläre es.»

«Mir ist das Ganze peinlich.»

«Du wirst ihn regelmässig sehen. Daher kommst du um eine Aussprache nicht herum. Je länger du wartest, desto schwerer wird es.»

«Ich weiss.»

«Ruf ihn an», wiederholte Lorena.

«Ich sehe ihn morgen.»

«Willst du etwa morgen die Aussprache in seinem Büro, in das jederzeit jemand reinkommen kann?»

«Können wir bitte das Thema wechseln?» Es tut zu sehr weh, weiter darüber zu sprechen, fügte sie in Gedanken an. Ich muss Abstand gewinnen.

«Die nächste Himmelfahrtaktion war das mit deiner leiblichen Mutter», fuhr Lorena fort. «Diese Ranjana hätte dir etwas antun können.»

«Das hatten wir bereits. Lorena, hör auf, es ist nichts passiert.»

«Bis auf die Tatsache, dass du unter eine Wagenladung Stoffballen gekommen bist. Du hättest tot sein können.»

Wieder tauchte das tote Mädchen vor Samanthas innerem Auge auf. Würde es überhaupt betrauert werden, oder würde man froh sein, es losgeworden zu sein?

«Ich lebe. Also lass es gut sein.»

«Zeig mal das Foto, das du erwähnt hast.»

Samantha schälte sich aus dem Sessel und humpelte zum Sekretär, vor dem sie ihre Tasche abgestellt hatte. Mit dem Couvert in der Hand kehrte sie zurück und reichte es Lorena.

Sie holte das Foto hervor und betrachtete es eingehend. «Ein süsses Baby. Du bist dir sicher, dass du das bist und das rundherum deine Familie?»

«Ja.»

«Es könnte irgendwer sein, und es ist ein Trick, um an Geld zu kommen. Du hast selbst gesagt, sie scheinen nicht viel zu haben.»

«Für indische Verhältnisse sind sie nicht schlecht dran. Immerhin wohnen sie nicht auf der Strasse, sondern haben eine eigene Wohnung.»

«Mit Unrat und allem möglichen Viehzeug vor der Tür.»

«Das ist in Indien normal. Ranjana ist mir wirklich wie aus dem Gesicht geschnitten.»

«Okay, dir zuliebe will ich glauben, es könnte so sein, wie du denkst. Trotzdem solltest du wachsam sein, vor allem, wenn sie dich um Geld bitten.» Lorena nahm das Bild von dem Mann. «Der soll dich gekauft haben?»

«Ja.»

«Das Gleiche gilt hier: Es kann irgendwer sein, der gerade zu dem Zeitpunkt dort war und zufällig mit einem Baby fotografiert wurde.»

«Gemäss Harjit ist das der Mann, dem mein Vater mich übergeben hat und von dem er Geld bekommen hat. Der da mit dem Rücken zu uns muss mein leiblicher Vater sein.» Samantha deutete auf die Seite des Mannes, an der ein Stück eines Couverts zu sehen war. «Da drin ist das Geld, das er für mich bekommen hat.»

Lorena wirkte skeptisch. «Ich bleibe dabei, das kann ein Tourist sein, der mit seinem Kind auf dem Arm zufällig fotografiert wurde.»

«Das Baby ist in die typisch bunten Tücher gewickelt, und das ist eindeutig ein Europäer.»

«Du hast dir so einen Schal und zusätzlich diesen Sari als Souvenir mitgebracht. Warum sollte dieser Tourist sein Kind nicht in solche bunten Tücher wickeln?»

«Sari und Tuch stammen von Ranjana.» Samantha hatte in dem ganzen Trubel vergessen, ihr die Kleidungsstücke zurückzugeben.

«Würdest du mit deinem Baby nach Indien reisen?», fragte Samantha.

«Ich nicht, aber es gibt genügend, die das tun.»

«Ich würde meine eigene Babyausrüstung von zu Hause mitnehmen, und ausserdem hat das Kind eine dunklere Haut als der Mann.»

Lorena beugte sich ein Stück weiter vor. Samantha stand auf und holte eine Lupe aus dem Wohnzimmerschrank. Sie reichte sie Lorena.

«Du bist für eine Inderin hellhäutig.»

«Trotzdem habe ich einen dunkleren Teint als der Blonde da.»

«Es könnte am Schatten liegen, den der Mann auf das Baby wirft. Oder er hat eine indische Frau.»

«Lorena, hör auf spitzfindig zu sein.» Samantha fuhr mit der

Hand über ihre Stirn. Sie fühlte sich müde, und in ihrem Magen rumpelte es.

«Hast du Hunger, dass dein Bauch so knurrt?»

«Eher weniger. Er ist ein wenig in Mitleidenschaft gezogen worden und nicht ganz in Ordnung.»

Nachdem es sich kurzfristig gebessert hatte, hatte ihr Verdauungssystem in Delhi von Neuem beschlossen, gegen indisches Essen zu protestieren. Zwar war es nicht so schlimm wie beim ersten Mal, aber es hatte gereicht.

«Du solltest eine Kleinigkeit essen. Es ist bald Mittag. Komm, ich lade dich ein.»

***

Die Pizza lag wie ein Klumpen im Magen. Samantha fragte sich, ob das die geeignete Aufbaukost für ihren havarierten Magen war, aber Lorena hatte darauf bestanden. Immerhin hatte sie die Hälfte einer Kinderpizza Margherita gegessen. Nun hatte Lorena ihr frische Luft verordnet, und sie spazierten in einem Umweg durch die Lenzburger Altstadt zurück zu Samanthas Wohnung. In der Zwischenzeit hatte die Sonne den Nebel vertrieben, und die Temperaturen waren erstaunlich mild. Samantha blieb stehen und schaute Richtung Schloss. Die Wärme der Sonne auf ihrem Gesicht tat gut.

«Du hast gesagt, du kennst den Mann auf dem Foto», nahm Lorena ihr Gesprächsthema wieder auf.

«Ich sagte nicht, ihn zu kennen. Ich habe das Gefühl, ihm mal begegnet zu sein, weiss aber nicht, wann und wo. Genauso kann ich ihn mit jemandem verwechseln.»

Sie setzten ihren Weg fort.

«Die Sache lässt dir keine Ruhe.»

«So ist es.»

«Was hast du vor?»

«Am liebsten würde ich den Mann fragen.»

«Wenn er dich gekauft hat, ist er ein Menschenhändler. Das ist gleichbedeutend mit kriminell. Ich würde lieber die Finger davon lassen.»

«Es scheitert sowieso daran, dass ich nicht weiss, wo ich ihn suchen soll.»

«An deiner Stelle würde ich die Vermittlungsstelle kontaktieren.»

«Die Vermittlungsstelle?», wiederholte Samantha.

«Am besten die, von der deine Eltern dich herhaben.» Sie hob die Hand. «Ich weiss, du kannst sie nicht mehr fragen, aber irgendwo haben sie bestimmt alle Unterlagen abgelegt.»

«Das geht nicht. Es ist keine Schweizer Stelle, sondern sie haben mich in Indien adoptiert und später mit in die Schweiz gebracht. Ausserdem finde ich die Unterlagen nicht.»

Ein flaues Gefühl machte sich in ihrem Magen breit. Das lag aber nicht an der Magenverstimmung. Sie dachte an das, was ihre Eltern ihr über die Adoption gesagt hatten. Ihre Version stimmte definitiv nicht. Samantha dachte an ihren Vater, als sie ihn im Büro angetroffen hatte. Hatte sie ihn dabei überrascht, wie er die Dokumente vernichtete? Falls ja, warum hatte er sie so lange aufbewahrt und es nicht früher getan? War er erpresst worden, und hatte man ihm gedroht, falls er es nicht tat? Womit und warum nach so langer Zeit?

«Wenn ich genau darüber nachdenke, würde ich es ruhen lassen», sagte Lorena. «Was bringt es nach all den Jahren?»

Samantha beugte sich vor. «Wenn es stimmt, dass der Mann auf dem einen Foto ein indisches Kind – also mich – trägt, könnte er weiter tätig sein.»

«Heute noch? Er könnte inzwischen tot sein.»

«Die Organisation, für die er gearbeitet hat, könnte weiterhin existieren.»

«Willst du Polizistin spielen?»

«Kinderverschleppung ist nicht gerade selten. Ich habe Berichte darüber gelesen, und ich denke, nicht alle Kinder hatten so viel Glück wie ich.»

«Wenn es in diese Richtung geht, solltest du das der Polizei überlassen», erwiderte Lorena.

«Das kann ich nicht. Es geht um mich, meine Vergangenheit und um die Zukunft von neuen Opfern.»

«Sammy! Das ist eine Nummer zu gross für dich.»

«Mein indischer Name bedeutet tapfere Kriegerin.»

«Du willst dich auf Kriegspfad begeben?» Lorena verzog skeptisch das Gesicht. «Wie willst du das überhaupt anstellen?»

«Das weiss ich nicht.»

«Eben. Du hast keine Ahnung, wie man bei solchen Dingen vorgeht.»

«Lass das mein Problem sein.»

«Ich bekomme Angst um dich. Sprich mit Herrn Bachmann oder Herrn Landolt.»

«Das werde ich, sobald ich einen klaren Hinweis gefunden habe.»

Lorena war gerade gegangen, als das Telefon klingelte.

«Ich wollte mich erkundigen, wie du deine erste Geschäftsreise überstanden hast», dröhnte Valentins Stimme aus dem Hörer. Er klang aufgekratzt. Es schien, als mache er da weiter, wo sie vor dem Zwischenfall auf seiner Geburtstagsparty stehen geblieben waren.

«Eigentlich gut. Ich bin nur müde. Der Jetlag, weisst du? Mit einem verkorksten Magen und einer Beule am Kopf.»

«Den verkorksten Magen kann ich verstehen, aber die Beule?»

Samantha berichtete von ihrem Ausflug mit Ranjana zu ihrer Mutter. Dabei formulierte sie die Sätze mit Bedacht und hoffte, Sonja hatte bereits Vorarbeit geleistet und mit Valentin darüber gesprochen. Eine neue Auseinandersetzung ähnlich der von der Party wollte sie nach Möglichkeit vermeiden.

«Da hätte mehr als eine Beule passieren können», sagte Valentin, als sie geendet hatte. «Das war riskant von dir. Du als Frau in einem Land, das und dessen Gepflogenheiten du nicht kennst.»

«Ranjana und ich hatten vorher Kontakt.»

«Wie lange kennst du diese Frau? Zwei Wochen oder drei?»

«Ich kann dir gerne das Foto von meiner Mutter mit mir auf dem Arm schicken», sagte Samantha.

«Darum geht es nicht. Möchtest du meine ehrliche Meinung hören? Ich glaube nicht, dass sie deine Schwester ist. Sie möchte es dich glauben machen, und wer weiss, was sie später für Forderungen stellt.»

Samantha seufzte innerlich. Valentin reagierte ähnlich wie Lorena. Warum nahm ihr niemand ab, ihre leibliche Familie gefunden zu haben?

«Sie hat mir ein Foto gegeben, das mein Bruder –»

«Dein möglicher Bruder», fiel Valentin ihr ins Wort.

«Das er aufgenommen hat, als mein Vater mich …» Samantha stockte. «… als er mich verkauft hat.»

«Was für ein Foto?»

«Es zeigt den Mann kurz nach der Übergabe.»

«Was? Ich komme nicht mit.»

«Es zeigt den Mann, der mich verschleppt hat.»

«Mit dir auf dem Arm?»

«Ja.»

«Also mit einem Baby?»

«Genau.»

«Wer sagt, dass du das bist?»

Die gleiche gute Frage, die ihr bereits Lorena gestellt hatte. Für Samantha hatte die ganze Zeit ohne Diskussion festgestanden, das Kind auf dem Foto zu sein, das Ranjana ihr gegeben hatte. Valentin war der Zweite, der das in Frage stellte. Damit war ihm das gelungen, was Lorena nicht geschafft hatte: Zweifel begannen sich zu regen.

«Sammy, die letzten Wochen waren emotional anstrengend für dich. Einen Mord an seinen Eltern steckt keiner einfach so weg. Da ist man empfänglich für solche Dinge. Belaste dich nicht unnötig damit.»

Als Samantha nicht antwortete, wechselte Valentin das Thema und erzählte, was sich in der vergangenen Woche bei ihnen ereignet hatte. Er berichtete über den Ausflug mit der Turnriege, über einen Wasserschaden in seiner Berner Wohnung und dass er und Sonja planten, den ersten Stock umzubauen. Sie wollten Adriennes und Julians Zimmer zusammenlegen und zu einem Fernseh-Lese-Zimmer umfunktionieren.

Samantha behielt den Telefonhörer in der Hand, nachdem sie sich verabschiedet hatten, und starrte auf den Koffer. Sie liess das Gespräch nachwirken. Obwohl das unterschwellige Brodeln nicht zu überhören gewesen war, war sie froh, mit Valentin ein normales Gespräch geführt zu haben, ohne dass er aufbrauste. Genauso war sie ihm für seine besonnene Reaktion in Bezug auf ihre Nachforschungen dankbar. Hoffentlich renkte sich ihre Beziehung wieder ein. Ihr Onkel und seine Familie waren wichtig für sie. Heute mehr als früher.

Samantha beschloss, am nächsten Wochenende nach Gränichen zu fahren, um mit ihm zu reden und alles, was seit dem Geburtstag zwischen ihnen stand, definitiv aus dem Weg zu räumen. Dieses Thema hatten sie vorhin ausgelassen. Am Telefon erledigte man eine solche Aussprache nicht.

Samanthas Gedanken kehrten zu Ranjana zurück. Sowohl Valentin als auch Lorena hielten es für unwahrscheinlich. Mutmassungen – sowohl in die eine als auch in die andere Richtung – reichten Samantha nicht. Sie brauchte Gewissheit. Sonst würde es ihr keine Ruhe lassen.

ACHTZEHN

Sie sassen bei Reto Bürgi im Büro an dessen Vierertisch. Samantha vermied es, in Joels Richtung zu schauen, der neben ihr sass. Nervös spielte sie mit Ranjanas Armreif an ihrem rechten Handgelenk.

Während der gesamten Sitzung waren sie distanziert, aber freundlich miteinander umgegangen. So, wie es am Arbeitsplatz mit dem Vorgesetzten sein sollte. Die meiste Zeit hatte Joel gesprochen und war auf Reto Bürgis Fragen eingegangen. Samantha hatte nur das Wort ergriffen, wenn sie direkt angesprochen worden war.

«Was unseren Lieferanten in Agra betrifft, der für uns in diesem Fall als unser Lohnhersteller tätig ist: Hier müssen wir konsequent sein», sagte Reto Bürgi. «Lieferungen dürfen von ihm nicht bezogen werden, bis er seine Hausaufgaben erledigt hat. Allerdings haben wir ein Problem, da wir *single sourced* sind und nur einen Lohnhersteller für dieses Epilepsiemedikament haben. Einen neuen Lohnhersteller aufzubauen, der Medikamente in unserem Namen herstellt und verpackt, ist teuer und dauert zu lange.»

«Seit dem Wechsel des Inhabers ist der Wurm drin», erwiderte Joel. «Ich habe einen Schrecken bekommen, als ich die Lager sah. So chaotisch waren sie gemäss den Berichten vor drei Jahren nicht, und sie haben die SOPs in diesen drei Jahren nicht mehr aktualisiert. Darüber konnten die offensichtlichen Putzaktionen, die sie vor unserem Eintreffen durchgeführt haben müssen, nicht hinwegtäuschen. Hinzu kommen die sozialen Aspekte. Keine Arbeits- beziehungsweise fehlende Personalakten, keine Löhne auszuzahlen und Kinderarbeit gehen gar nicht.» Joel trank einen Schluck Wasser. «Er weiss von unseren Beanstandungen während des Audits. Ich habe ihn informiert, dass wir ihn temporär als Lieferant sperren. Wie lange sollen wir ihm Zeit geben, die Mängel zu beheben? Ein halbes Jahr?»

«Maximal. Im Juni oder Juli findet das Re-Audit statt, bei

dem wir die Behebung der Mängellisten kontrollieren. Wir werden vorsichtshalber versuchen, alternative Lieferanten in Indien zu finden. Diese könnt ihr gleich mit anschauen, wenn ihr nächstes Jahr runterfliegt.»

Ihr? Samantha starrte Reto Bürgi ungläubig an. Sie sollte nochmals mit Joel auf eine Reise gehen?

«Ich denke, ich werde mitkommen», sagte Reto Bürgi. Samantha konnte nicht glauben, was sie da hörte. «Wenn er bis dahin nicht alle Probleme behoben hat, müssen wir ihm kündigen und definitiv einen Neuen finden. Etwas anderes wird uns in so einem Fall nicht übrig bleiben.»

«Die Kommunikation hat sich in der letzten Zeit als mühsam erwiesen», sagte Joel. «Ich denke, Samantha kann es übernehmen, den weiteren Verlauf zu überwachen.»

Reto Bürgi blickte Samantha an. «Einverstanden. Bitte informieren Sie mich in regelmässigen Abständen über die Entwicklung.»

«Mache ich», brachte Samantha hervor. Hiess das, sie sollte direkt an den CEO rapportieren?

«Gibt es weitere Angelegenheiten, die wir besprechen müssen?»

«Von meiner Seite ist das alles», sagte Joel und schaute Samantha an.

«Ich habe dem nichts hinzuzufügen.»

Reto Bürgi stand auf und reichte Samantha die Hand. «Gute Arbeit, Frau Kälin. Vielen Dank, dass Sie für Bernd Wolf eingesprungen sind.»

Samantha war froh gewesen, die Berichte, die sie bisher nicht fertiggestellt bekommen hatte, zumindest im Rohentwurf verfasst zu haben. Den ganzen Sonntagnachmittag hatte sie daran gearbeitet.

«Ich muss mich für die Gelegenheit bedanken, dass ich mit durfte.»

Reto Bürgi tippte gegen seine Stirn. «Ich hoffe, das tut nicht zu fest weh.»

«Unkraut vergeht nicht.» Samantha lächelte.

«Waren Sie beim Arzt?»

«Das brauchte ich nicht. Es heilt bereits.»
«Ihren Fuss sollten Sie einem Arzt zeigen.»
«Ich gebe mir zwei oder drei Tage.»
«Warten Sie nicht zu lange. Wir brauchen Sie.» Er hielt Samantha ein weiteres Mal die Hand hin. «Da wir also öfter miteinander zu tun haben werden – ich bin Reto.» Samantha war für einen Moment unfähig zu reagieren. Der CEO von AarePharm bot ihr das Du an. Soviel sie wusste, war das nur wenigen auf ihrer Mitarbeiterstufe vergönnt.
Mach den Mund zu und reagiere endlich.
«Samantha», brachte sie hervor.
«Freut mich.» Er lächelte sie an. Sie traten auf den Gang hinaus. «Ich schlage vor, wir setzen uns nächste Woche zusammen. Schicke Joel und mir bitte eine Terminanfrage.»
«Mache ich», sagte Samantha. Sie war froh, dass ihre Stimme sie nicht im Stich liess und fest klang.
«Ist das für dich in Ordnung?», wandte Reto sich an Joel.
«Perfekt.»
«Ich muss mit dir etwas anderes besprechen. Können wir das jetzt machen?»
«Ja», sagte Joel, schaute aber in Samanthas Richtung. Sie war froh, entlassen zu sein, und hoffte, er sah ihre Erleichterung nicht, weil sie nicht zusammen zurückgingen. Mit ihm wollte sie nicht alleine sein, da sie wusste, früher oder später würde ihre gemeinsame Nacht das Thema sein. Sie war sich bewusst, feige zu sein, es weiter hinauszuschieben.
Die Tür fiel hinter den beiden Männern ins Schloss, und Samantha konnte nur Stimmengemurmel hören.
Sie machte sich auf den Weg zu ihrem Büro. Sie war durcheinander und wollte einen Augenblick für sich sein, um zu verarbeiten, was gerade alles passiert war. Zum Glück war sie nach wie vor alleine in ihrem Büro. Bernd war weiterhin im Spital und würde voraussichtlich für längere Zeit ausfallen.
«Hoppla, was ist mit dir passiert?», rief Erik, der ihr mit Julia entgegenkam. Er wies auf seine Stirn.
Samantha seufzte. «Das ist eine lange Geschichte.»
«Ich liebe lange Geschichten», sagte Erik. «Ausserdem muss

ich erfahren, wie es dir in Indien ergangen ist. Kaffeepause. Was meinst du, Julia?»

Bitte nicht, dachte Samantha, als Julia nickte. Sie las Neugierde in ihren Augen. Immerhin war es keine Feindseligkeit mehr.

Ihr war klar gewesen, nicht umhinzukommen, die Geschichte vom Auffinden ihrer Familie und dem Unfall mehr als einmal zu erzählen. Inzwischen hatte sie Übung darin und konnte Erik und Julia eine Kurzfassung liefern.

Samantha humpelte hinter den beiden her in die Küche. Dort lehnte sie sich gegen die Wand, während Erik die Kaffeemaschine zum Leben erweckte.

«Wie war die Sitzung beim Big Boss?», fragte Erik und hielt Samantha einen Cappuccino hin. «Julia hat erzählt, Joel habe dich mit zu Herrn Bürgi genommen.»

Woher wusste sie das? Samantha hatte bisher nicht mit ihr gesprochen.

«Ich habe es überlebt.»

«Wie geht es mit dem Lieferanten in Agra weiter?»

«Er ist temporär gesperrt, und wir gehen in sechs Monaten zu einem Re-Audit, falls er seine Hausaufgaben macht.»

«Wir?»

«Joel, Reto und ich.»

«Reto?», entfuhr es Julia, und Samantha hätte sich ohrfeigen können. «Sag bloss, du duzt ihn?»

«Das hat sich eben so ergeben.» Ihr Gesicht glühte.

Julias Augen schienen Samantha zu durchbohren. «Warst du etwa auch mit ihm im Bett?»

«Julia!», rief Erik. «Hör endlich auf damit.»

«Es ist klar, was da abgeht.»

«Ist es nicht. Samantha hat es nicht nötig, sich nach oben zu schlafen.»

Wenn du wüsstest, dachte Samantha. Ihre Gedanken kehrten zu der gemeinsamen Nacht mit Joel zurück. Erik würde seine Meinung bestimmt revidieren und sie nicht mehr in Schutz nehmen, wenn er davon erfuhr.

«Samantha leistet einfach gute Arbeit. Mehr nicht. Ich mag es ihr gönnen.»

Ich nicht, lag in Julias Blick. Sie würde sich nicht auf die Seite drängen lassen. Mit einer heftigen Bewegung stellte sie ihre Handtasche auf die Anrichte und holte eine Zigarettenpackung heraus. Sie entnahm ihr eine Zigarette und steckte sie in den Mund.

«Warte», sagte Erik. «Hast du eine für mich.»

«Ich denke, du hast aufgehört.» Die unangezündete Zigarette wippte beim Sprechen in ihrem Mund auf und ab.

«Na ja, hin und wieder genehmige ich mir eine.»

Julia reichte Erik die Packung. Bevor sie ihm nach draussen folgte, warf sie Samantha einen Blick zu, bei dem Samantha, wenn es möglich gewesen wäre, sofort tot umgefallen wäre.

***

Samantha zögerte. Wieder hatte sie es nicht bei Helligkeit geschafft, herzukommen. Dabei hatte sie früher Schluss machen wollen, da sie hundemüde war und nicht zu spät ins Bett wollte. Sie hatte Stefanie angerufen und sich vom Volleyball abgemeldet. Stefanie hatte Verständnis gehabt, besonders, nachdem Samantha ihr von den Ereignissen der Reise berichtet hatte.

Zu gerne wäre Samantha zum Training gegangen, aber mit ihrem verletzten Fuss war es nicht möglich, obwohl sie langsam das Gefühl hatte, es bessere. Zum Glück war ihr Smart ein Automat, und sie brauchte den linken Fuss nicht zum Fahren.

Am Nachmittag hatte es hinter ihrer Stirn angefangen zu pochen. Inzwischen war daraus ein ausgewachsener Kopfschmerz entstanden. Wenigstens hatte sich ihr Magen beruhigt, und sie hatte am Mittag das Menu – Reis mit Pouletgeschnetzeltem und Salat – aus der Kantine essen können.

Kurz hatte sie überlegt, nach Hause zu fahren, sich aber am Ende entschieden, endlich mit dem Zusammenpacken der Sachen ihrer Eltern anzufangen. Ausserdem liess ihr die Angelegenheit mit ihrer leiblichen Familie keine Ruhe. Sie brauchte Gewissheit, ob ihre Eltern von ihrem Verkauf gewusst hatten. Samantha fröstelte im kalten Wind. Das Wetter zeigte heute sein typisches Novemberprogramm – nebelgrau mit Nieselregen und kräftiger Bise.

Auf dem Weg zum Haus ihrer Eltern hatte sie sich einen Plan zurechtgelegt. Sie wollte die persönlichen Dinge durchgehen und aussuchen, was sie behalten wollte. Wenn Valentin das ebenfalls getan hatte, würde sie eine Firma beauftragen, die auf Räumungen spezialisiert war, so wie ihr Lorena vorgeschlagen hatte. So schwer ihr diese Entscheidung fiel, sie war die vernünftigste, da ihr klar war, es nicht alleine bis Januar zu schaffen.

Samantha stellte die Handtasche auf den Boden, klopfte ihre Jackentaschen nach dem Schlüssel ab und überlegte, wo sie mit der Suche nach den Adoptionsunterlagen beginnen sollte. Die Dokumente könnten irgendwo dazwischengerutscht sein, auch wenn das Verlegen nicht zu ihrem Vater passte. Eine andere Möglichkeit war, dass er ausgemistet hatte, die Unterlagen in eine Kiste verpackt und auf dem Estrich deponiert hatte. Zwar machte sie sich keine grossen Hoffnungen, aber sie wollte wenigstens nachgesehen haben.

Wo war dieser verflixte Schlüssel? Samantha ging in die Hocke und durchwühlte ein weiteres Mal ihre Handtasche.

Der Gedanke, die wackelige Leiter, die an der Luke zum Estrich angebracht war, mit dem verletzten Fuss hochzuklettern, widerstrebte ihr.

Da war ja der Schlüssel. Erleichtert, ihn nicht vergessen zu haben, schob Samantha ihn ins Schloss. Das Klicken, mit dem die Tür aufsprang, klang laut. Der kalte Wind trug Zigarettenrauch herbei. Irritiert sah Samantha sich um. Niemand war zu sehen. Rauchte jemand von den Holligers draussen? Samantha ging einige Schritte zurück und spähte zum Haus der Nachbarn. Sie verspürte den Wunsch, mit jemandem zu reden, der ihre Eltern gekannt hatte.

Das Mittelhaus war dunkel. Das musste nichts heissen. Zum Rauchen gingen sie normalerweise auf die Terrasse. Auf einmal hoffte sie, Patrick wäre zu Besuch. Da Samantha nicht durch das Wohnzimmer ihrer Eltern in den Garten gehen wollte, umrundete sie das Haus. Der Zigarettengeruch wurde intensiver.

Auf der Terrasse der Holligers befand sich aber niemand. Ihr Haus war auf der Rückseite ebenfalls dunkel und wirkte unbewohnt. Die Bise blies hier stärker und liess sie frösteln. Enttäuscht kehrte Samantha zur Haustür zurück und betrat das Innere. Im Gang blieb sie stehen. Die Verlassenheit, die das Haus ausstrahlte, machte ihr zu schaffen. Samantha drehte sich um, hielt aber inne. Sie musste es endlich tun, sonst schob sie es weiter hinaus.

Samantha schloss die Haustür und fragte sich nochmals, wo sie beginnen sollte. Im Arbeitszimmer, beschloss sie. Da war sie schon einmal drin gewesen und hatte es ausgehalten. Ausserdem war es der Ort, an dem sie die Unterlagen nach wie vor am ehesten vermutete. Samantha ging in den Keller, da ihr Vater dort einige Kartonschachteln aufbewahrte. Das würde für den Anfang reichen. Viel wollte sie sowieso nicht mitnehmen. Zum einen hatte sie keinen Platz, zum anderen war sie nicht der Typ, der Dinge hortete.

Mit zwei Kisten humpelte sie in den ersten Stock und stellte sie vor dem Arbeitszimmer ab. Sie starrte auf die Tür. Nein, sagte sie sich. Zuerst musste sie woanders anfangen. Es bestand die Gefahr, im Arbeitszimmer nicht vom Fleck zu kommen, weil sie jedes einzelne Blatt umdrehte. Das war nicht speditiv. Zuerst musste sie einen Fortschritt vorweisen, bevor sie sich auf die zeitraubende Suche machte.

Sie betrat den Raum, der ihr Zimmer gewesen war. Noch immer standen ihr Bett, der Schrank und der Schreibtisch darin. Ihre Eltern hatten ihr erklärt, das Zimmer als Gästezimmer zu benutzen. Als Samantha endgültig ausgezogen war, hatte sie es ausgenutzt und gleich ausgemistet. Das bewährte sich nun. Sie öffnete den Schrank und fand Bettwäsche und Handtücher darin. In den Schreibtischschubladen waren nur Stifte und zwei leere Blöcke. Sie atmete auf. Das Zimmer konnte sie weitestgehend abhaken. Die Möbel befanden sich in einem guten Zustand, und Samantha empfand Bedauern, die Sachen wegwerfen zu lassen. Sie beschloss zu schauen, ob es eine Organisation gab, die für Bedürftige sammelte und froh über Möbelspenden war, bevor sie eine Räumungsfirma beauftragte.

Zurück im Gang starrte sie auf die geschlossene Arbeitszimmertür und die Kisten davor. Ihr Blick wanderte zur Schlafzimmertür ihrer Eltern. Diesen Raum als Erstes zu sichten würde ihre Kräfte übersteigen. Sie musste mit einer einfacheren Aufgabe beginnen. Das Badezimmer. Samantha streckte den Rücken durch und öffnete die Tür. Sie nahm einen Kehrichtsack aus dem Schränkchen unter dem Lavabo und öffnete den Spiegelschrank. Die Toilettenartikel ihrer Eltern fein säuberlich aufgereiht zu sehen, gab ihr einen Stich. Sie nahm das Parfüm ihrer Mutter und sprühte sich ein wenig auf die Innenseite ihres Handgelenkes. Sie schüttelte den Arm und schnupperte. Tränen traten in ihre Augen. Das würde sie behalten. Alles andere wanderte in den Kehrichtsack, den sie verschnürte und in den Gang stellte. Die Badetücher räumte sie in den Schrank ihres ehemaligen Zimmers. So hatte sie all diese Dinge an einem Ort. Als sie im Gang stand, musste sie sich gegen die Wand lehnen. Ihr verletzter Fuss pochte. Sie entlastete ihn und starrte auf ihr Fotoporträt an der gegenüberliegenden Wand. Das Bild würde sie nicht behalten. Das Klingeln ihres Handys liess sie zusammenzucken. Es war ihr Onkel.

«Ganz spontan, was hältst du davon, heute zum Nachtessen zu uns zu kommen?» Obwohl Valentin auf den ersten Eindruck hin locker klang, spürte Samantha eine gewisse Anspannung.

«Ein anderes Mal gerne, danke. Ich bin gerade dabei, das Haus von Mueti und Vati auszumisten.»

«Willst du damit nicht warten?»

«Je eher ich es gemacht habe, desto besser.»

«Ausserdem musst du das ganz bestimmt nicht alleine erledigen. Wir können dir helfen. Was hältst du von morgen Abend oder am Wochenende?»

«Das ist lieb, aber ich will gleich die Gelegenheit nutzen, ob ich die Adoptionsunterlagen finde.»

«Sammy, möchtest du es nicht ruhen lassen?»

«Es geht um mich», rief Samantha. «Ich möchte Gewissheit.»

«Was bringt dir das? Egal, was damals passiert ist, es kann nicht mehr rückgängig gemacht werden. Noch einmal, ich glaube nicht, diese Inderin könnte recht haben.»

«Wenn doch?»

«Du gehst davon aus, deine Eltern haben dich angelogen?»

Ja, dachte sie, das tat sie inzwischen ohne Vorbehalte. Die Schuldgefühle schlugen im gleichen Atemzug zu.

«Ich will meinen Eltern ja glauben.»

«Warum sollten sie dich angelogen haben?»

«Das möchte ich herausfinden. Haben sie dir nie etwas anderes gesagt?»

«Nein. Wie du weisst, war deine Mutter am Boden zerstört, als klar war, dass sie nach einer Fehlgeburt keine Kinder mehr bekommen konnte. Sie wurde depressiv, und mein Bruder war total hilflos. Selbst die Medikamente halfen nicht. Das alles hat dir Sonja bereits erzählt. Zum Glück fanden wir den Ausweg mit der Adoption.»

«Was ich nie gefragt habe, warum haben sie kein Schweizer Kind adoptiert, sondern ausgerechnet mich aus Indien.»

«Doris hat am Ende beschlossen, wenn es ein Adoptivkind sein soll, dann eins aus Indien.»

«Warum?»

«Den Grund hat sie nie gesagt. Obwohl wir als Expats in einer eigenen Welt lebten, war für uns die Armut ringsherum allgegenwärtig. Ich nehme an, das gab den Ausschlag für Doris' Entscheidung. Sie war glücklich, einem heimatlosen Kind ein Zuhause geben zu können. Du solltest dankbar sein, dass es dich getroffen hat. Bessere Eltern kannst du dir nicht wünschen, auch wenn du meinst, eine angebliche Familie in Indien zu haben. Und ehrlich gesagt, ich finde es heftig, was du deinen Eltern unterstellst.»

Samantha fühlte sich angegriffen. «Ich habe nie gesagt, ihnen nicht dankbar zu sein, ich möchte nur meine Geschichte kennen.»

«Ist das nicht inzwischen egal? Deine Eltern sind tot und die Frau, die behauptet, deine leibliche Mutter zu sein, ebenfalls.»

«Mir ist es nicht egal. Wieso verstehst du mich nicht?»

«Auf eine Art tue ich das, und an deiner Stelle würde ich mir die gleichen Fragen stellen. Bedenke dabei, es ist niemandem geholfen. Falls es wirklich so war, wie du vermutest, hätte man früher einschreiten müssen. Was du aber wissen solltest, deine Eltern hätten bestimmt nie bewusst illegal ein Kind beschafft.»

Sie beendeten das Gespräch, und Samantha steckte das Handy in die Gesässtasche der Jeans.

Das Pochen im Fuss hatte nachgelassen. Vorsichtig belastete Samantha ihn. Es ging wieder. Sie öffnete die Tür und betrat das Arbeitszimmer. Hier würde es mehr zu tun geben. Sie setzte sich an den Schreibtisch und blickte umher. In den Regalen standen Ordner, die es zu sichten galt. In den finanziellen Dingen ihrer Eltern herumzustöbern widerstrebte Samantha, aber sie war sich bewusst, dass das ebenfalls dazugehörte. Es brachte nichts, diese Arbeit aufzuschieben. Samantha stand auf und ging vor dem Regal in die Hocke.

Du hast heute genug gemacht, sagte eine Stimme im Hinterkopf. Die Indienreise wirkte nach. Der Jetlag tat sein Weiteres. Die Erschöpfung nahm zu. Genauso die Kopfschmerzen. Sie sollte ins Bett und sich richtig ausschlafen. Auf einen Tag kam es wirklich nicht an.

Samantha liess den Blick über die Rücken der Ordner schweifen. In welchen der Ordner konnten die Unterlagen aus Versehen gerutscht sein? Wahllos nahm sie einige hervor und blätterte sie durch. Alle enthielten das, womit sie angeschrieben waren. Wohl oder übel musste sie auf den Estrich, aber nicht heute. Mit dem verletzten Fuss schon gar nicht.

Samantha löschte das Licht. Sie trat ans Fenster, blickte in den Garten und stutzte. Hinten bei den Büschen tauchte für eine oder zwei Sekunden ein oranger Punkt auf. Während Samantha sich fragte, ob sie sich getäuscht hatte, erschien er ein zweites Mal. Sie kniff die Augen zusammen und wich erschrocken vom Fenster zurück, als sie meinte, eine Silhouette zu erkennen. Da stand jemand im Garten ihrer Eltern und rauchte. Von Neuem glühte das Ende der Zigarette auf. Gleich darauf fiel das orange Ende auf den Boden. Gebannt starrte Samantha auf die Büsche. Eine kleine Flamme erhellte ein wenig das Gesicht desjenigen, der dort stand. Es ging aber für Samantha zu schnell, um die Person erkennen zu können. Ein neuer oranger Punkt leuchtete in regelmässigen Abständen auf. Wer beobachtete sie? Stand die Person überhaupt in ihrem Garten, oder war sie bei den Nachbarn, deren Grundstück von hinten an den Garten ihrer Eltern angrenzte? Wie es schien, bewegte sich der Lichtpunkt mit jedem neuen Aufleuchten von ihr weg.

Deine Phantasie geht mit dir durch, dachte sie, aber das Herzklopfen blieb. Entschlossen verliess Samantha das Arbeitszimmer. Im Gang nahm sie den Kehrichtsack mit und ging langsam die Treppen nach unten. Das Pochen im Fuss verstärkte sich. Vor dem Wohnzimmer blieb sie stehen und hob den Fuss an. Vorsichtig kreiste sie ihn und warf einen Blick ins Wohnzimmer. Neben dem Sofa erkannte sie die Markierung, die anzeigte, wo ihr Vater gelegen hatte. Samantha war sich nicht sicher, ob sie es jemals schaffen würde, den Raum alleine zu betreten. Sie nahm sich vor, Valentin zu bitten, dies mit ihr zusammen zu erledigen. Als Samantha das Haus verliess, vermied sie es, Richtung Gästebad zu schauen. Hier würde sie wie in das Wohnzimmer alleine keinen Fuss hineinsetzen.

Sie zog gerade die Tür zu, als Vera Braun von gegenüber mit ihrem Mann den Garten betrat. Er hielt den Cockerspaniel an der Leine, der winselnd zu wedeln anfing, als er Samantha erblickte.

«Samantha», rief sie. «Ich habe recht damit gehabt, dass du es bist, als ich den Smart sah.»

«Ich muss anfangen, das Haus zu räumen», sagte Samantha. Sie ging in die Hocke und kraulte den Hund am Ohr. Der Cockerspaniel gab ein wohliges Knurren von sich.

«Wenn du Hilfe brauchst, sagst du uns bitte Bescheid.»

«Das mache ich, danke.» Eventuell würde sie wirklich. Samantha richtete sich auf. Der Cockerspaniel schnupperte an den Büschen.

«Nicht hier», sagte Braun und zog den Hund weg.

Sie verabschiedeten sich. Vera hakte sich bei ihrem Mann unter, und die beiden verschwanden aus Samanthas Blickfeld.

***

Samantha erwachte mit einem trockenen Mund. Sie behielt die Augen geschlossen, weil sie nicht hatte erwachen wollen. Es war still. Irritierend still. Sie öffnete ein Auge und drehte den Kopf. Schemenhaft konnte sie den Raum erkennen. Erst nach und nach sickerte in ihr Bewusstsein, wo sie sich befand. Sie war zu Hause in ihrem Bett. Genauso war es ihr in der ersten Nacht ergangen. Sie dachte an den Traum, in dem sie mit einem Töff durch verstopfte Strassen gerast war und dabei Tuk Tuks und Kühen ausgewichen war.

Sie blickte Richtung Fenster und konnte den Halbmond erkennen. Offenbar hatten die Wetterfrösche recht damit behalten, dass sich der Hochnebel in der Nacht auflösen würde.

Das Durstgefühl nahm zu. Samantha seufzte. Sie hatte keine Lust aufzustehen. Allerdings würde sie nicht einschlafen können, solange das Grundbedürfnis des Körpers nicht zufriedengestellt war. Ausserdem hatte sie weiterhin das Gefühl, auf einem Töff durch die Gegend zu rasen. Das konnte sie unterbrechen, indem sie aufstand.

Samantha schwang die Beine aus dem Bett. Das Licht des Mondes reichte ihr, um den Weg in den Gang zu finden. Samantha hatte nachts keine Storen unten. Sie hatte das Gefühl, bei geschlossenen Storen und Fensterläden eingeengt zu sein.

Sie blickte nach links und erkannte den Umriss des Koffers, der nach wie vor im Wohnzimmer vor dem Sekretär stand. Sie hatte ihn bis auf das Necessaire nicht ausgepackt. Der Rest würde warten müssen, bis sie in zwei Tagen waschen konnte. Joel hatte ihr geraten, nach Indienreisen alles – auch die nicht getragenen Sachen – zu waschen, da der indische Geruch intensiv war. Als Samantha den Koffer geöffnet hatte, hatte sie verstanden, was er gemeint hatte.

Samantha tapste ins Bad und beugte sich nach vorne. Gierig trank sie und freute sich an jedem Schluck, der aus dem Wasserhahn kam. In Indien war das nicht möglich gewesen. Nur Wasser aus der Flasche. Sie wischte mit dem Handrücken über den Mund und wollte sich auf den Rückweg zum Bett machen, als sie ein Klicken vernahm.

Samantha horchte und versuchte zu identifizieren, was die

Ursache dieses Geräusches war. Das klang, als würde jemand eine Tür aufschliessen. Die Tür öffnete sich mit einem Klicken und fiel gleich darauf leise ins Schloss. Samantha erstarrte. Es war nicht einfach irgendeine Tür, sondern ihre Wohnungstür.

«Hast du keine Angst, es könnte jemand die Tür öffnen?», hatte Lorena sich einmal erkundigt, als sie bei Samantha zu Besuch war, und Samantha den Schlüssel in eine kleine Schale auf dem Sekretär legte. «Ich würde den Schlüssel immer stecken lassen, damit keiner reinkommen kann.»

«Wieso?», war Samanthas Antwort gewesen. «Wer sollte hier hochkommen? Die Haustür unten ist immer zugesperrt.»

«So viel Vertrauen hätte ich nicht.»

«Wovor soll ich Angst haben?»

Damit war das Thema für Samantha erledigt gewesen. Offenbar hatte Lorena aber recht gehabt mit ihren Befürchtungen.

Die Schritte, die Samantha gleich darauf hörte, bestätigten ihr, dass jemand in der Wohnung war. Samantha wollte schreien, aber der Schrei blieb ihr im Hals stecken.

Der Holzboden knarrte. Die Schritte kamen näher.

Du musst dich verstecken, echote es durch ihren Kopf. Doch die Füsse schienen wie aus Blei zu sein und gehorchten der Aufforderung nicht. Die Schritte näherten sich unaufhaltsam. Und im gleichen Moment sah sie eine hochgewachsene Gestalt am Bad vorbeischleichen und in ihr Schlafzimmer abbiegen.

Renn, schrie sie innerlich. Raus aus der Wohnung. Aber sie konnte sich keinen Zentimeter vom Fleck bewegen.

Der Fremde erreichte ihr Bett und hob seine Hand. Ein Plopp. Samanthas Puls schnellte weiter in die Höhe, als sie im fahlen Licht des Mondes den Umriss des Gegenstandes in seiner Hand erkannte: eine Waffe. Wieder drei Plopps kurz hintereinander. Ihr Herz raste. Da schoss jemand auf ihr Bett. Nein, er musste annehmen, sie lag darin. Erkannte er nicht, dass das Bett leer war? Warum waren die Schüsse so leise? Die Gestalt drehte sich um und kam auf sie zu. Starr blieb Samantha stehen. Gleich würde er sie sehen, aber er bog ab und verschwand aus ihrem Blickfeld Richtung Wohnzimmer. Bitte geh, flehte Samantha ihn an. Warum dauerte es so lange, bis er bei der Tür war?

Statt des erhofften Klickens vernahm sie ein Rascheln. Hin und wieder blitzte ein Lichtstrahl auf. Er musste mit einer Taschenlampe ihre Sachen durchsuchen. Ein erstickter Laut drang über ihre Lippen. Das Rascheln hörte auf. Offenbar horchte er. Das Licht der Taschenlampe fiel in den Gang vor dem Bad. Gleich würde er nach dem Grund des Geräusches suchen und sie finden.

Endlich konnte Samantha ihre Beine bewegen. Sie tastete sich rückwärts und stiess mit der Ferse gegen die Dusche. Eine Schmerzenswelle schoss durch den verletzten Knöchel. Nur knapp konnte Samantha vermeiden, aufzuschreien. Versteck dich, echote es durch ihren Kopf. Da ihr nichts Besseres einfiel, rutschte sie in die Dusche, ohne den Vorhang zu berühren. Sie kauerte sich auf den Boden und zog die Beine an, als der Lichtstrahl der Taschenlampe ins Bad fiel. Gleich darauf ging das Licht an. Erneut konnte sie einen Aufschrei knapp zurückhalten. Sekunden verstrichen. Der Vorhang war nicht ganz zugezogen. Konnte er sie von seinem Standpunkt aus erkennen? Sie wagte nicht, sich zu bewegen und hielt den Atem an. Jeden Augenblick rechnete sie damit, dass der Duschvorhang ganz zur Seite gezogen wurde. Weitere Sekunden verstrichen. Sie konnte das Atmen der Person auf der anderen Seite des Vorhangs hören. Zwei Schritte ins Bad. Gleich würde er sie finden. Der Eindringling murmelte einige Worte, die sie nicht verstand. Eindeutig ein Mann.

Das Licht erlosch. Die Schritte und das Licht der Taschenlampe entfernten sich. Neues Rascheln. Langsam gewöhnten sich ihre Augen an die Dunkelheit. Ihr rechtes Bein begann zu kribbeln, und der verletzte Fussknöchel protestierte unter ihrem Gewicht. Zu gerne hätte sie die Lage verändert, traute sich aber nicht. Jede Bewegung konnte einen Laut verursachen. Würde der da draussen ein neues verdächtiges Geräusch wahrnehmen, würde er dieses Mal genauer nachschauen. Die Sekunden dehnten sich aus. Auf einmal meinte Samantha, ein Klicken zu hören. War das die Wohnungstür oder nur ihre Phantasie gewesen?

Samantha wartete. Nichts war mehr zu hören. Das musste nichts bedeuten. Angestrengt lauschte sie. Stille. Langsam streckte sie ihre Beine, die inzwischen taub waren. Das Kribbeln setzte ein, und Schmerzen wie Stromstösse jagten ihre Beine nach oben. Mit den Händen knetete sie die Waden und die Oberschenkel. Ihr erschien es ewig, bis das Kribbeln nachliess. Vorsichtig richtete sie sich auf. Immer wieder hielt sie inne.

Als sicher war, dass er weg war, schlüpfte sie aus der Dusche. Dabei stützte sie sich am Spülkasten ihres WCs ab und vermied es, ihren verletzten Fuss zu belasten. Humpelnd tastete sie sich aus dem Bad. Im Gang hatte sie das Gefühl, das fahle Mondlicht würde sie blenden. Sie schlich Richtung Wohnzimmer und befürchtete, gleich würde sich ein Schatten auf sie stürzen. Aber niemand erwartete sie.

Samantha stand mitten im Raum. Er sah aus wie immer. Als sei nichts passiert. Sie fragte sich, ob sie es nur geträumt hatte. Der schwache Hauch eines Aftershaves verriet ihr, dass dem nicht so war. Der Geruch kam ihr bekannt vor, aber sie konnte ihn nicht zuordnen.

Samantha machte kehrt und eilte, so schnell es ihr Fuss erlaubte, zum Schlafzimmer. Sie nahm ihr Handy vom Nachttisch und vermied es, auf das Bett zu schauen. Sie zitterte, als sie die Nummer eingab.

Eins und wie weiter? Überall wurde man auf die Nummer hingewiesen, aber wenn man sie brauchte, war man nicht fähig, sich an die dreistellige Zahl zu erinnern. Das durfte nicht wahr sein. Mach endlich, befahl sie sich. Eventuell kam er zurück. Sie rutschte am glatten Holz des Einbauschrankes neben der Tür zu Boden, als ihr Bachmann einfiel. Sie scrollte durch die Liste und fand seine Nummer.

Es klingelte. Samantha zählte die Freizeichen. Bei zehn sprang die Combox an. Nein! Musste er nicht erreichbar sein, oder war das nur ein Mythos in den Krimiserien? Sie wählte ein zweites Mal. Nach dem sechsten Freizeichen meldete sich seine verschlafene Stimme.

«Ja?»

«Samantha Kälin», krächzte sie. «Ich bin gerade erschossen worden.»

Es klingelte an der Wohnungstür. Samantha erwachte aus der Starre. Sie hatte sich keinen Millimeter gerührt. Das Handy hielt sie umklammert in den Händen. Wie lange war es her, seit sie mit Bachmann gesprochen hatte? Sie erinnerte sich, wie sie ihm in abgehackten Sätzen von dem Eindringling erzählt hatte und dass er wieder weg war. Bachmann hatte sie gebeten, sich nicht vom Fleck zu bewegen. Wie von weit entfernt hörte sie Stimmen, die ihren Namen riefen.

Jemand klopfte. Es klingelte ein weiteres Mal. Samantha schaffte es nicht, aufzustehen. Sie erschrak, als ihr Handy klingelte. Es gelang ihr, das Gespräch entgegenzunehmen und das Handy ans Ohr zu halten. Etwas sagen konnte sie nicht.

«Frau Kälin?» Bachmann.

Ihr «Ja» klang fremd.

«Ich bin draussen vor Ihrer Wohnung. Können Sie die Tür öffnen? Leider hat sie von aussen nur einen Knauf und keine Klinke, und aufbrechen möchte ich sie nicht.»

Samantha stand langsam auf. Sie wankte durch das Wohnzimmer zur Tür. Zweimal rutschte sie ab, bevor sie die Tür öffnen konnte. Das Licht im Treppenhaus blendete sie. Bevor sie die Augen zukniff, konnte sie Bachmann neben Landolt und anderen Personen in Uniform erkennen. Sie taumelte auf Bachmann zu und fiel ihm regelrecht in die Arme.

«Schaut nach», sagte er.

Schritte.

«Niemand», hörte sie nach einer Weile.

Bachmann hob sie hoch und trug sie in die Wohnung. Er setzte sie auf das Sofa und nahm neben ihr Platz. Eine Person in Sanitätsbekleidung hockte sich vor sie hin und stellte ein Glas Wasser auf das Tischchen vor dem Sofa. Samantha blickte an ihr vorbei und sah zwei Beamte, die weisse Kleidung trugen und darin wie Astronauten wirkten.

«Sie sieht unverletzt aus, steht aber unter Schock und sollte in ein Spital.»

«Nein!» Samantha richtete sich auf. Alles nur das nicht. Sie musste sich zusammenreissen, sonst würden alle denken, sie sei verrückt. In dem Licht sah ihr Wohnzimmer nämlich so aus, als sei nichts geschehen. Keine Unordnung auf ihrem Sekretär oder aufgerissene Schranktüren. Nichts deutete auf das Eindringen des Unbekannten hin.

«Bitte wiederholen Sie, was genau passiert ist», sagte Bachmann.

«Er hat auf mich geschossen, aber ich war nicht im Bett.» Falscher Ansatz, dachte sie. Das klang zu wirr.

«Wer?», fragte Bachmann.

Samantha versuchte ihre Gedanken zu ordnen, was nach einer Weile nur halbwegs gelang. Sie begann ihren Bericht damit, wie sie erwacht war und ins Bad gegangen war, um Wasser zu trinken. In Kurzfassung schilderte sie, was danach geschehen war.

Bachmann hörte ihr zu, ohne sie zu unterbrechen. Kaum hatte sie geendet, kam einer der Männer in Mondkleidung und hielt Bachmann eins ihrer Kissen hin.

«Schusslöcher.» Mit dem Zeigefinger der einen Hand, die in einem Latexhandschuh steckte, deutete er auf vier Löcher im Kissen. «Durchschuss. Die Kugeln sind durch die Matratze gegangen und stecken im Boden unter dem Bett.»

Knapp konnte Samantha verhindern, laut aufzuschreien.

Landolt trat in den Wohnbereich und nickte Bachmann zu. Er stand auf und folgte ihm Richtung Schlafzimmer. Samantha fühlte Unbehagen, als ihr bewusst wurde, dass fremde Menschen in ihrem Schlafzimmer ein und aus gingen. Sie senkte den Kopf.

Ich trage meinen Pyjama, dachte sie entsetzt. Sie kam sich entblösst vor und verschränkte die Arme vor der Brust. Die Sanitäterin setzte sich neben sie und reichte ihr das Glas, das unberührt auf dem Glastischchen stand. Obwohl sie keinen Durst hatte, trank sie einen Schluck. Sie musste möglichst gefasst wirken, damit sie nicht in ein Spital gebracht wurde. Dort würde es Untersuchungen und weitere Fragen geben. Ihre Geschichte war aussergewöhnlich genug. Die Gedankenspirale drehte sich weiter. Man würde sie auf irgendwelche Substanzen untersuchen, die sie möglicherweise eingenommen hatte. Bachmann und Landolt kehrten in den Wohnbereich zurück.

«Hier kann Frau Kälin nicht bleiben», sagte Landolt.

Samantha dachte an Lorena, die auf einer Weiterbildung in Zürich war und erst morgen Nachmittag zurückkehrte, wie sie ihr am Sonntag erzählt hatte. Ihre Gedanken drifteten zu ihrem Onkel in Gränichen. Bevor sie ihn vorschlagen konnte, ergriff Bachmann das Wort.

«Ich möchte sie an einem Ort wissen, von dem keiner Kenntnis hat.»

«Wie meinst du das?», fragte Landolt. «Sie könnte zu ihrem Onkel.»

«Der Täter meint, er habe sie getötet. Sobald er weiss, dass Frau Kälin lebt, wird er es wieder versuchen. Er kann durchaus Frau Kälins Umfeld kennen und wird dort als Erstes nachschauen beziehungsweise nachfragen, wo sie sich aufhalten könnte.»

«Das klingt einleuchtend», sagte Landolt. «Wo bekommen wir auf die Schnelle eine Unterkunft her?»

«Gute Frage», erwiderte Bachmann. «Moment, ich habe eine Idee. Nicht die beste Lösung, aber um diese Uhrzeit wird es sonst schwer.» Er nahm sein Handy und drehte ihnen den Rücken zu. Samanthas Blick wanderte zur Sanitäterin. Diese verstand ihn als Aufforderung, sich ihr erneut zu nähern. «Wir könnten Sie ins Spital bringen. Zwar sind Sie äusserlich unverletzt, aber –»

«Das ist nicht nötig», sagte Samantha mit Nachdruck. «Vielen Dank.»

«Wie Sie wollen.» Die Sanitäterin wirkte beleidigt.

Bachmann kehrte zurück. «Ich habe eine Lösung.»

«Sind Sie sicher, alleine sein zu können?», fragte Bachmann und stellte die Sporttasche auf das Bett.

Samantha stand mitten im Raum und kam sich verloren vor. Dabei wirkte das Zimmer im «Aarauerhof» einladend und freundlich. Sie fragte sich, welche Erklärung Bachmann bei der Buchung mitten in der Nacht angegeben hatte. Soweit sie mitbekommen hatte, hatte er das Zimmer auf seinen Namen reserviert.

«Ja», antwortete Samantha auf seine Frage.

«Wirklich?» Bachmann musste ihr Zögern bemerkt haben. «Mir fällt morgen bestimmt eine andere Lösung ein.»

Samantha setzte ein Lächeln auf. «Es wird gehen.»

«Wenn was ist oder Sie etwas brauchen, haben Sie meine Handynummer.»

«Danke.»

Er berührte ihren Arm. «Zum Glück haben Sie vier Kissen im Bett, die den Eindringling offenbar getäuscht haben, und er dachte, Sie lägen im Bett.»

«Eine Eigenheit von mir», sagte Samantha. «Schon als Kind habe ich mich gerne vergraben. Meine Mutter nannte es, eine Höhle bauen.»

«Das hat Ihnen das Leben gerettet.»

Er hätte das nicht in Worte fassen müssen. Wenn der Mörder gemerkt hätte, dass sie nicht im Bett war, hätte er sich auf die Suche nach ihr gemacht. Sie wollte sich nicht ausmalen, wo sie in diesem Fall jetzt wäre. Bestimmt nicht in einem Hotelzimmer.

«Können Sie sich vorstellen, wer mitten in der Nacht bei Ihnen in die Wohnung eindringt, um sie zu töten?»

Samantha schüttelte den Kopf.

«Haben Sie eine Vorstellung, was das Motiv sein könnte?»

«Nein.»

Bachmann wirkte unschlüssig. Er sah aus, als liesse er sie ungern alleine.

«Ich muss zurück in Ihre Wohnung», sagte er nach einigen Sekunden. «Ich komme morgen früh.» Er reichte ihr die Hand. «Bitte ruhen Sie sich aus. Ich weiss, das ist nach dem Überfall nicht leicht.»

Als er das Zimmer verlassen hatte, blieb Samantha weiter in der Mitte des Raumes stehen. Es gab ein Doppelbett, auf dem nur auf einer Seite ein Kissen und eine Bettdecke lagen. Der Boden war aus Holz, und vor dem Fenster stand ein orangefarbener Sessel vor einem runden Glastischchen. Ein weisser, mit Leder bezogener Stuhl stand vor dem Schreibtisch an der Wand, an der ein Flachbildschirm hing.

Samantha zwang sich, sich zu bewegen, und öffnete die

Sporttasche. Sie hatte nur wenige Sachen mitnehmen dürfen. Nachdem sie sich umgezogen hatte, hatte sie ihren Pyjama, das Necessaire und Kleider zum Wechseln eingepackt. Sie wollte Bachmanns Rat befolgen und sich hinlegen, obwohl ihr klar war, nicht schlafen zu können. Sie hängte das Necessaire ins Bad und zog ihren Pyjama an. Nachdem sie geprüft hatte, ob die Tür verschlossen war, legte sie sich auf das Bett. Sie liess das Licht an, drehte sich auf den Rücken und starrte an die Decke.

NEUNZEHN

Die Situation kam ihr falsch vor. Nein, alles kam ihr falsch vor.

Inzwischen war später Vormittag. Eigentlich sollte sie um diese Uhrzeit im Büro sein. Landolt hatte sie jedoch wissen lassen, AarePharm informiert zu haben, dass Samantha heute nicht kommen könne. Was er genau gesagt hatte, hatte er offengelassen.

Landolt sass auf dem Stuhl vor dem kleinen Schreibtisch. Bachmann hatte sich in dem Sessel, der am runden Glastischchen stand, niedergelassen. Für Samantha war keine andere Sitzgelegenheit übrig geblieben als das Bett. Verkrampft sass sie am Fussende und wandte den Kopf in die Richtung der Beamten. Landolt holte sein Notizbuch hervor und legte es auf den Schreibtisch.

«Die Zimmer sind nicht schlecht», sagte er und liess den Blick einmal durch den Raum schweifen.

Das stimmte. Wenn Samantha unter anderen Umständen hier gewesen wäre, hätte sie sich sogar wohlgefühlt. Das Zimmer war hell und wirkte mit dem Holzboden heimelig. Das Bett war bequem.

«Letzte Nacht haben wir nur kurz miteinander reden können. Es ging ein wenig durcheinander. Ein genaues Gespräch würden wir gerne nachholen.»

Bachmann beugte sich vor und stützte sich mit den Ellenbogen auf den Knien ab. «Können Sie uns nochmals von vorne erzählen, was passiert ist?»

Das wollte Samantha nicht. Es beschwor ungefiltert die Angst an die Oberfläche, die sie in der vergangenen Nacht empfunden hatte. Trotzdem war ihr klar, dass die Beamten diese Informationen benötigten, und sie versuchte es so detailliert wie möglich wiederzugeben.

«War Ihnen sofort klar, dass es Schüsse waren?», fragte Landolt, als sie geendet hatte.

«Im ersten Augenblick nicht. Ich habe mir Schüsse lauter vorgestellt.»

«Wie meinen Sie das?»

«Sie waren wie gedämpfte Plopps.»

Landolt und Bachmann wechselten einen Blick.

«Schalldämpfer», sagte Landolt. «Das ist der plausible Grund, warum keiner der Nachbarn die Schüsse gehört hat.»

«Hat er wirklich zu keinem anderen Zeitpunkt als im Bad das Licht angeschaltet?», fragte Bachmann. «Auch nicht, nachdem er die Schüsse abgefeuert hat?»

«Er hatte eine Taschenlampe, als er im Wohnzimmer war. Das Licht hat er nur eingeschaltet, als er im Bad nachgeschaut hatte.» Samantha dachte an die Angst, als sie hinter dem Duschvorhang gekauert war und das Licht im Bad angegangen war. Wie sie es geschafft hatte, die Luft anzuhalten, konnte sie sich nach wie vor nicht erklären.

«Wieso sind Sie davon überzeugt, der Einbrecher sei ein Mann?»

Samantha starrte Bachmann an, der diese Frage gestellt hatte. Das war ein guter Punkt. Im gleichen Augenblick erinnerte sie sich an die gemurmelten Worte.

«Welche Sprache war es?»

«Ich habe die Worte nicht verstanden.»

«Haben Sie die Stimme erkannt?»

Samantha schüttelte den Kopf.

«Es könnte genauso eine Frau mit einer tieferen Stimme gewesen sein.»

«Nein.»

«Was macht Sie so sicher? Weil Sie meinen, Frauen würden nicht schiessen?»

«Ich habe seine Gestalt gesehen, als er am Bad vorbeikam. Der Schatten war gross, und er wirkte kräftig.»

«Es gibt kräftig gebaute Frauen.»

«Es war ein Mann», sagte Samantha mit Nachdruck. «Ausserdem war da der Geruch nach Aftershave.»

«Okay, nehmen wir an, es sei ein Mann gewesen. Hatten Sie das Gefühl, er kenne sich in Ihrer Wohnung aus?»

«Keine Ahnung.»

«Wie ich Ihren Schilderungen entnehme, ging er zielgerichtet in Ihr Schlafzimmer und danach genauso zielstrebig Richtung Wohnzimmer und hat erst dort die Taschenlampe eingeschaltet.» Bachmann strich über sein Kinn. «Warum hat er sie erst dort benutzt?», sagte er mehr zu sich. «Seltsam.»

«Meine Wohnung ist nicht gross.»

«Stimmt.» Bachmann verzog seinen Mund zu einem kurzen Lächeln. «Er hat den Hinweg gemeistert und wusste daher, wo es rausging. Er brauchte die Lampe erst für die Suche. Haben Sie eine Idee, was er gesucht haben könnte?»

«Nein.»

«Wenn die Spurensicherung abgeschlossen ist, möchte ich Sie bitten, in Ihrer Wohnung nachzuschauen, ob etwas fehlt.»

«Letzte Nacht baten Sie mich, das Hotelzimmer nicht alleine zu verlassen.»

«Sie gehen in Begleitung von einem von uns in Ihre Wohnung. Eine andere Frage. Haben Sie oft Besuch?»

«Wieso?»

«Wer war in den letzten Wochen in Ihrer Wohnung?», hakte Bachmann nach, ohne auf ihre Frage einzugehen.

«Nicht viele. Warum wollen Sie das wissen?»

«Wir müssen die Fingerabdrücke dieser Personen haben.»

«Damit Sie die des Eindringlings herausfiltern können?»

«Genau – falls er keine Handschuhe getragen hat.»

«Mein Onkel war mit seiner Frau da. Lorena. Ihr Freund Cédric war auch schon bei mir in der Wohnung. Meine Nachbarn, die unter mir wohnen – Herr und Frau Ott. Sie haben meine Pflanzen gegossen und den Briefkasten geleert, als ich in Indien war. Ich glaube, das waren alle.»

Bachmanns Stift huschte über die Seite des Notizbuches. «Der nächste Punkt. Es gibt keine Einbruchspuren. Die Wohnungstür lässt sich ohne Schlüssel nicht von aussen öffnen. Das heisst, der Einbrecher hat einen Schlüssel benutzt. Wer besitzt einen Schlüssel zu Ihrer Wohnung?»

Ein schales Gefühl breitete sich in Samanthas Mund aus.

«Herr und Frau Ott», stammelte sie, «Lorena.»

«Ihre Nachbarn finde ich einleuchtend, aber warum Lorena Rüegg?»

«Weil sie meine Freundin ist», sagte Samantha trotzig.

«Hat Ihr Freund keinen Schlüssel?»

«Ich bin Single.»

«Was ist mit Joel Gyger?»

Samantha blieb für einen Moment die Luft weg. Er muss das fragen, sagte sie sich und überlegte gleichzeitig, wieso er von Joel und ihr wusste.

«Es war nur …» Sie suchte nach dem passenden Wort.

«Eine Affäre?»

Das Wort klang abwertend. «Ja, nein, ich weiss nicht. Wir haben es nicht definiert.» Hatte er mit Joel gesprochen? Bestimmt, als er AarePharm informiert hatte, dass sie nicht zur Arbeit kam. Bisher war Samantha davon ausgegangen, es habe sich nur um ein kurzes Telefonat gehandelt. Wieso kam Bachmann zu dem Schluss, sie und Joel hätten etwas miteinander? Hatte Joel es den Beamten gesagt? War ihm eine Andeutung herausgerutscht? So wie Samantha Bachmann und Landolt einschätzte, würden sie nachgebohrt haben, bis sie alles wussten, was sie wissen wollten.

«Sie sprechen in der Vergangenheit», sagte Bachmann.

Verständnislos schaute Samantha ihn an.

«Sie haben den Satz mit ‹es war nur› angefangen. Das bedeutet für mich, die Affäre oder wie Sie Ihre Beziehung zu Herrn Gyger bezeichnen wollen, ist abgeschlossen.»

«Ich weiss es nicht», sagte Samantha und starrte auf den beigen Vorhang. «In Indien ging alles so schnell. Ich weiss nicht, wie es weitergehen soll.»

«Herr Gyger klang anders.»

«Wann haben Sie mit ihm gesprochen?»

«Wir waren heute früh bei AarePharm, und er gehörte zu den ersten Leuten, mit denen wir geredet haben. Als die Sprache auf Sie beide kam, meinte er, Sie seien in den letzten Tagen abweisend ihm gegenüber gewesen. Kann es sein, dass er mehr von Ihnen wollte als Sie von ihm?»

Samanthas Kopf schwirrte. Bedeutete das, Joel hatte ihrer Nacht mehr beigemessen, als sie angenommen hatte? Ihr Herz begann zu klopfen. Wenn das wahr war, hiess das … Halt, dachte sie. «Er ist mein Vorgesetzter», sagte sie und hoffte, das reiche als Erklärung. Bachmann runzelte die Stirn.

«Sie waren sich deshalb unsicher, wie es mit Ihnen weitergehen sollte», mischte sich Landolt ein.

«So ungefähr.» Samantha hatte das Gefühl, den beiden ungeschützten Einblick in ihre Seele zu gewähren.

«Sie haben ihn also zurückgewiesen?», sagte Bachmann.

Ihr lag ein Nein auf der Zunge, aber sie hielt es im letzten Moment zurück. Bachmann hatte recht. Wenn man davon absah, wie sie sich in der Nacht heimlich davongestohlen und in ihr Zimmer geschlichen war, war die erste Zurückweisung, nachdem sie vom Tod ihrer indischen Mutter erfahren hatte, als sie mit ihm nur die nötigste Konversation auf der Fahrt nach Delhi gemacht hatte. Das zweite Mal war, als sie mit Lorena heimgefahren war und sich hastig von ihm verabschiedet hatte. Das dritte Mal war gestern bei AarePharm, als sie ihm nach Möglichkeit aus dem Weg gegangen war und ihn auf Distanz gehalten hatte.

Bachmann schien ihr Schweigen als Zustimmung zu interpretieren. «Eine zurückgewiesene Liebe ist ein gutes Motiv.»

«Joel?», rief Samantha. «Er soll mich aus diesem Grund erschiessen wollen? Ist das nicht ein wenig weit hergeholt?»

«Verschmähte Liebhaber reagieren nicht unbedingt rational.»

«Er hat keinen Schlüssel zu meiner Wohnung», rief Samantha ihm in Erinnerung.

«Den kann er sich besorgen. Zum Beispiel bei Ihrer Freundin oder bei Ihren Nachbarn.»

«Woher sollte er wissen, wem ich meinen Schlüssel gebe und wem nicht?»

«Haben Sie nicht darüber gesprochen, wer auf Ihre Wohnung aufpasst, während Sie in Indien waren?»

Samantha überlegte. Erinnern konnte sie sich nicht, aber eine solche Bemerkung konnte durchaus gefallen sein.

Wieder interpretierte Bachmann ihr Schweigen als Zustimmung.

«Er kann einfach fragen, ob er den Schlüssel haben kann.»

«Wieso sollte er das?»

«Er könnte sagen, er plane eine Überraschung für Sie.»

Das Karussell in ihrem Kopf drehte sich schneller. «Haben Herr und Frau Ott oder Lorena das gesagt?»

«Wir haben bis jetzt nicht mit ihnen darüber gesprochen.»

Eine Pause stellte sich ein, die Samantha als unangenehm empfand.

«Haben Sie inzwischen neue Erkenntnisse zum Mord an meinen Eltern?», fragte sie, als sie die Stille nicht mehr aushielt.

«Bisher leider nicht.»

«Es könnte einen Zusammenhang mit dem Überfall auf mich geben.»

Falls es einen Zusammenhang gab, fiel Joel weg. Samantha konnte und wollte nicht glauben, er könnte versucht haben, sie zu töten. Sie realisierte, sich nach ihm zu sehnen. Sie brauchte ihn. Besonders jetzt.

«Das lassen wir selbstverständlich nicht ausser Acht. Es drängt sich die Frage auf, wer einen Grund hatte, Ihre Eltern und im Anschluss Sie zu töten.»

«Ich weiss es nicht.»

«Die nächste Frage wäre, warum erst jetzt der Mordversuch an Ihnen? Warum nicht früher?»

«Ich war geschäftlich in Indien.»

«Davor gab es genügend Gelegenheiten.» Bachmann erhob sich, und Landolt tat es ihm gleich. «Bitte denken Sie darüber nach.»

Bachmann reichte Samantha die Hand. «Ich ersuche Sie nochmals, das Zimmer nicht zu verlassen.»

«Wie lange muss ich hierbleiben?»

«Fürs Erste.» Das war keine zufriedenstellende Antwort. Bachmanns abweisendem Gesichtsausdruck nach zu urteilen, würde sie keine bessere Auskunft erhalten. «Wenn Ihnen etwas einfällt, melden Sie sich bitte. Sie haben meine und die Telefonnummer von Herrn Landolt. Rufen Sie keine anderen Personen an und nehmen Sie keine Gespräche ausser von uns entgegen. Damit meine ich zum Beispiel Ihre Freundin, Ihren Onkel oder andere Bekannte.»

«Warum?»

«Wie letzte Nacht angedeutet möchte ich Ihren Aufenthaltsort der Öffentlichkeit gegenüber geheim halten.»

«Aber Lorena und mein Onkel haben damit nichts zu tun.»

«Wie gestern erwähnt kann der Täter von ihrem Familienumfeld oder Freundeskreis Kenntnis haben. Ausserdem kann Ihnen herausrutschen, wo Sie sich aufhalten, und der Täter könnte so direkt oder über Umwege davon erfahren.»

Samantha starrte auf die Tür, nachdem sie hinter den Beamten ins Schloss gefallen war. Sie setzte sich auf den Schreibstuhl, legte die Hände auf die Tischfläche und liess den Kopf daraufsinken.

***

Joel, dachte sie. Samantha stand auf und begann im Zimmer auf und ab zu gehen. Dabei kam sie sich wie eine eingesperrte Raubkatze vor. Sie konnte und wollte nicht glauben, was Bachmann sich da zusammenreimte. Vor dem Schreibtisch blieb sie stehen und starrte auf das Handy. Am liebsten hätte sie Joel angerufen. Sie wollte Gewissheit, war sich aber gleichzeitig bewusst, dass sie es nicht durfte.

Samantha hielt die Stille nicht mehr aus und schaltete das Radio ein.

Gerade kündete der Radiosprecher von Radio Argovia die Nachrichten an.

«In der vergangenen Nacht drang in Lenzburg eine bewaffnete Person in die Wohnung einer jungen Frau ein. Er schoss auf die Schlafende und machte sich danach aus dem Staub. Nähere Erkenntnisse zum Tathergang, das Motiv und den Zustand des Opfers liegen uns vonseiten der Polizei derzeit nicht vor.»

Es folgten weitere Mitteilungen, aber Samantha verstand nicht, was gesprochen wurde. Sie schaltete das Radio aus und setzte sich auf das Bett, weil ihre Beine zu zittern begonnen hatten. Sie sah sich in der Dusche, wie sie sich zusammenkauerte und auf den Duschvorhang starrte.

Ich muss hier raus, dachte sie und sprang auf. Egal, worum Bachmann und Landolt sie gebeten hatten. Sie musste unter

Leute, sonst würde sie wahnsinnig werden. Samantha fasste ihre Haare im Nacken zu einem Rossschwanz zusammen und griff nach ihrer Handtasche. Als sie sich der Tür zuwandte, hielt sie inne. Wo sollte sie hin? Egal, dachte sie. Einfach durch Aarau spazieren würde helfen. Sie nahm die Zimmerkarte und steckte sie in die Handtasche. Erstaunt holte sie ihre Sonnenbrille heraus. Sie hatte nicht gewusst, sie dabeizuhaben. Erleichtert setzte sie sie auf. Perfekt. Es veränderte sie ein wenig.

Der Mann an der Rezeption achtete nicht auf sie. Genauso wenig die drei Männer, die das Hotel betraten.

Sie blieb in der Sonne stehen. Die Luft war warm – zu warm für Mitte November, obwohl sich ein leichter, kühler Wind regte. Irritiert blickte Samantha in den Himmel. Den Wechsel zu diesem untypischen Novemberwetter hatte sie nicht mitbekommen.

Samantha schaute auf den Busplatz, auf dem gerade ein vierter Bus unter die sogenannte Wolke fuhr. Leute stiegen ein und aus und flanierten über den Platz. Ihr Blick wanderte weiter zur grossen Uhr, die an der Front des Glasgebäudes des Bahnhofes angebracht war. Gleich halb zwei. Ihr Magen gab ein Brummen von sich. Erstaunt, Hunger zu verspüren, setzte Samantha sich in Bewegung. Sie betrachtete die Auslagen der Buchhandlung Lüthy und betrat das Geschäft. Ein Buch würde die Zeit schneller verfliegen lassen. Samantha stöberte in den Romanen und Krimis und konnte sich nicht entscheiden. Obwohl ihr ein Krimi in Anbetracht ihrer momentanen Situation eher unangebracht erschien, kaufte sie einen Regiokrimi. Sie schlenderte weiter Richtung Eingang des Bahnhofes und blieb vor dem Kiosk stehen.

Zwei Männer gingen an ihr vorbei. Sie hielten inne und drehten sich um. Einer von ihnen zündete sich eine Zigarette an. Er inhalierte den Rauch. Als er ihn durch die Nase entweichen liess, trafen sich ihre Blicke. Trotz der milden Temperaturen fröstelte sie. Zu ihrer Erleichterung wandte er sich ab und folgte seinem Kollegen.

Ihr Magen gab ein erneutes Brummen von sich. Sie kaufte sich ein Sandwich und eine Flasche Mineralwasser und setzte sich auf dem Bahnhofsplatz auf einen der roten Klappstühle. Kauend beobachtete sie das Treiben um sich herum. In der Sonne rutschten die Schrecken der Nacht in den Hintergrund. Samantha spürte, wie sie ruhiger wurde und sich entspannte. Niemand nahm Notiz von ihr. Als sie den letzten Bissen in den Mund schob, klingelte ihr Handy.

Sie verkrampfte sich, als sie Joels Nummer erkannte. Er hatte bereits mehrmals versucht, sie zu erreichen. Genauso Lorena, Sonja und Valentin.

Ihr Finger schwebte über dem Hörersymbol. Das Klingeln verstummte. Gleich darauf meldete ihr Handy den Eingang einer Nachricht auf der Combox.

Das Klingeln des Telefons liess sie abermals zusammenzucken. Dieses Mal war es Bachmann. Das Gespräch musste sie entgegennehmen.

«Wo sind Sie?», fragte Bachmann als Einleitung, und Samantha erschrak. Wusste er, dass sie das Hotel verlassen hatte?

«In meinem Zimmer, warum?», sagte sie und versuchte, möglichst gelassen zu klingen.

«Ich höre Autos und Leute im Hintergrund.»

«Ich habe das Fenster offen.»

Schweigen. Durch das Telefon meinte sie zu spüren, dass Bachmann ihr nicht glaubte.

«Wir können in Ihre Wohnung», sagte er. «In zehn Minuten bin ich da.»

Dankbar, dass er sich angekündigt hatte, erhob Samantha sich und ging mit grossen Schritten auf das Hotel zu.

Samantha stieg vor dem «Aarauerhof» in Bachmanns schwarzen Volvo.

«Dürfen Sie hier parken?», fragte sie, als sie sich anschnallte.

«Wenn man im Dienst ist, hat man gewisse Privilegien», sagte Bachmann. «Auf der Autobahn hat es einen Unfall gegeben. Es staut sich auf die T5 zurück. Wir fahren über Suhr und Hunzenschwil.» Er wendete. Keiner sprach. Samantha empfand das Schweigen als unangenehm. Wiederholt schielte sie zu Bachmann.

«Für eine Inderin haben Sie helle Haut», brach er das Schweigen, als sie vor dem Bahnübergang in Suhr warten mussten. Wieso er gerade das Thema anschnitt, war Samantha ein Rätsel. Ausserdem meinte sie, bereits mit ihm darüber gesprochen zu haben. War es der Versuch, ungezwungenen Small Talk zu machen? Falls er das beabsichtigte, war es ihm missglückt. Samantha sprach nicht gerne über ihr Aussehen.

«Meine Verwandten kommen aus dem Norden.»

«Und Ihre grünen Augen?»

Hatten sie das nicht auch schon mal? Samantha konnte sich nicht erinnern. «Ebenfalls ein Erbe aus dem Norden.»

Die Bahnschranke hob sich, nachdem eine einzelne Lok vorbeigefahren war. Bachmann warf ihr einen kurzen Seitenblick zu, bevor er anfuhr. «Ihnen ist anzusehen, dass Sie Ausländerin sind. Haben Sie Erfahrungen mit Fremdenfeindlichkeit gemacht?»

Das hatte er sie ebenfalls mehrmals gefragt. Samantha spannte sich an. «Ja», antwortete sie, den Blick starr geradeaus gerichtet. «Zum Glück nicht so oft und nur verbal. Das hat mir gereicht.» Sie wollte die Erlebnisse nicht von Neuem vor ihm erörtern. Oder hakte er nach, weil der Überfall von vergangener Nacht auf einen ausländerfeindlichen Hintergrund hindeutete? Samantha wollte zuerst nachfragen, beschloss aber lieber abzuwarten, wohin ihr Gespräch führte.

Bachmann bog im nächsten Kreisel rechts Richtung Hunzenschwil ab.

«Sie sind eine schöne Frau mit einer exotischen Ausstrahlung.» Samantha spürte, wie sie rot wurde.

Sie räusperte sich. «Das hat mir bisher keiner gesagt.» Bis auf Julia, dachte sie und spannte sich von Neuem an. Sie hatte es damals nicht als Kompliment gemeint, wie es wohl bei Bachmann der Fall war. Steckte sie hinter allem? Sollte sie Bachmann von ihren Reibereien bei AarePharm berichten? Hör auf, dachte sie. Sie hatte keine Schlüssel und wusste nicht, wo sie wohnte. Wusste sie das wirklich nicht?

Sie fuhren über die Autobahn, und Samantha konnte einen Blick auf den Stau erhaschen.

«Gedacht haben es bestimmt einige», fuhr Bachmann fort. Er schien nicht zu bemerken, wie sie sich verkrampft hatte. Samantha versuchte sich zu entspannen. «Ich hoffe, Sie wissen sich zu wehren, wenn es nötig ist.»

«Ich kann eine spitze Zunge haben, wenn Sie das meinen.»

«Haben Sie daran gedacht, Selbstverteidigungskurse zu machen?»

Samantha musterte ihn von der Seite. Sie passierten das Gewerbegebiet von Schafisheim und fuhren über eine offene Fläche. Rechts erkannte Samantha den Staufberg mit der reformierten Kirche. Geradeaus hatten sie einen guten Blick auf Schloss Lenzburg. «Bis jetzt nicht», erwiderte Samantha schliesslich.

«Denken Sie darüber nach.» Bachmann fuhr über den Bahnübergang, am Aargauer Literaturhaus vorbei und geradeaus über die Kreuzung. Danach folgte er dem Strassenverlauf rechts und bog links auf den Parkplatz Seifi ab.

«Besonders nach allem, was geschehen ist.» Er schaltete den Motor aus und drehte sich zu ihr um. Seine Besorgnis schien echt zu sein. «Gehen wir?»

«Um ehrlich zu sein, ich würde lieber einen grossen Bogen um die Wohnung machen, aber ich weiss, dass es nötig ist. Bringen wir es hinter uns.»

«Danke.»

Nebeneinander gingen sie Richtung Altstadt. Das mulmige Gefühl verstärkte sich, als sie das Haus betraten, in dem Samanthas Wohnung war, und die Treppe nach oben stiegen. Als sie vor ihrer Wohnungstür standen, suchte Samantha die Taschen ihrer Jeans nach dem Schlüssel ab. «Ich habe ihn letzte Nacht nicht mitgenommen.»

«Dafür habe ich das getan.»

Es war für Samantha ein seltsames Gefühl, als Bachmann die Tür aufschloss. Zögernd betrat sie hinter ihm die Wohnung. Sonne flutete durch die Dachlukarnenfenster herein. Der unterteilte Fensterrahmen malte Muster auf den Parkettboden. Der Holzboden knarrte unter ihren Füssen. In der Helligkeit wirkten die Schrecken der vergangenen Nacht irreal. Bachmann blieb an ihrer Seite stehen.

«Hatten Sie je den Wunsch verspürt, nach Indien zurückzukehren?»

«Ehrlich gesagt, nein. Ich bin hier aufgewachsen und mit den Sitten und Bräuchen der Schweiz gross geworden. Ich habe den Schweizer Pass und keinen indischen. Ich spreche Schweizerdeutsch, Französisch und Italienisch. Okay, ich kann Englisch – Hindi oder einen lokalen Dialekt dagegen kann ich nicht. Zusammengefasst: Ich fühle mich, nein, ich bin Schweizerin.»

«Das heisst, Sie haben sich nie fremd gefühlt?»

Ein Nein lag auf ihren Lippen, aber sie musste innehalten. «Wenn Sie das so direkt fragen, muss ich Jein sagen. Trotzdem hatte ich nie den Wunsch, die Schweiz zu verlassen. Wie gesagt, in meinem Kopf und in meiner Seele bin ich Schweizerin. Indien ist nicht meine Welt. Es ist chaotisch dort. Laut. Die Armut, die überall präsent ist, hat mir bei unserer Geschäftsreise zu schaffen gemacht. Die Leute, die dort leben, nehmen sie nicht richtig wahr. Zumindest hatte es für mich den Anschein.» Samantha machte eine Pause und dachte über ihre Worte nach. «Man könnte es als ignorieren ansehen. Das ist ein weiterer Punkt, der mir zu schaffen gemacht hat. Jeder schaut für sich. Was rechts und links ist, ist egal.»

«Ist das hier nicht auch so?»

«Mag sein. Trotzdem bin ich froh, in der Schweiz leben zu können oder, besser gesagt, zu dürfen.»

«Auch die Schweiz hat ihre Schattenseiten.» Bachmann schaute sie direkt an, und Samantha hielt seinem Blick stand. «Es gibt Diskriminierungen und Ungerechtigkeiten.»

«Ich weiss. In welchem Land ist das nicht so?»

«Hatten Sie nie den Wunsch zu erfahren, warum Sie zur Adoption freigegeben wurden?»

«Haben Sie Familie?», fragte Samantha anstelle einer Antwort.

Bachmann wirkte erstaunt. «Vor einem Jahr haben meine Freundin und ich einen Sohn bekommen.»

«Sie sind also nicht verheiratet?»

Seine Verwirrung nahm zu. «Nein.»

«Sehen Sie, in Indien wäre das, was hier inzwischen normal

ist, nicht möglich. Für eine Frau ist das Leben dort sowieso ganz anders. Schwanger, ohne verheiratet zu sein, ist eine, wie soll ich sagen, Katastrophe. Liebe gilt sowieso nicht. Der Mann beziehungsweise die Frau wird von den Eltern ausgesucht. Dabei wird genau darauf geachtet, aus welcher Kaste er und sie kommen. Wenn man Glück hat, treffen die Eltern eine gute Wahl, und man verliebt sich in seinen Ehepartner. Um Ihre Frage zu beantworten. Die Version, die meine Schweizer Eltern mir erzählt haben, lautet so: Meine Familie starb bei einem grossen Brand.» Samantha wich bewusst auf die Version ihrer Eltern aus. Über das Aufspüren ihrer Familie und die wirklichen Gründe wollte sie mit Bachmann nicht reden. Das war ihr zu persönlich, zumal sie die Tatsachen, die sie von Ranjana erfahren hatte, nach wie vor nicht verarbeitet hatte. Ausserdem brachte es sie auf die Frage, warum ihre Eltern ihr eine falsche Version erzählt hatten. Das Thema wollte sie ebenfalls nicht vertiefen. Zuerst wollte sie selbst die Antworten finden. «Meine Eltern haben gesagt, es kamen alle, also auch mögliche Onkel und Tanten, dabei um.»

«Sie glauben das nicht, wenn ich das, was Sie zwischen den Zeilen nicht aussprechen, richtig verstehe.»

«Ich kann nicht glauben, dass alle umgekommen sind. Die naheliegendste Version für mich ist, meine Verwandten wollten mich nicht behalten, da ich ein Mädchen bin.» Das war entgegen ihrem Vorsatz herausgerutscht. Samantha biss sich auf die Zunge. Nun musste sie aufpassen, nicht mehr preiszugeben.

«Wieso das?»

«Wie erwähnt haben Mädchen in Indien keinen grossen Wert. Sie verlassen mit der Hochzeit ihre Familie und ziehen zu der des Mannes. Ausserdem muss die Familie des Mädchens für die Kosten der Hochzeit aufkommen. Ein enormer finanzieller Aufwand, der den finanziellen Ruin bedeuten kann. Wenn man Gelegenheit hat, ein Mädchen, auf welche Art auch immer, loszuwerden, wird diese ergriffen.» Damit rutschte sie dichter an die Wahrheit. Samantha behielt ihren neutralen Gesichtsausdruck bei. Sie musste ihn von diesem Thema wegbekommen.

«Ich weiss, für europäische Ohren klingt das grausam. In

Indien ist es Alltag.» Samantha marschierte zu ihrem Schlafzimmer. Bevor sie sich in der Wohnung umsehen konnte, musste sie erst einmal den Ort des Anschlags anschauen. Sie blieb vor dem Bett stehen. Kissen und Decke waren weg. Vermutlich für polizeiliche Untersuchungen.

«Sie haben recht, es ist schwer nachvollziehbar», sagte Bachmann, der neben sie trat. «Was meinen Sie mit ‹die Version meiner Eltern›? Gibt es eine andere?»

Er hatte aufgepasst. Samantha fragte sich, wie sie am besten eine ausweichende Antwort geben konnte, ohne dass es ihm auffiel.

Sie starrte weiter das Bett an und sah sich, wie sie aufstand, um Wasser zu trinken. Sie hörte, wie die Wohnungstür geöffnet wurde. Wieder sah sie die Gestalt vorbeischleichen und auf ihr Bett schiessen. Von Neuem erlebte sie die gleiche Panik, die sie in der Nacht empfunden hatte. Schweiss sammelte sich zwischen ihren Schulterblättern. Gleichzeitig fror sie. Alles in ihr spannte sich an.

«Ich muss hier raus», flüsterte sie und flüchtete aus dem Schlafzimmer. Im Wohnzimmer erwischte Bachmann ihren Arm, bevor sie aus der Wohnung stürzen konnte.

«Bitte», sagte er. «Ich weiss, wie schwer es für Sie ist. Es ist wichtig, herauszufinden, ob etwas fehlt. Wir können das nicht beurteilen.»

«Entschuldigung», murmelte Samantha. Ihr war der Kontrollverlust peinlich.

«Sie müssen sich nicht entschuldigen.»

Samantha atmete mehrmals tief durch und trat an ihren Sekretär. Sie begann das Regal durchzuschauen. Bachmann zog sich einen Stuhl vom Esstisch heran und setzte sich verkehrt herum darauf. Er legte die Arme auf die Rückenlehne und platzierte seinen Kopf auf ihnen.

«Wie ist die andere Version?»

Samantha schaute auf, und ihre Blicke trafen sich. Weichen Sie nicht aus, sagten seine Augen. Er würde nicht lockerlassen. Sie griff nach Ranjanas Armreif, den sie auf den Sekretär gelegt hatte, und liess ihn von einer Hand in die andere gleiten. Ihr blieb nichts anderes übrig, als zu erzählen, was sie in Indien herausgefunden hatte, auch wenn es mit dem Anschlag der letzten Nacht nichts zu tun hatte. Sie legte den Armreif zurück.

Während sie einen Ordner nach dem anderen herausnahm, kurz reinschaute und zurückstellte, begann sie von Ranjanas Kontaktaufnahme zu berichten. «Als ich mit Joel geschäftlich nach Indien fuhr, sah ich die Gelegenheit.»

«Ein wenig riskant. Die ganze Aktion hätte, wie soll ich sagen, in die Hose gehen können», sagte Bachmann. «Immerhin hatten Sie von den Leuten vorher nie gehört.»

«Der gleichen Ansicht waren beziehungsweise sind Lorena, Joel und mein Onkel.»

«Wie ist es ausgegangen?»

Samantha berichtete von ihrem Besuch und dem Tod ihrer Mutter tags drauf.

«Können Sie sich erklären, warum Ihre Eltern eine andere Version erzählt haben?»

«Nein. Sie könnten davon nichts gewusst haben.» Wie gerne wollte Samantha das glauben. Sie fuhr mit ihrem Bericht fort und erwähnte Ranjanas Besuch, bevor sie nach Delhi zurückfuhren.

«Fotos?», hakte Bachmann nach. «Darf ich die Bilder und den Brief Ihrer Schwester sehen?»

Samantha war wegen dieser Bitte verwirrt. Wieso interessierte ihn das?

Sie öffnete die Schublade, in die sie gestern das Couvert gelegt hatte, und stutzte. Es war nicht drin. Verwirrt hob sie den Kopf und blickte auf die Schreibtischfläche, die ausnahmsweise aufgeräumt war. Sie öffnete die anderen Fächer des Sekretärs. Dort war ebenfalls nichts. Samantha bückte sich und schaute in den beiden Schrankabteilen nach. Kein Couvert. Ärgerlich über sich richtete sie sich auf und begegnete Bachmanns Blick.

«Ich glaube, ich habe ihn verlegt.»

«Verlegt?» Ein skeptischer Unterton schwang in seiner Stimme mit. «Wissen Sie genau, dass Sie den Brief in Ihrem Sekretär versorgt haben?»

«Wo sollte ich ihn sonst hingelegt haben?» Sie schaute auf

den Esszimmertisch und danach zum Regal. Ihr Blick wanderte weiter in Richtung Schlafzimmer. Sie war sich sicher, den Brief nicht ins Schlafzimmer gelegt zu haben. Samantha schaute zurück auf die Arbeitsfläche des Sekretärs. «Ich hatte ihn hierhinein getan», sagte sie und deutete auf die obere linke Schublade. Sie war sich bewusst, wie trotzig das klang.

«Könnte der Eindringling von letzter Nacht das gesucht haben?»

«Warum sollte er?»

«Das ist meine Frage an Sie.»

«Das macht keinen Sinn.»

«Auf den ersten Blick nicht, aber auf den zweiten. Was war alles in dem Couvert drin?»

«Ranjanas Brief und die Fotos von meiner Familie mit mir als Baby und dem Europäer, der ein Baby auf dem Arm hat.»

«Wer wusste von den Fotos, insbesondere meine ich, wer wusste von dem mit dem Europäer?» Bachmann wirkte elektrisiert.

«Einige.»

«Was meinen Sie damit?»

«Allen, die mich gefragt haben, wie es in Indien war, habe ich von Ranjana erzählt.»

«Können Sie mir bitte sagen, wem Sie alles davon erzählt haben?»

Samantha schaute ihn ratlos an. «Wie gesagt, einigen.»

«Dabei haben Sie jedes Mal das Foto erwähnt?», fuhr Bachmann fort.

«Ich weiss es nicht», antwortete Samantha. Sie trat ans Fenster und blickte nach unten auf die Gasse.

«Offenbar hat diese Info jemanden aufgeschreckt.»

«Sie wollen andeuten, der Mann auf dem Foto stammt aus meinem Umfeld?»

«Sie haben in Ihrem Bericht angedeutet, zu meinen, ihn zu kennen.»

«Es ist mehr eine Ahnung, als es zu wissen. Inzwischen denke ich, ich könnte ihn mit jemandem verwechseln.»

«Können Sie den Mann beschreiben?»

«Was soll das bringen? Das Ganze ist fast dreissig Jahre her. Er könnte längst tot sein.»

«Versuchen Sie es bitte. Die Person, die das Couvert mitgenommen hat, könnte ihn kennen oder mit ihm verwandt sein.»

Samantha schloss die Augen und versuchte sich zu konzentrieren. Das Bild blieb verschwommen. Frust machte sich breit, als ihr einfiel, beide Bilder mit dem Handy fotografiert zu haben. Sie hatte sie ihrem Onkel schicken wollen. Nach ihrem Gespräch und seiner Haltung zu dem Thema hatte sie es aber lieber gelassen. Sie holte das Handy aus ihrer Handtasche.

Falls Bachmann erstaunt war, liess er es sich nicht anmerken. Konzentriert blickte er die Aufnahme an. «Das ist in der Tat verschwommen. Können Sie mir das Bild weiterleiten?»

«Wozu soll das gut sein?»

«Unsere Techniker können es bearbeiten, damit es schärfer wird. Eventuell können sie die Person altern lassen.»

Er reichte Samantha das Handy. Sie öffnete WhatsApp und leitete das Bild weiter.

«Danke», sagte er und berührte ihren Arm. «Wir schauen, was wir tun können.»

Samantha legte das Handy auf die Schreibplatte des Sekretärs und starrte es an. In ihrem Kopf herrschte Chaos.

Bachmann tippte auf dem Display seines Handys herum. «Ich habe eine weitere Bitte», sagte er, nachdem er die Nachricht abgeschickt hatte. Er wartete, bis Samantha ihn anschaute. «Zwar ist die Wohnung freigegeben, aber mir ist nicht wohl, Sie hier alleine zu wissen.»

Das ist es mir auch nicht, dachte Samantha. Sie fragte sich, ob sie je wieder hier würde wohnen können. «Ich könnte zu Lorena.»

Bachmann schüttelte den Kopf. «Das hatten wir bereits letzte Nacht. Sie könnte sich verplappern und somit verraten, dass Sie bei ihr sind. Bevor Sie Ihren Onkel vorschlagen, hier gilt Gleiches. Bis ich eine schlauere Option habe, bleiben Sie bitte im ‹Aarauerhof›.»

«Okay.»

«Darf ich Sie bitten, mit ins Polizeikommando zu kommen und das bearbeitete Foto anzuschauen, bevor ich Sie zum Hotel zurückbringe?»

«Geht das so schnell?»

«Der Computer ist schnell.»

«Okay, und danke, für das, was Sie tun.»

«Nicht dafür. Es ist mein Job.»

***

Nebeneinander gingen sie den Korridor im Polizeikommando entlang.

«Er muss sich in Ihrer Wohnung auskennen, wenn er sich ohne Licht zurechtfinden konnte.»

«Der Mond – es war hell.»

«Für Sie schon. Mir würde das nicht reichen. Der nächste Punkt: Ich würde mich vergewissern, ob Sie tatsächlich tot sind.»

Darüber hatte Samantha ebenfalls nachgegrübelt und bis jetzt keine plausible Erklärung gefunden. Da Bachmann sie nun darauf angesprochen hatte, nahm im Kopf eine Idee Gestalt an. «Obwohl das seltsam klingt, vielleicht konnte er es nicht ertragen, eine Leiche zu sehen», sagte sie langsam.

Bachmann starrte Samantha an. «Oder anders formuliert, er konnte es nicht ertragen, *Sie* tot zu sehen. Was meine These stützt, es muss jemand aus ihrem Bekanntenkreis sein. Diese Person ist zwar mit dem Vorsatz in die Wohnung eingedrungen, Sie zu töten, aber der Entschluss muss spontanerer Natur gewesen sein. Allerdings muss er eine Waffe besitzen. Tut das in Ihrem Umfeld jemand?»

«Keine Ahnung», erwiderte Samantha. Bachmann machte Anstalten, den Weg fortzusetzen. Samantha hielt ihn zurück.

«Nicht Joel», sagte sie mit Nachdruck.

Bachmann musterte sie, und sie hielt seinem Blick stand. «Was macht Sie in diesem Punkt so sicher?»

Samantha zuckte mit den Schultern.

«Wenn Liebe im Spiel ist, schaltet sich das rationale Denken aus.» Samantha spürte, wie Röte in ihr Gesicht schoss. «Ich weiss, es ist schwer zu glauben, dass die Person, die man liebt, zu einer solchen Tat fähig ist. Ich möchte hierzu nur sagen, es sind bereits Leute Opfer geworden, weil sie genau das nicht glauben wollten.»

Samantha versteifte sich.

«Wie halten Sie Ihren Job aus, wenn Sie tagtäglich mit den menschlichen Abgründen konfrontiert werden?»

«Tagtäglich ist es zum Glück nicht. Kommen Sie, trinken wir einen Kaffee, bis der Techniker mit dem Bild fertig ist.»

In diesem Moment öffnete sich eine Tür. Bevor Samantha wusste, was geschah, sah sie sich Landolt und Joel gegenüber. Joel riss die Augen auf, und Bachmann entwich ein Fluch, der alles andere als jugendfrei war.

Keiner war imstande, sich zu bewegen. Die Luft knisterte. Joel war bleich geworden. Er blinzelte. «Sammy?» Das Wort war fast nicht zu verstehen.

Langsam machte er einen Schritt in ihre Richtung. Landolt hob die Hand, als wollte er ihn am Arm zurückhalten. Bachmann machte eine abwehrende Geste, und Landolt liess sie sinken.

Joel kam weiter auf sie zu. Dicht vor ihr blieb er stehen und hob die Hand, die wenige Zentimeter vor ihrem Gesicht verharrte, bevor er es mit den Fingerspitzen berührte. «Du bist unverletzt.»

Unerwartet zog er Samantha an sich und drückte sie fest. Er presste sein Gesicht in ihre Haare, und Samantha spürte, wie er den Geruch tief einsog. Nach einigen Sekunden hob er den Kopf. Ganz nahe war sein Gesicht vor ihrem. Er nahm ihres in beide Hände und senkte den Kopf. Kurz bevor seine Lippen ihre trafen, schloss Samantha die Augen.

Als er sich von ihr löste, strich er mit dem Zeigefinger eine Strähne hinter ihr Ohr. Im gleichen Moment wurde er sich offenbar bewusst, wo sie waren, und er wirbelte herum.

Samantha spürte, wie sie errötete, als sie die Blicke, die auf sie gerichtet waren, sah. Zwei weitere Beamte hatten sich zu Bachmann und Landolt gesellt.

«Was soll das?», rief Joel. «So wie es herüberkommt, sah es die ganze Zeit für mich aus, als sei Sammy schwer verletzt oder sogar tot und die Polizei wolle das aus für mich unerklärlichen Gründen nicht publik machen. Bei meinen Nachfragen wichen alle aus. Die Gerüchteküche ist im vollen Gang.»

«Das ist das, was wir bezwecken wollen», sagte Landolt.

«So einen Blödsinn habe ich lange nicht mehr gehört. Zusätzlich die Verdächtigungen gegen mich. Zweifelhafte Ermittlungsmethoden sind das.»

Joel holte Luft, aber Bachmann kam ihm zuvor. «Fritz, Herr Gyger und Frau Kälin – alle ins Vernehmungszimmer.»

Er bedeutete ihnen, sich zu setzen. Selbst stellte er sich an das Ende des länglichen Tisches. Er stützte sich auf die Tischplatte und musterte jeden Einzelnen.

«Jemand ist in der Nacht in Frau Kälins Wohnung eingedrungen», sagte Bachmann.

«Sie verdächtigen mich, derjenige gewesen zu sein», unterbrach Joel ihn.

«Wir haben Ihre Fingerabdrücke in der Wohnung gefunden.»

«Logisch», sagte Samantha und war froh, dass ihre Stimme sie nicht im Stich liess. «Er war in meiner Wohnung.»

Bachmann zog die Stirn in Falten. «Das haben Sie heute Morgen nicht erwähnt, als ich Sie danach gefragt hatte.»

Samantha bekam einen Schrecken. Hatte sie das wirklich nicht?

«Wann soll das gewesen sein?», schoss Bachmann seine nächste Frage ab.

Ohne lange überlegen zu müssen, nannte Samantha das Datum.

«Wieso wissen Sie das so genau?»

«Es war der Tag nach der Beerdigung meiner Eltern. Ich hatte vor einzukaufen, war aber, wie soll ich sagen, unfähig dazu.»

«Unfähig?», wiederholte Bachmann.

«Ich stand neben mir und schaffte es nicht, diese alltägliche Handlung auszuführen.»

«Was hat Herr Gyger damit zu tun?» Bachmann setzte sich.

«Ich traf ihn in der Migros im Müli Märt. Er hat mir geholfen und anschliessend die Einkäufe nach Hause getragen. Und ...»

«Waren Sie zu diesem Zeitpunkt bereits zusammen?», kam prompt Bachmanns nächste Frage, ohne Samantha fertig erzählen zu lassen.

«Nein. Das sind wir erst seit Indien. Er hat damals einfach geholfen.»

«Was haben Sie in der Wohnung gemacht?»

«Geredet und Kaffee getrunken.»

«Waren Sie im Schlafzimmer?», wandte Bachmann sich an Joel.

«Nein. Im Bad auch nicht. Ich befand mich nur in der Küchenecke und im Wohnesszimmer.»

Bachmann und Landolt wechselten einen Blick. Landolt nickte kaum merklich, als wolle er andeuten, Samanthas Aussage decke sich mit Joels.

«Haben Sie einen Schlüssel zu Frau Kälins Wohnung?»

«Das hat er mich bereits gefragt.» Joel wies mit dem Kopf auf Landolt. «Ich habe keinen.»

«Wissen Sie, wer einen hat?»

«Nein, woher sollte ich das?»

«Hat Frau Kälin das in Indien nicht erwähnt?»

Bachmann trommelte mit den Fingern auf die Tischplatte. Zwischen seinen Augenbrauen hatte sich eine steile Falte gebildet.

«Wieso reiten Sie dauernd darauf herum, ob ich einen Schlüssel habe?», fragte Joel.

«Wie kommt man sonst in die Wohnung?» Landolt verstummte augenblicklich, als Bachmann ihm einen scharfen Blick zuwarf.

«Moment», sagte Joel. «Wollen Sie damit andeuten, die Person, die Sammy töten wollte, hat die Tür aufgeschlossen und nicht aufgebrochen?»

«Wie kommen Sie darauf, die Tür wurde aufgebrochen?»

«Ist das nicht normalerweise so?»

In dem Augenblick klingelte Bachmanns Handy. «Was soll das heissen, ihr seid nicht so weit?» Er lauschte. «Ich habe sie hier und würde ihr gerne das Bild zeigen … Wie lange?» Mit einem Seufzen beendete er das Gespräch.

«Der Techniker ist mit dem Foto nicht so weit. Ich denke, Sie gehen zurück ins Hotel, und ich komme später mit dem Bild.» Er stand auf.

«Warte», sagte Landolt, und Bachmann setzte sich zurück auf den Stuhl. «Herr und Frau Ott und Lorena Rüegg haben bestätigt, den Schlüssel zu Frau Kälins Wohnung niemandem gegeben zu haben.»

«Das bedeutet, er ist nach wie vor in deren Besitz?», fragte Bachmann.

«So ist es. Sie sagten zusätzlich, es habe sie keiner nach dem Schlüssel gefragt beziehungsweise sie darum gebeten, ihn auszuleihen.»

***

Es fühlte sich an, als schwebe sie.

«Schläfst du?»

«Nein.» Samantha schmiegte sich enger an Joel.

Nach ihrer Aussage hatten sie gehen dürfen. Bachmann war anzusehen gewesen, wie ungern er Joel entliess, aber er hatte keine Beweise gegen ihn in der Hand.

Obwohl Bachmann alles andere als begeistert gewesen war, dass Samantha zu Joel fuhr, hatte Joel darauf bestanden. Ohne Umwege waren sie nach Liestal gefahren. Kaum waren sie bei Joels neuem Zuhause angekommen, waren sie auf dem direkten Weg in seinem Schlafzimmer verschwunden. Dieses Mal hatten keine Bedenken im Vordergrund gestanden. Samantha hatte es zugelassen.

«Ich kann es nach wie vor nicht glauben», murmelte Joel neben ihrem Ohr.

Samantha öffnete die Augen. Er hatte sich aufgestützt und blickte auf sie herunter.

«Am liebsten würde ich mich auf einen Berg stellen und laut herausschreien, wie glücklich ich bin.»

Samantha musste lächeln.

«Warum hast du meine Anrufe nicht entgegengenommen?»

«Herr Bachmann hat mir eingeschärft, das nicht zu tun. Sie gehen davon aus, dass der Täter in meinem Umkreis zu suchen ist.»

«Die Gedankengänge der Beamten kann ich nicht unbedingt nachvollziehen.» Joel seufzte. «Egal. Hauptsache, dir geht es gut.»

«Wie soll es mit uns weitergehen?»

«Du hast den Polizisten vorhin erklärt, wir seien seit Indien zusammen.»

«Du bist mein Chef.» Samantha dachte an Julia. Es wäre für sie ein gefundenes Fressen.

«Ja und?», erwiderte Joel. «Denk an Petra und Jan. Beide arbeiten bei AarePharm und haben sich dort kennengelernt. Inzwischen sind sie sogar verheiratet.»

«Das ist was anderes.»

«Ist es nicht.»

«Petra ist Laborantin und Jan im Aussendienst.»

Joel fuhr mit der Fingerspitze über ihre Augenbrauen und der Kontur ihres Gesichtes nach. «Dränge die Vernunft zur Seite und höre auf dein Herz. Es wird sich alles von selbst ergeben. Falls du spitze Zungen befürchtest, die wird es nicht geben.»

«Was macht dich so sicher?»

«Nach einem halben Jahr bei AarePharm solltest du ein Gespür für die Firma und deren Leute haben.» Er legte seine Fingerspitzen auf Samanthas Mund. «Falls es so kommt, wie du befürchtest, kann dir egal sein, was andere sagen und denken. Wichtig ist das, was du fühlst. Für dich muss es richtig sein.»

«Und Reto Bürgi?»

«Was soll mit ihm sein?»

Samantha nagte an ihrer Unterlippe.

«Ich muss ihn nicht um Erlaubnis fragen, mit wem ich zusammen bin und mit wem nicht.» Joel küsste sie auf die Nasenspitze. «Apropos Reto. Ich muss ihn anrufen. Es gibt Dinge betreffend das Audit der Swissmedic bei uns zu besprechen. Ausserdem werde ich mich bei AarePharm einloggen müssen. Da ich den ganzen Tag im Polizeikommando festsass, muss ich das heute Abend rasch machen. Es wird nicht lange dauern.» Joel stand auf. «Fühl du dich inzwischen wie zu Hause.»

Er streifte seine Kleider über und beugte sich zu Samantha hinunter. «Bitte entschuldige das Chaos im Haus. Ich habe bisher keine Zeit gefunden, auszupacken.» Er gab ihr einen Kuss auf den Mund. Nachdem Joel den Raum verlassen hatte, liess Samantha sich zurück in die Kissen sinken. Sie blickte an die Decke. Der Kollege von Joels Vater aus der Fasnachtsclique hatte den Dachstock ausgebaut – ein Raum und ein Bad. Die Dachschrägen waren mit weiss lasiertem Täfer verkleidet, und grosse Dachfenster liessen Licht herein. Die sichtbaren Dachbalken trugen ausserdem dazu bei, das Ganze gemütlich wirken zu lassen. Samantha schlug die Decke zurück. Während Joel arbeitete, konnte sie sich um das Nachtessen kümmern.

ZWANZIG

Samantha öffnete die Augen und brauchte einen Augenblick, bis sie wusste, wo sie war. Als am Morgen der Wecker geklingelt hatte, hatte Joel darauf bestanden, dass sie zu Hause blieb. So wie es Bachmann angeordnet hatte. Samantha hatte ihm angeboten, vom Homeoffice aus zu arbeiten. Davon hatte er nichts wissen wollen.

Gegen ihren Vorsatz, gleich aufzustehen, war sie offenbar noch einmal eingeschlafen. Samantha schloss die Augen und presste ihre Nase in das Kopfkissen. Tief sog sie Joels Geruch ein.

Sie sollte lieber aufstehen, damit sie nicht am Ende noch im Bett war, wenn Joel nach Hause kam.

Der Hunger meldete sich. Bevor Samantha nach unten ging, machte sie einen Abstecher ins Bad. Sie bandagierte ihren Fussknöchel und machte einige Probeschritte. Heute war es besser. Wie es aussah, kam sie um einen Arztbesuch herum. Samantha ging die Holztreppe nach unten. Auch Treppensteigen funktionierte besser als an den Vortagen.

Sie ging Richtung Küche, bog aber vorher ins Wohnzimmer ab und trat zur Terrassentür. Das Haus stand am Hang, und Samantha genoss die Aussicht quer über das Tal und auf den Hügelzug auf der anderen Seite. Sie war bisher nie in Liestal gewesen und wusste nicht, ob das auf der anderen Seite ebenfalls zur Stadt gehörte, aber sie nahm es an.

Ihr Magen knurrte und erinnerte sie daran, dass das Frühstück überfällig war. In der Küche standen mehrere Kisten, die Joel gestern Abend auf die Seite geschoben hatte, damit sie am Küchentisch Platz hatten. Samantha umrundete sie und öffnete den Kühlschrank, der zum Glück gut gefüllt war. Sie nahm Joghurt und Milch. Im Küchenschrank fand sie Müesli, und auf der Anrichte stand Obst. Die Kaffeemaschine war glücklicherweise bereits ausgepackt und einsatzfähig. Einige Sekunden später breitete sich der Geruch nach Cappuccino in der Küche aus. Samantha löffelte ihr Müesli und blickte sich in der Küche um. Wenn sie sich bei AarePharm nicht nützlich machen konnte, würde sie das hier tun.

Nach dem Morgenessen begann sie mit der Küche und packte eine Kiste nach der anderen aus. Sie räumte die Schränke so ein, wie es ihr sinnvoll erschien. Nach der Küche arbeitete sie sich zum Wohnzimmer vor. Sie kam gut voran und gönnte sich zum Mittag eine kurze Pause mit einem Käsebrot und Salat. Als sie das Geschirr abräumte, klingelte es an der Tür. Samantha hielt in der Bewegung inne. Der Herzschlag beschleunigte sich. Es klingelte von Neuem. Samantha widerstand dem Drang, zur Tür zu schleichen und durch den Spion zu schauen. Sie hielt den Atem an und lauschte. Nichts. Ob die Person gegangen war? In dem Augenblick zerriss das Klingeln ihres Handys die Stille. Samantha eilte zur Garderobe, an der sie ihre Handtasche aufgehängt hatte. Sie blickte auf das Display und unterdrückte einen Fluch.

«Ungünstiger hätten Sie nicht anrufen können», flüsterte sie. «Es hat an der Haustür geklingelt, und ich wollte mich ruhig verhalten.»

«Das bin ich», sagte Bachmann. «Entschuldigen Sie, wenn ich mich nicht angemeldet habe.»

Samantha öffnete die Tür. Bachmann stand mit dem Handy am Ohr davor und grinste. Am liebsten hätte Samantha ihm ihr Handy an den Kopf geworfen.

«Darf ich reinkommen?»

Samantha führte ihn in die Küche, da das bisher der einzige Raum im Parterre war, der in einem vorzeigefähigen Zustand war. Bachmann setzte sich an den Tisch und legte eine Klarsichtmappe mit mehreren Blättern vor sich.

«Wie versprochen bringe ich die bearbeiteten Versionen Ihres Fotos.»

Samantha setzte sich ihm gegenüber und betrachtete die Ausdrucke. Der erste war das gleiche Foto, das sie ihm geschickt hatte, nur schärfer. Auf den anderen drei Bildern hatte der Techniker den Mann älter werden lassen. Auf einem hatte er eine Glatze. Beim zweiten waren die Haare grau. Beim dritten hatte er ihn dicker werden lassen und ihm einen Bart verpasst. Samantha schüttelte den Kopf und nahm das unveränderte Bild in die Hand.

«Ich glaube, ich verwechsle ihn», sagte sie. «Er sieht einem ehemaligen Arbeitskollegen aus der Westschweiz ähnlich.» Sie tippte auf die Nase. «Der hatte so eine spitze Nase wie der hier. Der Rest stimmt aber nicht.»

«Wie alt ist Ihr ehemaliger Kollege?», fragte Bachmann.

«Er war um die vierzig, würde ich sagen.»

«Gehörte er zu Ihrem Team?»

«Er hat zwei Wochen, nachdem ich angefangen hatte, den Job gewechselt. Viel hatte ich nicht mit ihm zu tun, und ich habe nur ein- oder zweimal mit ihm gesprochen.»

«Worüber?»

Bachmanns Hartnäckigkeit erstaunte Samantha. Sie hatte nicht das Gefühl, der Mann könnte mit dem Mordversuch oder dem Tod ihrer Eltern zu tun haben.

«Über das Wetter und so», erwiderte sie.

«Wusste er, dass Sie aus dem Aargau stammen?»

«Über solche Dinge habe ich mit ihm nicht gesprochen. Es war, wie gesagt, eher ein flüchtiger Kontakt.»

«Dennoch ist es denkbar, dass er das wusste», hakte er nach.

«Es ist durchaus möglich.»

«Können Sie mir seinen Namen sagen?», fragte Bachmann.

«Den weiss ich nicht mehr.»

«Kennen Sie die Firma, zu der er gewechselt hat?»

«Nein.»

Die Enttäuschung war Bachmann anzusehen, als er die Blätter zurück in die Mappe schob. «Es hätte sein können», murmelte er. «Trotzdem werde ich schauen, ob ich mehr über ihn in Erfahrung bringen kann. Mir ist eine andere Möglichkeit eingefallen, wie sich der Täter Zutritt zu Ihrer Wohnung verschafft haben könnte. Hatten Ihre Eltern einen Schlüssel?»

«Ja», sagte Samantha.

«Wissen Sie, wo Ihre Eltern ihn aufbewahrt haben?»

Samantha wurde heiss. Wie hatte sie ihren Verdacht vergessen können, der ihr vor der Indienreise durch den Kopf gegangen war. «Sie meinen, der Mörder meiner Eltern hat meinen Schlüssel mitgenommen?»

Bachmann nickte.

«Neben der Haustür befindet sich ein kleines Schränkchen. Dort hängen alle Schlüssel. Mein Schlüssel war einzeln an einem Plastikanhänger mit dem Bild eines Koalas.»

«Würden Sie nachschauen, ob er dort ist?»

«Jetzt gleich?», fragte sie.

«Das wäre das Beste.»

Knapp fünfzig Minuten später hielt Bachmann vor dem Haus ihrer Eltern an. Wie die Male davor verspürte Samantha Widerwillen, das Haus zu betreten, aber dieses Mal war wenigstens Bachmann dabei. Zudem war heute kein Nieselwetter, wie es im November im Mittelland normal war. Die Sonne schien und liess den Trugschluss zu, es sei Frühling.

Sie stiegen aus und gingen nebeneinander auf das Haus zu. Als sie näher kamen, spürte Samantha wieder die Verlassenheit, die es ausstrahlte. Sie schob den Schlüssel ins Schloss und liess Bachmann den Vortritt.

«Das hier meinen Sie?», fragte er und deutete auf das kleine braune Kästchen.

«Ja. Samantha öffnete das Türchen. Wie sie Bachmann gesagt hatte, hingen die Schlüssel ordentlich aufgereiht auf den Haken. Drei waren leer.

«Er ist weg», sagte sie und zeigte auf den leeren Haken unten links.

«Sind Sie sicher, dass Ihre Eltern ihn nicht an einen anderen Ort gelegt haben?»

«Mein Vater war ein Ordnungstier. Alles musste seinen Platz haben.»

Bachmann strich sich über das Kinn. «Gibt es eine andere Möglichkeit, wo er ihn hingetan haben könnte?»

«Höchstens ins Arbeitszimmer. Doch das glaube ich nicht, da er, wie gesagt, pingelig war. Ausserdem habe ich meinen Schlüssel dort nicht gesehen.»

«Wann?»

«Als ich am Montagabend hier war und begonnen habe, die Sachen meiner Eltern zu sichten.»

«Würden Sie bitte trotzdem nachsehen?»

Bachmann folgte Samantha die Treppe nach oben. Das Arbeitszimmer sah genauso aus, wie sie es am Montag verlassen hatte. Samantha schaute in den Schreibtischschubladen nach, fand aber, wie sie vorausgesagt hatte, keinen Schlüssel.

Bachmann trat an das Fenster und blickte in den Garten. «Schritt zurück», murmelte er.

«Wie bitte?»

«Es macht wieder alles möglich.»

«Sie meinen, der Täter ist nicht unbedingt in meinem direkten Umfeld zu suchen?»

«Ja.» Bachmann schaute weiter nach draussen. Als Samantha ihn so dastehen sah, erinnerte sie sich an das Gefühl, beobachtet zu werden, als sie hier war. An die Person, die im Garten geraucht hatte. An das Gefühl, einmal nicht alleine im Haus gewesen zu sein. Sie berichtete Bachmann davon. Langsam drehte er sich zu ihr um. «Warum haben Sie uns nicht früher davon erzählt?»

«Ich schrieb es meiner überspitzten Phantasie zu. Immerhin sind in diesem Haus meine Eltern getötet worden.»

«Wieso hatten Sie das Gefühl, es sei jemand im Haus gewesen? Haben Sie Schritte gehört?»

«Das nicht. Es war eher ein unbestimmtes Gefühl.»

«Wer hat einen Schlüssel zum Haus Ihrer Eltern?»

«Ich. Sonst keiner, es sei denn, sie sind in den Ferien. Wenn sie verreisen, bringen meine Eltern Herrn und Frau Moser einen Schlüssel.»

Bachmann nickte. Davon wusste er bereits. Die Befragungen hatten nichts ergeben.

«Herr und Frau Moser haben einen Anhänger mit zwei Schlüsseln», sagte Samantha. Sie rief sich das Schlüsselkästchen in Erinnerung und erstarrte. Ihr Verdacht schien sich zu bestätigen. «Den haben sie nicht zurückgegeben, weil sie für mich den Briefkasten leeren. Dann ist meiner weg, und zusätzlich fehlt einer der Schlüsselbunde.»

«Welcher Schlüsselbund?»

Samantha eilte an dem verdutzten Bachmann vorbei aus dem Zimmer und lief die Treppe nach unten.

«Hier», sagte sie und deutete auf den Haken oben rechts. «Normalerweise haben sie drei davon, an denen alle Schlüssel sind. Einer ist Muetis, einer ist Vatis und einer ist Reserve.»

«Wissen Sie, wofür die einzelnen Schlüssel sind?»

Samantha schüttelte den Kopf. «Es ist der Schlüsselbund von Mueti, der fehlt. Haben Sie irgendwo im Haus einen gefunden?»

«Die Spurensicherung hat keinen sichergestellt. In der Handtasche Ihrer Mutter war keiner und in dem Wagen auch nicht. Könnte er bereits länger weg sein? Ich meine, schon vor dem Tod Ihrer Eltern.»

«Ich meine mich zu erinnern, dass eine Woche vor ihrem Tod alle komplett waren.»

«Sie sind sich nicht sicher?»

«Normalerweise habe ich nicht darauf geachtet. Ich habe den eigenen und brauchte keinen aus dem Kästchen. Allerdings war es offen, als ich das letzte Mal vor ihrem …» Samantha stockte. Es fiel ihr nach wie vor schwer, es auszusprechen. «Als ich da war.»

«Sie meinen, es wäre Ihnen aufgefallen?»

«Ich denke es.»

Bachmann wirkte skeptisch. «Hatten Ihre Eltern Ihnen gegenüber erwähnt, dass ihnen der Schlüsselbund und Ihr Schlüssel abhandengekommen sind?»

«Nein.»

«Hätten sie es Ihnen gesagt?»

«Bei ihrem Schlüsselbund nicht unbedingt, aber im Fall meines Schlüssels schon. Wie gesagt, für meinen Vater musste alles seine Ordnung haben.»

Als sie das Haus verliessen, bog Bachmann Richtung Garten ab. «Zeigen Sie mir bitte die Stelle, an der Sie das Gefühl hatten, es stünde dort jemand.»

Sie überquerten den Rasen. Vor dem Beet, das ihre Mutter an der Grenze zu den Nachbarn angelegt hatte, blieb sie stehen und wandte sich zum Haus um. «Etwa hier muss es gewesen sein.»

Bachmann bückte sich. «An dem Busch sind abgeknickte Äste, und die Polsterpflanzen sind zertrampelt.» Samantha starrte auf die Stelle. Bachmann holte aus seiner Jackentasche Latexhandschuhe und einen kleinen Zipbeutel hervor, auf dem mit blauer Schrift «Polizei Spurensicherung» stand und das Aargauer Wappen aufgedruckt war. Er beugte sich weiter vor und strich mit der Hand über die Pflanzen.

«Mist», murmelte er. «Er muss die Kippen eingesammelt haben.» Als er sich aufrichtete, hielt er inne. «Oder besser, fast alle.» Er griff zwischen die Pflanzen und hielt gleich darauf einen bis auf den Filter gerauchten Zigarettenstummel in den Fingern, den er in den Beutel fallen liess.

Wie hypnotisiert starrte Samantha die Kippe an.

«Es ist richtig, dass Ihre Eltern nicht geraucht haben?»

Samantha nickte.

«Wie ist es mit denen dort?» Er deutete auf das angrenzende Grundstück.

«Das weiss ich nicht.»

Bachmann stand auf. «Ich werde die Spurensicherung herbitten.»

Samantha spürte, wie sich eine Gänsehaut über ihren ganzen Körper ausbreitete. Das Gefühl, beobachtet zu werden, war keine Einbildung gewesen.

«Mir gefällt das nicht», sagte Bachmann, als er vor Joels Haus hielt. «Ich bitte Sie, sich weiterhin bedeckt zu halten und keinen wissen zu lassen, wo Sie sich aufhalten. Das Einzige, das mich beruhigt, ist, dass Sie keiner in Liestal vermuten wird.»

«Hat der Mörder meinen Schlüssel gleich nach dem Mord mitgenommen?», fragte Samantha.

«Ich vermute, er hat erst nur den Schlüsselbund eingesteckt.»

«Sie meinen, er ist zurückgekommen?» Der schale Geschmack im Mund verstärkte sich. «Das würde bedeuten, es war tatsächlich jemand im Haus und keine Einbildung?»

Bachmann machte eine vage Bewegung mit den Händen.

«Warum hat er damals nicht die Gelegenheit ergriffen und mich gleich getötet?»

Bachmann zuckte mit den Schultern.

«Warum sollte der Mörder zurückkehren und meinen Schlüssel holen? Woher sollte er wissen, welcher meiner war?» Samanthas Herz machte einen Sprung. «Neben dem Koalaanhänger hatte mein Vater ein Etikett mit meinem Namen angebracht.» Ihr Blick traf sich mit dem von Bachmann. «Es macht für mich keinen Sinn.»

«Für mich schon. Ich sehe als Grund die Suche nach Ihrer leiblichen Familie.»

«Das macht genauso wenig Sinn.»

«Zum Zeitpunkt des Todes Ihrer Eltern hatten Sie keine Nachforschungen angestellt. Erst später fingen Sie damit an. Habe ich das so richtig verstanden?»

«Ja.»

«Es muss damit zu tun haben. Wenn wir das Motiv haben, haben wir den Täter.»

«Sind Sie sich sicher?»

«Nein, aber ich hoffe es.»

«Es kann jeder dahinterstecken.»

«So ungefähr. Der Personenkreis, der hinter den Taten steckt, hat sich leider ausgeweitet. Kannte Herr Gyger Ihre Eltern?»

Bitte nicht schon wieder, dachte Samantha. «Nein.»

«Ich sollte zurück nach Aarau», sagte Bachmann.

Nachdem sie sich verabschiedet hatten, ging Samantha auf das Haus zu. Als sie an der Haustür angekommen war, konnte sie den Impuls nicht zurückdrängen, sich umzudrehen. Bachmanns Wagen stand weiterhin in der Einfahrt. Samantha schloss die Tür auf und hob die Hand.

Bachmann erwiderte die Geste und fuhr ab.

Es war still im Haus. Die Ruhe, die es ausstrahlte, ging nicht auf Samantha über. Im Gegenteil, sie wurde hibbeliger. Sie war versucht, Joel anzurufen, unterliess es aber. Er konnte ihr nicht helfen. Bis er heimkehrte, musste sie sich ablenken. Sie beschloss, weiter Kisten auszupacken und da fortzufahren, wo sie im Wohnzimmer vor dem Mittagsimbiss stehen geblieben war.

Als sie bei der letzten Kiste angekommen war, klingelte ihr Handy. Samantha eilte in den Gang und fischte es aus der Handtasche. Bevor sie sich an Bachmanns Bitte erinnerte, keine Gespräche ausser seinen entgegenzunehmen, hatte sie das Handy am Ohr.

«Endlich!», rief Valentin, und ein Wortschwall ergoss sich über Samantha. «Wir haben uns Sorgen um dich gemacht, Sammy. Keiner hat uns gesagt, was genau passiert ist und wie es dir geht. Die Polizei hüllt sich in Schweigen, was deinen Aufenthaltsort betrifft, und du nimmst das Handy nicht ab. Wir haben das Schlimmste befürchtet.»

«Mir geht es gut», versuchte Samantha ihren Onkel zu beschwichtigen.

«Wo bist du? Hoffentlich nicht in deiner Wohnung. Da kannst du unmöglich bleiben. Du musst in eine neue ziehen. Bis du eine hast, kannst du bei uns wohnen.»

«Ich bin bei Joel», unterbrach Samantha den Redefluss ihres Onkels.

«Joel? Wer ist das?»

«Mein Freund.» Samantha liess das Wort in sich nachklingen. Es fühlte sich gut an.

«Du hast einen Freund?», rief Valentin. «Das sind ja mal gute Nachrichten. Warum erzählst du das erst jetzt?»

«Wir sind noch nicht so lange zusammen.»

«Es wurde langsam Zeit, dass du jemanden an deine Seite bekommst. Ich hoffe, er passt gut auf dich auf.»

«Im Moment ist er bei der Arbeit, und ich passe selbst auf mich auf.»

«Das behagt mir nicht. Wir kommen zu dir.»

«Ich weiss nicht.»

«Sonja will dich sehen. Wenn du wüsstest, was sie, seitdem gestern die Polizei vor unserer Tür stand, für ein Nervenbündel ist. Erst Doris und Peter und nun Sammy, hat sie mir die ganze Zeit die Ohren vollgejammert.»

Das konnte Samantha sich bildlich vorstellen. Sie überlegte, ob es Joel recht war, wenn die beiden in Liestal auftauchten.

«Wir können etwas trinken gehen», sagte ihr Onkel.

«Ich habe meinen Wagen nicht. Der steht in Lenzburg.»

«Wir holen dich ab, und wenn Joel schon zu Hause ist, kann er mitkommen. Wir freuen uns darauf, ihn kennenzulernen.»

Samantha warf einen Blick auf die Uhr. Sie wusste nicht, wann Joel Feierabend machen würde, aber sie nahm an, es werde nicht mehr lange dauern, bis er nach Hause kam. Sie willigte ein und gab ihrem Onkel die Adresse.

Samantha hatte gerade die leeren Schachteln in Joels Garage gestellt, als Valentin vorfuhr. Er hielt vor der Einfahrt und stieg aus. Mit weit ausgreifenden Schritten und ausgebreiteten Armen kam er auf Samantha zu und drückte sie fest an sich. Als Samantha glaubte, er würde sie nicht mehr loslassen, schob er sie ein Stück zurück und musterte sie aufmerksam.

«Wie du siehst, geht es mir gut», sagte Samantha.

«Was ist mit deiner Stirn?»

«Das war der Zusammenstoss mit der Ladung indischer Stoffballen. Wo ist Sonja?» Samantha blickte zum Wagen.

«Planänderung. Sie hat beschlossen, ein reichhaltiges Nachtessen zuzubereiten. Sie möchte dich und deinen Freund einladen. Da muss ein anständiges Essen auf den Tisch, hat sie erklärt.» Samantha konnte sich ein Lächeln nicht verkneifen. Das war typisch Sonja.

«Ich hoffe, er ist schon da.» Valentin blickte zum Haus, und die Neugierde, die in seinem Gesicht lag, war überdeutlich. Aufregung nahm von Samantha Besitz. Hoffentlich mochten er und Sonja Joel.

«Leider nicht. Er ist noch bei der Arbeit.» Samantha wandte sich dem Haus zu. «Ich rufe ihn an und frage, wann er heimkommt und ob er mitkommen möchte.»

«Die andere Möglichkeit ist, wir können vorfahren, und er kommt nach.»

«Einverstanden», sagte Samantha. «Ich sage ihm Bescheid.»

Samantha kehrte ins Haus zurück und betrat es vor Valentin. Sie holte ihr Handy aus der Tasche und scrollte durch die Kontakte. A, B …

«Handy weg!»

Erstaunt wegen des barschen Tonfalls drehte Samantha sich um und erstarrte. Valentin hatte die Haustür geschlossen. In der Hand hielt er eine Waffe, die er auf sie richtete.

«Valentin?» Samantha starrte auf den Lauf. «Was soll denn das?»

«Handy weg!»

Valentins Gesicht war verzerrt. So kannte sie ihn nicht. Er kam näher, den Lauf weiter auf Samantha gerichtet. Sie war erstaunt, wie ruhig sie blieb.

«Ich sage es kein drittes Mal.» Eine kaum wahrnehmbare Bewegung seines Fingers, und es klickte. Samanthas Puls reagierte prompt und schnellte in die Höhe. Der erwartete Schmerz blieb aus. Samantha blickte an sich herunter. Kein Blut. Er hatte nur die Waffe entsichert und nicht geschossen. Als sie langsam die Hand mit dem Handy zu der Ablagefläche neben der Garderobe bewegte, fiel ihr Blick auf das Display.

Unter B stand Bachmanns Name an erster Stelle. Sie berührte so unauffällig wie möglich mit der Fingerspitze den Namen.

«Samantha! Leg das Ding weg, wenn dir dein Leben lieb ist.»

Langsam legte Samantha das Handy auf die Fläche und tippte gleichzeitig ein zweites Mal das Display an. Hoffentlich traf sie das Hörersymbol.

«Weg vom Schrank!»

Samantha machte einen Schritt auf die Seite.

«Valentin, was soll das?», wiederholte sie. Ihre Stimme klang schrill in ihren Ohren. Sie musste Zeit gewinnen. Hoffentlich kam die Verbindung zustande. Hoffentlich hörte Valentin nicht, wenn Bachmann sich meldete oder nach ihr rief, weil sie keine Antwort gab.

«Warum musst du deine Nase in alles stecken, was dich nichts angeht?»

«Wovon sprichst du?» Samantha schielte zum Handy, das für sie inzwischen unerreichbar war. Sie hätte sich vergewissern müssen, ob es mit der Verbindung geklappt hatte.

«Gleich kommt Joel nach Hause und …»

«… und findet deine Leiche, wenn du nicht endlich ruhig bist.» Valentin trat auf sie zu. Schweiss sammelte sich auf seiner

Stirn. Seine Oberlippe zitterte, und seine Augen huschten hin und her. «Wir machen eine kleine Spazierfahrt.»

Samantha schüttelte den Kopf. Sie musste es schaffen, hierzubleiben. Fieberhaft überlegte sie, wie lange Bachmann benötigte, bis er eintraf. Mit Joel hatte sie ungefähr vierzig Minuten von Aarau gebraucht. Das war zu lang. Aber eine andere Chance hatte sie nicht. Falls er abgenommen hatte.

Valentin war näher gekommen und stand dicht vor ihr. Die Waffe war nur noch wenige Zentimeter von ihrer Brust entfernt. Samantha starrte den Lauf an. Wie aus dem Nichts schnellte Valentins Hand nach vorne. Er packte ihren Arm und wirbelte sie herum. Schmerzhaft verdrehte er ihren Arm auf den Rücken. Gleich darauf bohrte sich der Lauf zwischen ihre Schulterblätter.

«Wenn du nicht das tust, was ich will, kann ich gleich abdrücken.»

«Bitte hör damit auf.»

«Nein. Warum kannst du die Vergangenheit nicht ruhen lassen?»

«Welche Vergangenheit?»

«Dein Vater konnte das auf einmal nicht.»

«Wovon sprichst du?»

«Dabei habe ich das nur für sie getan. Mir verdanken sie alles. Das Gleiche gilt für dich. Was hat dein Vater gejammert und gebettelt, damit ich deiner Mutter helfe, als ich ihm sagte, ich kenne jemanden, der sein Problem der Kinderlosigkeit lösen könnte. Ihm waren alle Mittel recht. Vor vier Wochen war plötzlich alles anders. Er könne und wolle damit nicht leben und müsse es dir und deiner Mutter sagen. Keine Ahnung, woher diese Reue auf einmal kam. Aber nicht genug, nun fängst zusätzlich du damit an. Und das nur wegen dieser Ranjana.»

«Sammy? Ich bin zurück.» Joel trat ein, und die Tür fiel hinter ihm ins Schloss.

«Joel, renn!», schrie Samantha.

Aber Joel verharrte in der Bewegung. Valentin schwenkte die Waffe in seine Richtung.

«Wer sind Sie?», fragte Joel.

«Stehen bleiben!», herrschte Valentin ihn an.
«Moment. Sie sind Valentin Kälin, der Politiker.» Joel machte einen weiteren Schritt in Valentins Richtung, als ein Knall durch die Wohnung hallte. Samantha und Joel schrien gleichzeitig auf. Joel strauchelte. Mit einer Hand suchte er Halt und erwischte eine Jacke, die an der Garderobe hing. Sie rutschte vom Bügel. Er verlor das Gleichgewicht und stürzte auf den Boden. Eine Hand presste er auf den Oberschenkel. Mit der anderen stützte er sich ab und rappelte sich auf. Sein Gesicht war schmerzverzerrt. Unter seiner Hand breitete sich ein dunkler Fleck auf dem grauen Jeansstoff aus.
«Liegen bleiben!»
Joel verharrte in der Bewegung.
«Das nächste Mal ziele ich höher.» Valentin kramte in seiner Jackentasche und förderte Kabelbinder zutage.
«Fessle ihn!»
«Valentin …»
«Willst du verantwortlich für seinen Tod sein?»
Ich kann nicht anders, sagte sie lautlos mit den Lippen.
Joel schloss kurz die Augen, als wollte er signalisieren, sie verstanden zu haben.
Samantha nahm den Kabelbinder. Joel lehnte sich sitzend gegen die Wand und reichte Samantha seine Hände.
«Nichts da. Hände auf den Rücken.»
Samanthas Verzweiflung wuchs, als Joel der Aufforderung nachkam und sich so drehte, dass sie ihn fesseln konnte.
«Mach keinen Fehler», knurrte Valentin. «Fester.» Der Lauf der Waffe deutete abwechselnd auf Samantha und Joel.
Joel stöhnte auf, als sie den Kabelbinder festzog.
«Als Nächstes die Beine.»
Flehend blickte Samantha in Valentins Richtung. Sein Gesicht war eine Maske. «Bitte nicht.»
Anstelle einer Antwort trat er dichter an Joel heran und zielte auf seinen Kopf.
«Mitkommen», sagte er, nachdem Samantha Joels Beine gefesselt hatte, und presste den Lauf erneut zwischen ihre Schulterblätter.

«Lassen Sie Sammy und nehmen Sie mich mit.» Joel versuchte in eine bequemere Position zu kommen. Der Blutfleck auf dem Jeansstoff breitete sich weiter aus.

«Wie edel von dir», knurrte Valentin. «Vergiss es. Keine Sorge. Um dich kümmere ich mich später.» Er stiess den Lauf der Waffe fester zwischen Samanthas Schulterblätter. Als sie der Aufforderung nachkam, sah sie in Joels Augen die gleiche Angst, die sie empfand.

Sie verliessen das Haus. Valentin dirigierte Samantha zu seinem Wagen.

«Einsteigen!»

«Bitte tu Joel nichts an.»

«Einsteigen!»

Samanthas Augen huschten hin und her. Weiter vorne bog eine Frau mit einem Kinderwagen um die Ecke. Ein Bub folgte ihr mit dem Trottinett. Samantha holte Luft, um zu schreien.

«Vergiss es», zischte Valentin und stiess mit dem Lauf in ihren Rücken.

Bitte schau hierhin, flehte Samantha die Frau im Stillen an. Sie verschwand in einem Haus, und die Strasse war wieder leer. Die ruhige Wohnlage, die Samantha bewundert hatte, als Joel sie zu seinem Haus gebracht hatte, wurde nun zum Verhängnis.

Valentin öffnete die Beifahrertür und gab Samantha einen Stoss. Sie fiel mehr in den Wagen, als dass sie einstieg. Valentin umrundete den Wagen. Als er die Fahrertür öffnete, bog ein Polizeiwagen mit der Aufschrift «Polizei Basel-Landschaft» und blinkendem Blaulicht in die Strasse.

Valentin fluchte, sprang in den Wagen und gab Gas. Mit quietschenden Reifen schoss der Wagen los, und Samantha wurde in den Sitz gedrückt. Im entgegenkommenden Wagen konnte sie zwei Polizeibeamte erkennen. Kurz trafen sich ihre Blicke. Kaum hatten sie einander passiert, riss der Fahrer das Steuerrad herum. Der Polizeiwagen schleuderte, als er in Joels Einfahrt raste und wendete. Gleich darauf bog Valentin ab, und die Beamten waren ausserhalb des Blickfeldes. Sie rasten durch das Quartier, bis Valentin in die Seltisbergerstrasse einbog. Die Reifen quietschten, als er beschleunigte und bergauf durch eine lang gezogene Rechtskurve durch ein kleines Wäldchen raste, dem eine freie Fläche mit Wiesen folgte. Samantha warf einen Blick nach hinten. Der Polizeiwagen kam näher. Vor ihnen tauchte ein blauer Wagen auf. Valentin setzte, ungeachtet eines Töffs auf der Gegenfahrbahn, zum Überholen an. Der Töff wich aus und fuhr über das Trottoir auf die Wiese und den Hang hinunter. Samantha konnte nicht erkennen, ob er stürzte.

Sie passierten die Ortseinfahrt von Seltisberg, doch Valentin raste in der gleichen Geschwindigkeit weiter. Schweisstropfen rannen seine Schläfen entlang nach unten. Sein Blick war starr geradeaus gerichtet. «Dabei habe ich es nur für ihn gemacht», stiess er hervor. «Damit er seine Frau nicht verliert und sie ihren Herzenswunsch erfüllt bekommen. Woher auf einmal diese Gewissensbisse?»

Samantha klammerte sich am Sitz fest, als Valentin weiter Gas gab und einen Bus überholte. Eine Frau wollte mit ihrem Kleinkind zur gegenüberliegenden Bushaltestelle die Strasse überqueren und riss das Mädchen gerade noch zurück.

«Dein Vater.» Valentins Unterlippe bebte. «Ich habe es nicht gewollt.» Er warf Samantha einen Seitenblick zu.

«Was?»

Samantha riskierte einen Blick nach hinten. Das Blaulicht holte weiter auf. Sie erhaschte einen Blick auf ein auf die Strasse gemaltes Schild mit der Unterschrift: «Achtung Schule». Die Strasse wurde schmaler. Vor ihnen tauchte eine enge Kurve auf. Valentin bremste und riss das Lenkrad erst nach links und gleich darauf nach rechts. Das Heck des Wagens scherte aus. Knapp konnte Valentin den Wagen auffangen. Nach der Doppelkurve beschleunigte er ungeachtet der schmalen Strasse erneut.

«Er ist gestürzt.» Valentin wischte mit dem Unterarm über die Stirn. «Was sollte ich machen, als Doris im Raum stand und kreischte?»

Samantha begriff auf einmal, wovon er sprach. «Du hast sie getötet!»

«Dabei hast du es gut gehabt.»

«Ich?»

«Dein Zustand war erbärmlich, als ich dich das erste Mal

gesehen habe. Ohne mich hättest du nicht überlebt. Du warst krank und unterernährt. Wer weiss, was sie gemacht hätten, wenn sie dich nicht losgeworden wären.»

«Wer?»

«Die Inder!», schrie Valentin. «Ein unschuldiges Baby. Es war eine Win-win-Situation für alle.» Er sprach schneller. «Peter und Doris bekamen ihr Kind, der Typ wurde die unerwünschte Tochter los und erhielt sogar Geld dafür. Der vom Waisenhaus hat sich was dazuverdient. Du bekamst deine Chance, ein gutes Leben zu führen.»

Sie verliessen Seltisberg. Wiesen und Bäume folgten. Die Strasse wurde noch schmaler.

«Hör auf. Halt an. Bitte. Es bringt nichts.»

Valentin warf einen Blick zurück und riss dabei das Lenkrad nach links. Beim Versuch, den Wagen aufzufangen, verlor er in einer leichten Rechtskurve endgültig die Kontrolle. Samantha schrie. Sie flogen auf einen einzelnen Baum zu. Valentin riss das Steuerrad nach rechts. Knapp verfehlte der Wagen den Baum. Er kippte auf die Seite. Samantha wurde hin und her geschleudert. In den Sitz gepresst, wieder herausgehoben. Sie wusste nicht mehr, wo oben und unten war. Der Gurt schnitt schmerzhaft in ihren Oberkörper. Ein weisser Gegenstand flog auf sie zu. Im nächsten Augenblick war es schwarz vor ihren Augen.

***

Eine kühle Hand strich über ihr Gesicht.

«Sie hatte grosses Glück», hörte Samantha eine Männerstimme. «Besonders, wenn man bedenkt, was von dem Auto übrig geblieben ist.»

«Was ist mit ihr?»

Lorena?

«Eine leichte Gehirnerschütterung. Schnitt- und Schürfwunden. Einige Prellungen und blaue Flecken.»

«Das ist wirklich alles?» Joel?

«Ja. Ihr Schutzengel war zur Stelle, wenn ich das so formulieren darf.»

Samantha zwang sich, ihre Augen zu öffnen, und wurde im ersten Moment geblendet. Eine Hand umschloss ihre. Sie versuchte die Augen ein zweites Mal zu öffnen, dieses Mal aber langsamer. Verschwommen nahm sie vier Personen wahr. Nach und nach wurde das Bild schärfer. Samantha erkannte Joel, Lorena, Bachmann und einen Mann in einem weissen Kittel, der sich nach vorne beugte.

«Grüezi, Frau Kälin.»

Samantha wollte antworten, aber mehr als ihren Mund auf- und zuklappen funktionierte nicht. Sie blickte zu Joel, der vor ihrem Bett sass und ihre Hand hielt. Krücken lehnten an der Stuhllehne. Rechts und links von ihm standen Lorena und Bachmann. Sein Mund verzog sich zu einem Lächeln.

«Gott sei Dank», flüsterte Joel.

Samantha schaute als Nächstes Bachmann und Lorena an.

«Wie geht es Ihnen?», fragte der Arzt.

Samantha horchte in sich hinein. Ihr Kopf tat weh, und der Körper fühlte sich so an, wie als sie als Kind einmal mit dem Velo gestürzt war.

Sie öffnete den Mund und musste sich zuerst räuspern, bis es ihr gelang, die Wörter zu artikulieren. «Ein wenig wie Hackfleisch.»

Auf Lorenas Gesicht erschien ein breites Grinsen.

«Wissen Sie, was passiert ist?», fragte Bachmann.

«Was ist mit Valentin?», flüsterte sie.

«Das Scheusal bringt dich beinahe um, und du fragst nach ihm, kaum bist du aufgewacht?», rief Lorena.

Joel legte die andere Hand auf ihren Arm und schüttelte den Kopf. Er formte Wörter mit den Lippen, die Samantha nicht entziffern konnte.

«Er hatte nicht ganz so viel Glück wie Sie», sagte der Arzt.

Samanthas Magen zog sich zusammen. «Ist er …?»

«Nein. Er hat eine mittlere Gehirnerschütterung und eine Verletzung im Bereich der Brustwirbelsäule. Ausserdem einen Becken- und einen Beinbruch.»

«Ist er gelähmt?»

«Das Rückenmark scheint unverletzt. Vorsichtshalber haben wir ihn aber nach Nottwil ins Paraplegikerzentrum gebracht.»

Der Arzt tätschelte ihre andere Hand. «Nun geht es aber in erster Linie um Sie.»

«Wo bin ich?»

«Im Kantonsspital.»

«Aarau?»

«Nein. Liestal.»

«Darf ich?», fragte Bachmann den Arzt. Die Ungeduld, die er ausstrahlte, war mehr als präsent.

«Fühlen Sie sich in der Lage, einige Fragen zu beantworten?», fragte der Arzt.

Sie nickte.

«Wenn es geht, bitte alleine», sagte Bachmann.

Der Widerwille in Joels und Lorenas Gesichtern war deutlich. Bevor Joel nach den Krücken griff und Lorena aus dem Zimmer folgte, beugte er sich zu Samantha und gab ihr einen Kuss.

«Was ist mit dir?», fragte sie.

«Ein Streifschuss. Es hat stark geblutet und tut höllisch weh, ist aber nichts Gefährliches.»

Nachdem die anderen den Raum verlassen hatten, setzte Bachmann sich auf den Stuhl, auf dem Joel gesessen hatte.

«Sie haben eine unglaubliche Geistesgegenwart bewiesen.»

«Wovon sprechen Sie?»

«Nicht jeder hätte es in dieser Situation geschafft, einen Anruf zu aktivieren. Zuerst habe ich gedacht, der Anruf sei aus Versehen zustande gekommen, weil Sie nicht antworteten und ich nur Stimmengemurmel im Hintergrund hörte. Bald war mir klar, worum es wirklich ging, und ich habe die Baselländer Kollegen informiert.» Er holte ein Notizbuch aus der Innentasche seiner Jacke. «Können Sie erzählen, was genau passiert ist.»

«Hat mein Onkel nichts gesagt?»

«Er war bisher nicht ansprechbar.»

EINUNDZWANZIG

Lorena stellte zwei Cappuccino und zwei Espresso auf das Glastischchen in Samanthas Wohnzimmer.

Sie hatte Samantha vom Spital abgeholt und war mit ihr nach Lenzburg gefahren. Als sie fünf Minuten zu Hause gewesen waren, war Bachmann mit Joel eingetroffen. Joel hatte im Polizeikommando seine Aussage unterschreiben müssen. Da er mit seiner Verletzung nicht selbst fahren konnte, hatte Bachmann ihn hergebracht.

Joel rutschte neben Samantha auf das Zweiersofa und legte den Arm um ihre Schultern. Bachmann setzte sich auf den Sessel, und Lorena holte sich Samanthas Schreibtischstuhl, den sie neben Bachmann stellte.

«Wir haben mit Ihrem Onkel gesprochen», sagte Bachmann.

«Wie geht es ihm?»

«Den Umständen entsprechend. Wie es aussieht, hat er grosses Glück gehabt. Gelähmt wird er nicht sein.»

«In der Hölle sollte er schmoren», knurrte Lorena.

«Ich nehme an, Sie kennen nicht alle Details, die Ihre Adoption betreffen», fuhr Bachmann fort, ohne auf Lorena zu achten.

«Einiges kann ich mir zusammenreimen, aber genau weiss ich es nicht.»

«In dem Fall fange ich von vorne an.» Er trank einen Schluck Espresso. «Ihr Vater und Ihr Onkel waren Expats in Indien. Sie sollten eine Produktionsstätte eines Chemieunternehmens aufbauen.» Er forschte in Samanthas Gesicht.

Sie nickte.

«Wissen Sie von der Fehlgeburt Ihrer Mutter?»

«Sie konnte danach keine Kinder mehr bekommen und wurde depressiv. Daraufhin wurde ich adoptiert. Ich war angeblich Waise. Das habe ich Ihnen bereits erzählt.»

«Ich weiss. Was wissen Sie alles von dieser Geschichte, ich meine der wahren aus der Sicht Ihrer Adoptivfamilie?»

«Nichts, nur das, was mein Onkel auf der Flucht für mich zusammenhangslos gesagt hatte.»

«Ich versuche, alles zusammenzufassen», sagte Bachmann. «Ihr Onkel war massgeblich an der Adoption beteiligt. Er ist nach wie vor fest davon überzeugt, korrekt gehandelt zu haben. Er fragte zuerst nach einem Kind zum Adoptieren in einem Waisenhaus nach, das aber zu dem Zeitpunkt kein Kind im gewünschten Alter hatte. Ausserdem kann man nicht von heute auf morgen ein Kind aufnehmen – auch in Indien nicht. Es braucht seine Zeit. Ein Angestellter bot Ihrem Onkel an, schneller ein Kind besorgen zu können. Er wusste von Ihrem leiblichen Vater, der willens war, Sie loszuwerden. Wie viel Geld geflossen ist, wissen wir nicht. Der Angestellte organisierte und fälschte die Adoptionsunterlagen, die Ihre Eltern an die Schweizer Behörden weiterleiteten. Am Tag der Übergabe war Ihr Onkel erkrankt. Er bat einen Arbeitskollegen, Sie in Agra abzuholen. Das ist der Mann auf dem Foto. Sie kennen ihn. Fredy Koller, ein Freund von Ihrem Onkel.»

Samantha schloss die Augen. Jetzt, als Bachmann das sagte, wurde es ihr bewusst. Heute war Fredy im Gegensatz zu der Person auf dem Foto untersetzt und hatte kaum Haare, die nicht mehr blond, sondern grau waren. Seine spitze Nase hatte er weiterhin. Samantha erinnerte sich, wie Valentin ihn erwähnt hatte, wenn er von seiner Zeit in Indien sprach. Fredy Koller hatte für dieselbe Firma gearbeitet und war für die Inbetriebsetzung eines Teils der Anlage nach Indien gereist.

«Ihr Vater wusste von Ihrer, wie soll ich sagen, illegalen Beschaffung, aber es war ihm zu diesem Zeitpunkt egal. Ihm ging es nur darum, seine Frau zu retten, die bereits zwei Selbstmordversuche hinter sich hatte.» Samantha richtete sich auf. Davon hatte Sonja ihr nichts erzählt. «Ausserdem hat Ihr Onkel ihm klargemacht, ein Kind zu retten.»

Samantha senkte den Kopf und starrte auf ihre Kaffeetasse.

«Ihrem Vater war in seiner Verzweiflung nicht bewusst, welches Verbrechen sie planten und dass Ihr Verschwinden für andere Personen, also zum Beispiel Ihre leibliche Mutter, tragisch sein könnte.» Bachmann trank einen Schluck. «Vermutlich hätten Sie in Indien nicht überlebt, wie Ihr Onkel aufführt. Ihr Gesundheitszustand war alles andere als gut. Wenn ich den Bericht von Ihrem Onkel und Ihrer Tante höre, habe ich das Gefühl, es grenzt an ein Wunder, dass Sie es geschafft haben. Ein oder zwei Tage später, und Sie wären gestorben.»

Samantha senkte den Kopf. Ihr Onkel war also Mörder und Lebensretter in einem. Dennoch wusste sie nicht, ob sie ihm vergeben würde können.

«Ist den Schweizer Behörden nichts aufgefallen?», warf Joel in das entstandene Schweigen ein.

«Offenbar nicht.» Bachmann leerte den Espresso. «Der Angestellte vom Waisenhaus wusste, was es alles brauchte und was er tun musste, damit die Fälschungen nicht auffielen.»

«Möchten Sie einen zweiten?», fragte Samantha und deutete auf die leere Tasse.

«Nein danke, einer reicht», sagte er.

«Wusste meine Mutter davon? Was ist mit Sonja?»

«Nein. Gemäss Ihrem Onkel kannten Ihre Mutter und Ihre Tante nur die Version, die auch Ihnen erzählt wurde.»

«Was hat das Ganze um meine Adoption mit dem Tod meiner Eltern zu tun?», fragte Samantha und tastete nach Joels Hand. Seine Finger schlossen sich um ihre. Sie war froh um den Halt, den er ihr gab.

«Ungefähr eine Woche vor dem Mord sahen Ihre Eltern einen Bericht über illegal adoptierte Kinder im Schweizer Fernsehen. Ihre Mutter hat zu Ihrem Vater gesagt, froh zu sein, dass sie bei Ihnen darauf geachtet haben, dass alles legal lief. Ihr Vater verspürte wegen der im Fernsehen geschilderten Schicksale Schuldgefühle. Er rief Ihren Onkel an und sagte, er würde gerne die Wahrheit sagen, um so wenigstens ein wenig sein Gewissen zu erleichtern. Ihr Onkel bat ihn, das zuerst mit ihm persönlich und nicht am Telefon zu besprechen. Als Ihre Eltern an dem Tag, als Sie in die Ferien fahren wollten, bei Ihrem Onkel zu Mittag assen, versuchte Ihr Onkel, es Ihrem Vater auszureden, als die beiden Frauen in der Küche ausser Hörweite waren. Ohne Erfolg. Ihr Vater sagte, er werde in den Ferien mit Ihrer Mutter und Ihnen reden. Später am Nachmittag unternahm Ihr Onkel einen neuen Versuch und ging nach Brugg, da er merkte, wie ernst es Ihrem Vater war. Er befürchtete, es würde seiner Karriere als Politiker schaden, wenn die illegale Adoption ans Licht kam. Die Diskussion uferte zu einem Streit aus. Im darauffolgenden Handgemenge stürzte Ihr Vater unglücklich. Ihre Mutter, die zu dem Zeitpunkt den Schlüssel zu Herrn und Frau Moser gebracht hatte, kehrte genau in diesem Augenblick zurück. Sie muss geschrien haben. Was danach geschah, konnte Ihr Onkel uns nicht detailliert schildern. Ich denke, er sah rot, als Ihre Mutter davonrannte. Er stellte sie vor dem Bad und erschlug sie. Als er das Haus verliess, besass er genug Geistesgegenwart, um einen Schlüsselbund mitzunehmen. Er wollte später nachschauen, ob es Hinweise auf die illegale Adoption gab.»

«Warum hat er es nicht gleich gemacht?», fragte Samantha.

«Er wusste, dass Sie jeden Augenblick kommen würden. Er hat später die Unterlagen aus dem Ordner genommen und vernichtet. Damit fühlte er sich wieder in Sicherheit.»

«Ausgerechnet jetzt meldete sich Ranjana bei Sammy, und sie begann mit Nachforschungen», sagte Joel.

«Genau. Ihr Onkel hatte Angst, es könnte zusätzlich dabei herauskommen, dass er die Schuld am gewaltsamen Tod Ihrer Eltern hatte. Das war genauso wenig förderlich für seine Karriere, wenn ich das so lapidar sagen darf. Das Ganze verselbstständigte sich, als Frau Kälin ihm von dem Foto der Übergabe berichtete.» Er schaute Samantha an. «Sie wurden zu einer Gefahr. Nicht nur wegen der Adoption, sondern zusätzlich wegen seines Mordes an Ihren Eltern. Er fürchtete, Sie könnten herausfinden, was er getan hatte.»

«Wie kam er darauf?»

«Er hatte Angst, Ihr Vater könnte bereits etwas angedeutet haben, und Sie könnten nach dem Tod Ihrer Eltern einen Zusammenhang sehen. Daher hat Ihr Onkel Fredy Koller bereits kurz nach dem Mord gebeten, ein Auge auf Sie zu haben. Nach Ihrer Rückkehr aus Indien fühlte er sich zusehends in die Ecke gedrängt.»

«Wieso folgte er mir nicht selbst?»

«Er wollte verhindern, dass Sie ihn erkannten. Sie hätten

beispielsweise seinen Wagen bemerken können, wenn er Ihnen hinterherspionierte. Ausserdem hatte er keine Zeit dazu, und seine Frau wusste von allem nach wie vor nichts. Er konnte kein Misstrauen von ihrer Seite gebrauchen.»

Nun passte einiges zusammen. Der Mann mit dem schwarzen Hund, den sie an einem Abend meinte gesehen zu haben – Fredy Koller besass einen Belgischen Schäferhund. Ausserdem war er ein starker Raucher, was den Geruch, ihre Beobachtung und den Zigarettenstummel im Garten ihrer Eltern erklärte.

«Als Sie nach Ihrer Rückkehr hartnäckig dranblieben, sah er keinen anderen Ausweg. Ihr Onkel wusste, dass Ihre Eltern einen Schlüssel zu Ihrer Wohnung besassen. Er holte ihn und drang bei Ihnen ein. Da er Sie wie eine eigene Tochter liebt, konnte er, wie Sie damals vermutet hatten, Ihre Leiche nicht sehen und hat sich daher nicht vergewissert, ob Sie wirklich tot waren. Er hat einfach mehrmals auf den Kissenstapel gefeuert. Den Rest kennen Sie.»

Eine Weile sprach niemand. Joel zog Samanthas Kopf auf seine Schulter, und sie schloss dankbar die Augen.

«Was ich nicht verstehe», unterbrach Joel die Stille. «Warum hat er Sammy und mich nicht gleich getötet, als er nach Liestal kam, und flüchtete mit Sammy alleine?»

«Er war mit der Situation überfordert. Valentin Kälin steckte im Zwiespalt und wollte eigentlich nicht Frau Kälins Tod. Trotzdem sah er keinen anderen Ausweg, als sie zu töten. Ich weiss, das klingt widersprüchlich. Im tiefen Inneren wollte er keinen weiteren Mord begehen. Er dachte, wenn Ihre Leiche nie gefunden wird, hätte seine Tat nie stattgefunden.»

«Sie meinen, eine Art Selbstbetrug?», sagte Joel. «Für uns nicht nachvollziehbar, aber wenn man unter Druck steht, macht das Gehirn seltsame Überlegungen.»

«Genau. Frau Kälin wäre in diesem Fall einfach unauffindbar – gleichbedeutend mit spurlos verschwunden. Als Sie ihn überraschten, hat er Sie in einem ersten Schritt handlungsunfähig gemacht. Sie waren zwei und er alleine. Also hat er Sie nacheinander fortbringen und töten wollen. Aber, wie gesagt, nicht im Haus.»

Nur wegen seiner dämlichen Karriere wurde ihr Onkel, zu dem sie bisher aufgeschaut hatte, zu einem Monster. Joels Hand strich über ihren Rücken.

Bachmann stand auf.

Nachdem Bachmann und Lorena gegangen waren, blieben Joel und Samantha auf dem Sofa sitzen. Er hatte die Arme um sie gelegt, und sie vergrub ihr Gesicht an seiner Halsbeuge. Lange sprachen sie kein Wort. Samantha war Joel dankbar, dass er sie ihren Gedanken nachhängen liess.

«Ich fühle mich so leer», murmelte sie.

«Das ist nachvollziehbar. So schwer es für dich im Moment erscheint, du darfst dich nicht herunterziehen lassen.» Er fasste ihr Kinn und drehte ihren Kopf zu sich.

«Ich weiss, das Leben geht weiter. In solchen Augenblicken ist es schwer, das zuzulassen.»

«Für einen kurzen Augenblick kann man es anhalten. Die Trauer zulassen, damit man Kraft hat, wenn es weitergeht.»

«Es ist schwer vorstellbar, wie es überhaupt weitergehen soll.»

«Du musst das Leben wieder zulassen. Mit seinen Höhen und Tiefen. Du musst es geniessen, dich mit ihm befassen und Entscheidungen treffen.»

«Entscheidungen?», fragte Samantha.

«Zum Beispiel diese.» Über Joels Gesicht huschte ein Lächeln. «Wo übernachten wir heute? Bei dir oder bei mir?»

Halwa Gadjar (indisches Rüebli-Dessert)

Zutaten
3 EL Ghee (alternativ Butter)
600 g rohe, fein geriebene Rüebli
½ l Milch
2 EL Zucker (eventuell je nach Süsse der Rüebli weniger)
3 EL Reismehl oder (Weizen-)Griess
1 TL gemahlener Zimt
1 TL gemahlener Kardamom
ca. 1 TL Honig (nach Geschmack)
1–2 Handvoll Rosinen
Mandelsplitter und/oder Cashewkerne

Zubereitung
Das Fett in einer Pfanne schmelzen und die geriebenen Rüebli darin andünsten. Die Milch mit dem Zucker erwärmen und die Rüebli damit ablöschen. Reismehl/Griess, Zimt und Kardamom hinzugeben und 45 bis 60 Minuten auf niedriger Stufe köcheln lassen, bis die gesamte Flüssigkeit aufgebraucht ist und die Masse eine puddingartige Konsistenz hat.
Je nach Geschmack den Honig unter die Masse ziehen und die Rosinen dazugeben.
Die Mandeln/Cashewkerne rösten und anschliessend auf der angerichteten Portion verteilen.
Schmeckt sowohl kalt als auch warm.

Aargauer Rüeblitorte

Zutaten (für eine Springform von 24–26 cm Durchmesser)
200 g Zucker
5 Eigelbe
1 Prise Salz
½ Zitrone – Schale und Saft
1 Messerspitze Nelkenpulver
½ TL Zimt
250 g rohe, fein geriebene Rüebli
250 g gemahlene Haselnüsse (alternativ gemahlene Mandeln)
100 g Mehl
1 EL Backpulver
5 Eiweisse
Puderzucker
Marzipanrüebli

Zubereitung
Den Boden der Springform mit Backpapier auslegen und den Rand einfetten.
Zucker, Eigelbe und Salz schaumig schlagen. Zitronenschale, Zitronensaft (ggf. ein wenig Zitronensaft für den Zuckerguss aufheben), Nelkenpulver und Zimt dazugeben. Anschliessend die geriebenen Rüebli unterrühren.
Haselnüsse, Mehl und Backpulver mischen. Die Eiweisse zu Schnee schlagen.
Das Haselnuss-Mehl-Gemisch in die Eigelbmasse rühren. Den Eischnee unterziehen.
Die Masse in die Springform geben und in die untere Rille des kalten Ofens stellen. Bei Ober- und Unterhitze circa 40 Minuten backen. Den Kuchen 10 Minuten in der Form auskühlen lassen, danach herausnehmen und auf einem Gitter ganz erkalten lassen.

Für die Glasur Zitronensaft und Puderzucker zu einer dicken Masse verrühren und den Kuchen damit bestreichen. Trocknen lassen und mit den Marzipanrüebli verzieren.
Als Alternative kann der Kuchen auch nur mit Puderzucker bestäubt und mit den Marzipanrüebli verziert werden.

Tipp: Den Kuchen vor dem Verzehr einen Tag stehen lassen.

Glossar

Bise – kalter, trockener Wind aus Ost/Nordost im Schweizer Mittelland
(Wohn-)Block – Hochhaus
Estrich – Dachboden
Grosi – liebevoll für Grossmutter
Gspänli – Freund/Kamerad
Jass – beliebtes Schweizer Kartenspiel
Kappe – Mütze
Kehricht – Müll
Kittel – Jackett
Lavabo – Waschbecken
Lukarne – Dachgaube
Marroni – Esskastanien
Mueti – liebevoll für Mutter
Nüsslisalat – Feldsalat
Plättli – Fliesen
Plastiksack – Plastiktasche/-tüte
Poulet – Huhn
Radiator – Heizkörper
Rüebli – Karotten/Möhren
Store – Jalousie, Rollladen
Tablar – Regalbrett
Täfer – Holztäfelung
Töff – Motorrad
Tropeli – umgangssprachlich für das Tropeninstitut in Basel
Trottinett – Tretroller
Trottoir – Bürgersteig
tüppig – schwül
Velo – Fahrrad
Vermicelles – Schweizer Dessert aus Marroni-Püree

Anmerkungen und Dank

Als wir nach einer vor über zehn Jahren ausgesprochenen Einladung unsere Freunde in Indien besuchten, wurde gerade die illegale Adoption ein aktuelles Thema. Nach unserer Rückkehr verspürte ich den Wunsch, meine Eindrücke, Erfahrungen und persönlichen Gespräche in Indien mit diesem Thema zu verknüpfen und so zu verarbeiten. Das Projekt wäre aber nie ohne die Unterstützung anderer möglich gewesen.

Ich erlebte eine grosse Mithilfe vonseiten der kantonalen Adoptionsbehörde und von Personen, in deren Familie ein Kind adoptiert wurde oder die selbst eines aufgenommen haben beziehungsweise selbst adoptiert wurden. Ich danke Euch herzlich für Eure Offenheit und Euer Vertrauen.

Vielen lieben Dank meinem Agenten für seine Unterstützung, meiner Lektorin Irène Kost, die diesen Krimi wie meine anderen Romane genau unter die Lupe genommen hat, und dem gesamten Team vom Emons-Verlag. Die Professionalität und Unterstützung, die ich von ihm erfahren darf, bereiten grosse Freude.

Last, but not least: Ein grosser Dank gilt meiner Familie, die mich mit allen Höhen und Tiefen auf Sammys Weg begleitet hat, mit der ich diskutieren und auf deren Anregungen ich zurückgreifen durfte.

Die Kriminalromane von Erfolgsautorin Ina Haller im Überblick:
Alle Titel sind auch als eBook erhältlich.

Tod im Aargau
ISBN 978-3-95451-076-4

Gift im Aargau
ISBN 978-3-95451-264-5

Der Metzger von Aarau
ISBN 978-3-95451-483-0

Schatten über dem Aargau
ISBN 978-3-95451-796-1

Aargau-Fieber
ISBN 978-3-7408-0058-1

Der Fluch von Aarau
ISBN 978-3-7408-0284-4

Aarauer Finsternis
ISBN 978-3-7408-0513-5